MARY NICHOLS
Una nueva vida

Editado por HARLEQUIN IBÉRICA, S.A.
Núñez de Balboa, 56
28001 Madrid

© 2003 Mary Nichols. Todos los derechos reservados.
UNA NUEVA VIDA, N° 7 - 7.11.13
Título original: A Lady of Consequence
Publicada originalmente por Mills & Boon®, Ltd., Londres
Este título fue publicado originalmente en español en 2008

Todos los derechos están reservados incluidos los de reproducción, total o parcial. Esta edición ha sido publicada con permiso de Harlequin Enterprises II BV.
Todos los personajes de este libro son ficticios. Cualquier parecido con alguna persona, viva o muerta, es pura coincidencia.
® Harlequin y logotipo Harlequin son marcas registradas por Harlequin Books S.A.
® y ™ son marcas registradas por Harlequin Enterprises Limited y sus filiales, utilizadas con licencia. Las marcas que lleven ® están registradas en la Oficina Española de Patentes y Marcas y en otros países.

I.S.B.N.: 978-84-687-3656-3
Depósito legal: M-23853-2013

Prólogo

1817

Maddy se había quedado ya sola. Era la única persona del servicio doméstico que aún estaba trabajando. Los demás habían terminado ya. El último en irse había sido el cocinero, que le había dicho:

—Date prisa, o no habrás terminado antes de la hora de volver a empezar.

Lo cual no era, precisamente, el mejor modo de animarla.

Se había celebrado una cena en la casa y lo que se necesitaba fregar para atender a una docena de personas era increíble: una montaña de platos, soperas, bandejas, cristalería y cubertería, para no mencionar todas las cazuelas que se habían utilizado para cocinar. Los invitados hacía ya tiempo que se habían marchado, desde allá abajo se oían bien los carruajes, y la familia, lord y lady Bulford, el honorable Henry y las dos damas jóvenes, Hortense y Annabel, estaban ya en sus habitaciones sin preocuparles lo más mínimo que una de sus revientas estuviera trabajando duro en los infiernos de su casa de Londres.

Cuando hubo terminado de fregar, preparó las bandejas para el desayuno, llenó las teteras de agua y cubrió con ceniza las ascuas para mantenerlas hasta el día siguiente, la última de las tareas del día. No tendría que trabajar como una esclava si su madre no hubiera muerto en circunstancias tan trágicas, se decía montones de veces a lo largo del día. Había sido atropellada por un carruaje en Oxford Street, adonde había ido a comprar una cinta para un vestido que estaba confeccionando. Era costurera, y muy buena, y ella habría seguido sus pasos de no haber sido por el accidente.

Al menos eso decía todo el mundo que había sido: un trágico accidente del que nadie era culpable. Pero el día del funeral oyó hablar a dos vecinos que decían que el joven caballero que conducía el coche iba a demasiada velocidad, y que deberían haberle castigado a latigazos, además de haberle obligado a pagar una buena multa. Pero claro, se trataba de un aristócrata que por ende iba borracho, lo cual parecía ser excusa suficiente para dejar a una niña de nueve años sin madre.

Porque el caso era que tampoco tenía padre, al menos padre conocido, de modo que la habían enviado al orfanato de Monmouth Street, que acogía a los niños huérfanos hijos de soldados que habían perdido la vida en la guerra.

Seguramente alguien les dijo que su padre era soldado, aunque ella desconocía si era cierto porque su madre nunca hablaba de él. De allí la habían enviado a casa de lady Bulford cuando tenía doce años y la consideraron lo bastante mayor como para trabajar.

La cocina del número siete de Bedford Row había pasado a ser su mundo desde entonces, dos largos años en los que los días se sucedían monótonos, iguales al anterior y al siguiente, sin nada que rompiera la rutina, y nadie con quien hablar a excepción del resto de la servidumbre, que la trataba con desprecio por saber de dónde venía. Raras veces le permitían salir de la casa excepto dos horas del domingo por la tarde, que pasaba paseando por los parques, fingiendo ser una dama que no tenía nada mejor que hacer que cuidar su aspecto y llamar la atención de algún joven guapo, que quisiera regalarle una vida de lujo parecida a la que llevaban los Bulford.

El cocinero solía decirle que le gustaba demasiado soñar, ¿pero de qué otra manera podía alegrarse los días si no era soñando? Y eso era lo que estaba haciendo en aquel momento, de rodillas delante del fuego, con la mirada perdida en las últimas ascuas y esperando un milagro.

Sorprendida por un ruido inesperado se dio la vuelta: el honorable Henry estaba allí de pie con una bata de cuadros sobre el camisón.

Rápidamente se puso en pie e hizo una cortesía.

—¿Quién eres tú? —le preguntó.

—Maddy, señor.

—Qué nombre tan poco corriente —comentó con una sonrisa.

—En realidad me llamo Madeleine —aclaró, aunque la habían llamado Maddy desde que llegó allí. «Es demasiado pomposo para una muerta de hambre como tú», le habían dicho al llegar. De modo que había pasado a llamarse Maddy.

—¿Cuánto tiempo llevas trabajando aquí?

—Todo el día, señor.

—No. Lo que quiero decir es que cuánto tiempo llevas trabajando para la familia.

—Dos años, señor. ¿Puedo hacer algo por usted?

—Ah, sí —murmuró, mirándola de abajo arriba—. Desde luego que sí.

—Dígame, señor.

Fue como si de pronto saliera de un trance y se echó a reír.

—He bajado a por un vaso de leche. No podía dormir.

Maddy entró en la despensa, donde se guardaba

la leche en una jarra de barro sobre las frías losas del suelo.

—¿Podrías calentarla un poco? Sería mejor.

La echó en un cazo y avivó las ascuas para calentarla mientras él la seguía con la mirada.

—Eres muy bonita, ¿lo sabías?

—No —contestó. Estar tan cerca del fuego le había caldeado las mejillas, pero aun así, enrojeció—. No debería decir cosas así, señor.

—¿Y por qué no? Es la verdad. Apuesto a que hay más de un joven mozo que se pierde por tus huesos.

—No señor. No soy lo bastante mayor para eso, en caso de que se les permitiera entrar aquí.

Lady Bulford se lo había dejado muy claro cuando llegó, y aunque entonces no entendía bien a qué se refería, a lo largo del tiempo había llegado a descubrir muchas cosas del mundo y de los jóvenes en particular, lo cual habría sorprendido enormemente a su madre.

—¿Cuántos años tienes?

—Catorce, señor.

—Dios mío, estás muy crecida para la edad que tienes. Mi madre debe darte bien de comer.

No sintió deseos de decirle que vivía de las sobras, no sólo de las de la mesa de los señores, sino de las de la servidumbre. Sólo estaba un peldaño por encima de los perros y los gatos que vivían en el jardín y que eran los últimos en comer.

Sirvió la leche en un vaso y se la ofreció.

—Aquí tiene, señor. Espero que duerma mejor.

—Estoy seguro. ¿Te vas a ir ya a la cama?

—En cuanto haya fregado el cazo y tapado las ascuas del fuego, señor.

—Buenas noches, Maddy.

—Buenas noches, señor.

Y se marchó con su vaso de leche. ¡El hijo del amo la había encontrado bonita! ¿Lo sería? Su madre siempre decía que lo era y le hacía preciosos vestidos, y le cepillaba el pelo hasta que brillaba como el terciopelo, pero de eso hacía ya mucho tiempo y ahora su ropa era un uniforme de criada y estaba demasiado cansada para cepillarse el pelo, así que se conformaba con pasarse el peine para quitarse los nudos. Ojalá...

Ojalá su madre estuviera viva. Vivirían juntas en el pisito que había sobre la tienda, que les daba para vivir a ambas decentemente. Estaría aprendiendo a confeccionar vestidos, cabriolés y preciosas enaguas y sombreros. Su madre decía que se crearían toda una reputación como las mejores modistas de Londres, y que la clase alta se pelearía por contar con los servicios de *Madame* Charron y su encantadora hija. Su nombre no era Charron, por supuesto, sino Cartwright, pero su madre decía que el francés sonaba mejor.

Haciendo un esfuerzo, se olvidó de lo que era ya otra fantasía y arrastrando los pies subió por la estrecha escalera que conducía a su diminuta habitación del ático, una de las muchas que ocupaban las mujeres del servicio, con diferentes grados de comodidad según su estatus.

Estaba metiéndose en la cama cuando oyó pasos en la escalera. En un principio no prestó atención. Se trataría de otra de las sirvientas que volvía de tomar un vaso de agua. Pero cuando los pasos se detuvieron ante su puerta, se incorporó con el corazón en la garganta.

La puerta se abrió y el hijo del amo, en camisón, apareció ante ella. Sonreía.

—No te asustes, querida —dijo, cerrando la puerta a su espalda y acercándose al lecho—. Es que sigo sin poder conciliar el sueño.

—¿Quiere que baje y le prepare otro vaso de leche? —preguntó, pensando que ella sí que no iba a poder dormir a ese paso.

—No, mi querida Madeleine —dijo, sentándose en el borde de la cama y tomando su mano; la tenía roja y áspera de tanto fregar, pero él parecía no darse cuenta—. Creo que podría dormir si me dejas tumbarme junto a ti.

—¡Señor!

Estaba atónita y confusa, y en cierto modo, excitada. El corazón le latía desaforado.

Él sonrió.

—Eres tan bonita y estás tan caliente… tienes el cuerpo de una diosa, ¿lo sabías?, y no puedo dormir pensando en ti. Quiero tocarte, acariciar tu piel sonrosada, sentirte, besarte.

Se inclinó hacia delante, tomó su cara entre las manos y la besó en la boca. Tenía los labios suaves y húmedos, y el aliento le olía a vino y a coñac. Luego comenzó a tocarla por todas partes, a tirar de su camisón y a abrirle las piernas.

De pronto se dio cuenta de que lo que pretendía hacer no estaba bien. ¿No le habían hablado las mujeres del orfanato de los deseos carnales de los hombres? ¿No le habían advertido una y otra vez que no debía permitir que un hombre se quedase con su virtud hasta no tener una alianza en el dedo? Era, según le habían dicho, el peor de los pecados, y le ponían ejemplos de chiquillos cuyas madres no se habían casado. Bastardos, los llamaban. Era lo que pasaba si yacías con un hombre antes de la noche de bodas.

Algunas la llamaban a ella bastarda porque su madre no se había casado con su padre, quienquiera que fuese, pero ella les había contestado que su padre era un héroe que había caído luchando por su país. Pero en aquel momento, lo que había oído decir a la servidumbre de la casa comenzó a cobrar sentido.

Aquello no era un sueño, ni un milagro deseado, sino una pesadilla.

—¡No! —gritó, intentando soltarse—. ¡No puede hacer esto!

—¿Que no puedo? —repitió, lanzándose sobre ella—. Pero mi querida Madeleine, tú no puedes decirme a mí lo que puedo o no puedo hacer, porque yo hago lo que me place. Tú eres una sirvienta, y debes hacer lo que se te ordene. No querrás que te despidan sin referencias, ¿verdad?

—Pero usted no haría algo así, ¿no? —preguntó, temerosa.

—Podría hacerlo, pero no lo haré si eres una buena chica.

Y hundió la cara entre sus pechos.

—Soy una buena chica —contestó, intentando liberarse—. ¡Suélteme, por favor!

—Lo haré, cuando haya terminado —dijo. Ya no sonreía. Parecía decidido hasta tal punto que ella quedó inmóvil un instante. De haber continuado halagándola, susurrándole palabras tiernas y bañándola con dulzura, ¿quién sabe si habría sucumbido? Tal era su deseo de ser amada, de ser considerada un ser humano con sentimientos, de ser tratada con ternura, que habría dejado de forcejear. Pero acostumbrado como estaba a que no se le negara nada, se había enfadado. Y ella, también.

Utilizó lo que le quedaba de fuerza para clavarle la rodilla en la entrepierna y cuando saltaba de la cama, le oyó aullar de dolor. Corrió a la puerta, salió al corredor y bajó las escaleras en camisón, buscando refugio en la seguridad de la cocina. Pero no consiguió llegar porque tropezó con lord Bulford, que se había levantado y estaba en el descansillo de la escalera atándose el batín.

—¿Dónde está el fuego? —rugió.

—¿El fuego? ¿Qué fuego?

—Entonces, ¿qué pasa?

—Que su hijo está en mi habitación —dijo sin detenerse a pensar en las consecuencias de su acusación—. Ha intentado... no debería...

—¿Mi hijo? ¡No seas ridícula, muchacha! ¿Qué iba a querer mi hijo de ti?

—George, ¿qué pasa?

Lady Bulford, que apenas había tenido tiempo de echarse un peinador por los hombros, se acercó a su marido.

—Esta cría maleducada, que ha acusado a Henry de entrar en su habitación.

Ella la miró de arriba abajo con un gesto de obvio disgusto.

—Debe haber perdido el juicio. O está soñando. O lo ha confundido con alguno de los criados. Si ha estado recibiendo hombres en su habitación, sólo podemos hacer una cosa...

—Yo no he recibido a nadie en mi habitación —espetó, olvidándose de que lo que debería haber hecho era no responder—. Su hijo se ha presentado sin que nadie lo invitara. ¿Acaso creen que no voy a reconocer al honorable Henry? Bajó a la cocina a por un vaso de leche, yo se lo di, y luego se presentó en mi habitación...

—¡Dios bendito! ¡Y tiene la desfachatez de insistir! —exclamó lady Bulford, dirigiéndose a su marido—. Como si Henry fuese a mirar a una perdida como ella. ¿Se puede saber qué pretendías ganar con semejante historia? ¿Dinero?

—No, señora, lo único que quiero es poder volver a mi cama y que nadie entre en mi habitación sin ser invitado —dijo, pronunciando con cuidado cada palabra, como su madre le había enseñado—. Por favor, díganle a su hijo que sus atenciones no son bienvenidas.

—¡Santo cielo! Ahora sí que puedo decir que lo he oído todo —dijo lord Bulford, rojo de indignación—. Volver a la cama, ¿eh? ¿Y con quién, si puede saberse?

—Con nadie. Estoy cansada. Llevo trabajando todo el día…

—Bueno, si de lo que te quejas es del exceso de trabajo, eso puede remediarse fácilmente —intervino lady Bulford—. Puedes hacer las maletas y dejar esta casa ahora mismo. Tus servicios ya no son necesarios.

—¡Pero si yo no he hecho nada malo!

—Acusar falsamente a mi hijo es malo, mostrarte insolente con tus señores es malo, quejarte de tu trabajo es malo cuando todo el mundo sabe que mi casa es una de las mejores para sus empleados.

—Y también lo es correr por la casa en camisón en plena noche —intervino él, mirándola de pies a cabeza.

—Lo he hecho para escapar.

—Entonces, ya puedes escapar. Permanentemente. Vuelve a la cama, pero quiero que te hayas marchado antes de que mañana baje a desayunar.

—Pero, milord, ¿adónde voy a ir?

—Eso no es asunto mío. Al lugar del que viniste, imagino. Y no esperes que te dé referencias...

—Milord, le ruego que...

—Basta. No pienso seguir hablando contigo. Quítate de mi vista si no quieres que te eche a la calle ahora mismo.

Maddy volvió a su habitación, que afortunadamente estaba vacía, se tiró sobre la cama y lloró desconsoladamente. ¿Por qué no la habían creído? Qué injusto era... ¿Adónde podía ir? ¿De qué viviría? ¿A quién pediría ayuda? No podía volver al orfanato. Ya era demasiado mayor. ¿A la casa de caridad?

Si Henry Bulford tuviera un ápice de decencia, admitiría lo que había hecho y la exoneraría. Pero sabía que no iba a ser así. Él pertenecía a la élite, a la gente que tenía más dinero del que podría gastar en toda una vida y que en su opinión les daba derecho a hacer lo que les diera la gana; para ellos, personas como ella eran lo más bajo de lo bajo y carecían de importancia.

Pero poco a poco su tristeza se volvió ira, y la ira le dio fuerza. No iba a acobardarse. Era tan buena como ellos, mejor incluso, y algún día se lo demostraría. Algún día pasaría por encima de ellos. Algún día tendrían que reconocerla como si igual. No sabía cómo podría hacerlo, o cuánto tiempo le costaría conseguirlo, pero nada ni nadie iba a interponerse en su camino. Conseguiría hacer realidad sus sueños. Llegaría a ser una dama.

Uno

1827

El telón bajó tras el último acto acompañado de un rabioso aplauso, y volvió a levantarse varias veces para recibir la ovación del público, pero todo el mundo sabía que a quien en realidad querían volver a ver era a Madeleine Charron. Tenía el mundo del teatro a sus pies; todos los jóvenes de la buena sociedad y algunos que ya no lo eran tanto se disputaban sus favores, incluido Duncan Stanmore, marqués de Risley.

—No sé qué me gusta más, si su físico o su talento como actriz —le decía a su amigo Benedict Willoughby cuando ambos se levantaban para ovacionarla—. Ambas cosas son de primera.

—Si has puesto tus miras en ella, volverá a casa

llorando —dijo Benedict—. A diferencia de la mayoría de su clase, es muy quisquillosa en cuanto a sus acompañantes.

—Lo dices porque la semana pasada se negó a ir a cenar contigo.

—En absoluto —contestó, molesto, mientras salían—. No soy yo el único al que ha rechazado. Más bien al contrario, aunque he oído que la semana pasada salió a dar un paseo por el parque con sir Percival Ponsonby, así que no puede ser tan melindrosa.

—Sir Percy es un caballero machucho que no haría daño a una mosca.

—Machucho y carcamal. Debe pasar de los sesenta, ¡y qué forma tan ridícula tiene de vestirse!

—A mí no me parece que vista tan mal. Además, siempre le han gustado las actrices, ya lo sabes. Aprecian su galantería y se sienten a salvo con él. Pero no durará. Percy es un soltero vocacional.

—¡Santo cielo! No estarás pensando en pasar por la vicaría, ¿verdad?

—No seas bobo, Willoughby. A mi padre le daría un ataque. Pero la llevaré a cenar.

—Sí. Con que le pongas tu título y tu fortuna ante las narices, caerá a tus pies.

—Lo conseguiré sin mencionar ambas cosas.

—¿Cuándo?

—La semana que viene. Te apuesto un caballo a que lo consigo.

—Hecho.

Salieron a la calle. Una muchacha que vendía flores estaba junto a la puerta del teatro, ofreciendo pequeños ramilletes a los caballeros que acompañaban a sus damas a los coches. Duncan se detuvo junto a ella, buscó un par de guineas en el bolsillo y las hizo sonar en la mano.

—Te las compro todas —dijo, lanzándoselas a la cesta—. Llévaselas a la señorita Charron a la salida de actores.

La muchacha sonrió.

—¿Le doy algún mensaje, señor?

—No. Sólo las flores. Y haz lo mismo mañana por la noche, pasado mañana, y todas las noches que quedan de la semana —sacó unas cuantas monedas más y las lanzó junto con las otras antes de volverse a Benedict—. Vamos, Willoughby. Te invito a cenar en White's y luego podemos ir a echar una partida.

—¿No piensas pasar por la puerta de actores?

—¿Para qué? ¿Para hacer cola con los demás desgraciados? ¡Ni lo sueñes!

Benedict, acostumbrado como estaba a las peculiaridades de su amigo, se encogió de hombros y le siguió al club.

A finales de esa misma semana llegó un paquete al teatro a nombre de la señorita Madeleine Charron. Contenía un único pendiente con un diamante y una nota que decía:

Podrá tener la pareja si acepta venir a cenar conmigo el lunes. Mi carruaje estará esperando delante de la puerta de actores.

Iba sin firma.

Era evidente que pretendía intrigarla, y desde luego lo había conseguido. Maddy estaba acostumbrada a recibir flores, pero solían llegar acompañadas de sus remitentes, ansiosos de obtener el privilegio de salir con ella, o acompañados de notas o atormentados poemas de amor, pero nunca de incógnito. Pero la cesta entera de una florista durante toda una semana, seguida de un único pendiente de tan exquisita belleza que al contemplarlo se le hacía un nudo en la garganta, era algo diferente. Aquel último admirador era distinto.

—Y rico —dijo Marianne al ver la joya. Marianne Doubleday era su amiga, una actriz de mediana edad y con gran talento, que había tenido una vez, no hacía demasiado tiempo, a la alta sociedad a sus pies—. ¿Seguro que no tienes ni idea de quién es?

—En absoluto.

—¿Y piensas salir con él?

—No lo sé. Desde luego parece un hombre muy seguro de sí mismo.

Años atrás, cuando se unió a la compañía como sastra, Marianne le brindó su amistad, y más adelante, cuando llegaron sus primeros papeles, le enseñó a actuar, a proyectar la voz para que un susurro pudiera oírse en el gallinero, a moverse con donaire, a usar las manos y los ojos para expresarse sin revelar sus más íntimos pensamientos, a escuchar y comprender los matices de una conversación, el significado oculto tras el modo en que se dice una palabra, las maneras de los mundanos, todo lo necesario para hacerle alcanzar el estatus del que disfrutaba en aquel momento.

A cambio, Maddy le había confiado su ambición secreta de llegar a ser una dama. Marianne no se había burlado; era cierto que algunos caballeros de la nobleza acababan casándose con actrices, pero le había dicho que sería muy difícil, que normalmente la buena sociedad las obligaba al ostracismo y que ser una dama podía no ser tan maravilloso como parecía a simple vista, que con el dinero y la posición venían las responsabilidades.

—Además, los padres del joven en cuestión pondrán toda clase de dificultades —le había dicho—. Si tienen posición, lucharán contra ti con uñas y dientes. Tendrán una novia escogida de antemano parta él, a menos, claro, que te decidas por algún viejo, en cuyo caso lo más probable es que se trate de un viudo con familia propia.

La idea le había hecho sonreír.

—Un viejo no me vale. Quiero que la gente me envidie, que me mire por la calle, que se tome en serio lo que yo pueda decir. Quiero tener una gran casa, coche y servidumbre. Nadie, nadie en absoluto, se atreverá a mirarme por encima del hombro o a dar por sentado que puede hacer de mí lo que quiera...

—Mucho pides, Maddy. Mi consejo es que tomes lo que te ofrezcan y que disfrutes de ello, pero que no pidas la luna.

Aunque Marianne sabía de su ambición, no conocía sus razones. No sabía de la furia interior que seguía apoderándose de Maddy cada vez que pensaba en Henry Bulford y sus padres, una furia que no había menguado con el paso de los años. Desde el principio mismo de su carrera había alimentado el deseo... ¿de qué? ¿De venganza? No, porque Bulford había heredado el título de su padre y estaba casado, pero ella no le envidiaba lo más mínimo su vida. Habían coincidido en una ocasión en una fiesta, pero él ni siquiera la había reconocido. ¿Cómo iba a relacionar a la criada pálida y delgaducha a la que había intentado violar con la hermosa actriz que estaba arrasando en Londres?

Mucha agua había pasado ya bajo el Puente de Londres desde entonces, alguna tan oscura que desearía poder olvidarla, y que sólo servía para espolear su determinación. Había hecho girar la rueda del destino. Nunca había pasado hambre, pero había llegado a mendigar e incluso a robar, de lo cual no estaba orgullosa, hasta que había encontrado el trabajo de costurera. Horas y horas de trabajo enclaustrado, viviendo en posadas de mala muerte, trabajando hasta dejarse literalmente la piel y todo casi por la comida.

Su ambición se había visto apagada por el peso abrumador de tener que ganarse la vida, pero no murió. Hasta que un día, en 1820, recordaba el año perfectamente porque fue el momento en que el rey intentó divorciarse de su esposa y se convirtió en el blanco de todas las burlas, se encontró con que tenía que entregar un traje en el teatro del Covent Garden. Su ama a veces colaboraba con ellos cuando tenían en marcha una gran producción, y en particular aquel traje se esperaba como agua de mayo, y su ama le había pedido que lo entregase de camino a casa.

En aquella ocasión la compañía al completo llegaba al teatro después de haber hecho una representación en una mansión aristocrática. A su frente estaba un personaje peculiar llamado Lancelot Greatorex, que la fascinó con sus extrañas ropas y sus extravagantes gestos. Él, al percatarse de su curiosidad, le preguntó si era actriz.

—Oh, no —contestó.

—¿Y cómo lo sabes?

—¡Pues porque no me he subido a un escenario en la vida! —contestó riendo.

—Eso no tiene importancia. No es necesario estar sobre el escenario para saber interpretar. ¿O acaso quieres decirme que nunca has tenido una fantasía, o que nunca has fingido ser quien no eres?

—No se me había ocurrido pensarlo así.

—Hablas muy bien. ¿Cómo te ganas el pan?

Quizás él hablaba metafóricamente, pero en realidad pan era todo lo que ella podía permitirse comer, y a veces un poco de mantequilla.

—Soy costurera.

—¿Una buena costurera?

—Sí, señor. He confeccionado casi todo el traje que he venido a entregar.

—¿Y eres rápida?

—Sí, señor.

—¿Cuánto ganas?

—Seis libras al año, señor.

Él se rió.

—Te doblo el sueldo.

—No creo que sepa actuar, señor.

—No te estoy pidiendo que lo hagas. Actrices hay más que gorriones, pero una buena costurera vale su precio en oro. ¿Te gustaría unirte a mi compañía como costurera? No siempre es bueno que se haga el trabajo fuera.

Maddy no había dudado. La clase de vida de una compañía de teatro le resultaba muy atractiva, y su ambición dormida revivió. Si quería mejorar, interpretar un papel para el que no había nacido, ¿dónde iba a aprender mejor que allí?

De modo que así había llegado a ser costurera, cosiendo, arreglando y planchando trajes, y luego pasó a ocuparse del vestuario de Marianne Doubleday, a charlar con ella en su camerino, a aprender, a aprender constantemente. Era lista y siempre estaba dispuesta y cuando descubrieron que sabía leer, le dieron el trabajo de apuntadora, de modo que cuando alguien del reparto caía enfermo, ¿quién mejor que Maddy se sabía el papel? Y así nació Madeleine Charron, actriz.

¿Bastaba con eso? ¿Satisfacía así sus sueños? ¿Seguía ardiendo en ella el deseo de llegar a ser una dama? ¿Podría conseguirlo, o como Marianne decía, era pedir la luna?

—Así que crees que no debería ir —le dijo sonriendo a su amiga.

Marianne se encogió de hombros.

—Depende de ti. Pero no tienes que comprometerte, ¿no? La invitación es sólo a cenar, ¿verdad?

—Y te aseguro que no voy a ofrecer nada más.

Había salido con incontables jóvenes a cenar y disfrutaba de su compañía, aunque cada vez se preguntase si aquél sería el que cumpliría su sueño. Por desgracia, antes de que terminase la velada, siempre había sabido que no iba a ser así.

Había muchas razones: aquellos aduladores no poseían el título que ella buscaba, eran demasiado jóvenes o demasiado viejos, o feos como para darle hijos feos también, o carecían de una conversación interesante, o le resultaban demasiado exuberantes. Algunos eran bobos, otros daban la impresión de estar haciéndole un favor invitándola a cenar, varios estaban casados y esperaban más de lo que ella estaba dispuesta a ofrecerles.

—Pero ten cuidado, Maddy, no vayan a tacharte de provocadora.

—No pases cuidado, Marianne, que me has enseñado bien.

El lunes por la noche, Maddy pasó más tiempo del que tenía por costumbre sentada ante el espejo, quitándose el maquillaje de la obra y cepillándose el pelo para recogérselo en un moño griego, antes de escoger vestido. Se consideraba mujer de buen gusto, y siendo costurera de las buenas, sus ropas, aunque no fueran muchas, estaban confeccionadas maravillosamente y se habían empleado en ellas los mejores tejidos que se podía permitir. Le hacía sentirse bien el poder soportar la comparación con aquéllas que se consideraban por encima de ella en la esfera social.

Se decidió por un vestido de seda azul con el cuerpo ceñido y la falda cortada al bies, que parecía flotar sobre sus curvas. Las mangas eran cortas y abullonadas y tenía un escote generoso bordado de perlas, que realzaba sus hombros y su cuello. Dudó si ponerse o no algún collar, pero puesto que sus joyas eran todas falsas, decidió no hacerlo y se limitó a ponerse el pendiente y a colocarse sobre los hombros una capa de terciopelo azul.

Todos excepto el guarda nocturno se habían marchado ya, y se esperaba encontrar la calle vacía. Y sería culpa suya, porque no había sido puntual, de modo que quizás su admirador se habría marchado a su casa. Pero se equivocaba: el coche estaba allí, esperando, aunque parecía vacío. Quizá había enviado sólo al carruaje para que la recogiera y la llevara a donde estuviera él. No le hacía demasiada gracia la idea porque la ponía en desventaja, de modo que se quedó allí, arrebujándose en su capa, esperando que el otro diera el primer paso.

Una mano apareció en la puerta del carruaje mostrando el otro pendiente, y oyó una risa queda.

—Si te acercas, querida, te lo pondré. Aunque eres muy hermosa, tu rostro está desequilibrado así.

—¿Teme mostrar su rostro, señor?

—En absoluto.

La puerta se abrió de par en par y un hombre se acercó a ella. Joven pero no demasiado. Debía rondar los veinticinco e iba vestido de noche con un chaqué, chaleco de terciopelo púrpura y camisa blanca, cuyos puños de encaje asomaban por la bocamanga de la chaqueta. Un broche con un único diamante brillaba en los pliegues de su corbata. Se quitó el sombrero y se inclinó ante ella. Tenía el cabello rizado y oscuro y cuando se alzó, descubrió unos ojos castaños y simpáticos. Tenía la nariz larga y recta, y la boca firme. Sonrió.

—Aquí estoy. Soy tu esclavo, y estoy dispuesto a hacer lo que me pidas.

—¿Y tiene nombre mi esclavo?

—Stanmore, señorita Charron. Duncan Stanmore, a su servicio.

El nombre le resultaba familiar, pero no conseguía ubicarlo.

—Señor Stanmore…

—He pensado que podíamos ir a Reid's a cenar. ¿Te parece bien?

—Si accedo, mi recompensa será un pendiente, ¿no es así?

—El pendiente es tuyo de cualquier manera. No sería justo que lo mantuviera delante de tu nariz como si fuera una zanahoria. No acostumbro a actuar así —se inclinó de nuevo—. Pero consideraría un honor que aceptaras cenar conmigo.

—Entonces, vámonos.

Él se echó a reír y la acompañó al coche. Al acercarse, Maddy reparó en que tenía un blasón en la puerta. Así que Marianne había dado en el clavo: no era del montón.

El hotel al que iban era famoso por su cocina y era un lugar al que solían acudir las gentes del escenario, de modo que estaba abarrotado, pero cuando el camarero los vio, se acercó con una sonrisa.

—Buenas noches, milord. Su mesa está preparada.

Duncan sonrió.

—Gracias, Bundy. Sabía que podía confiar en ti.

Maddy se esperaba una estancia privada, o al menos, una mesa en un rincón a media luz, tal era su experiencia anterior, pero Duncan Stanmore no conocía las reglas del juego. Fueron conducidos a una pequeña mesa junto a la pared, que aunque era discreta, ofrecía una visión perfecta del resto de comensales, de modo que también a ellos podían verlos.

—Se ha dirigido a vos como milord —dijo cuando ya estaban sentados a la mesa y el camarero se había ido a por el champán que Duncan le había pedido.

Él sonrió.

—Supongo que se le habrá escapado. Sabe bien cómo ha de tratarme.

—¿Preferís ir de incógnito?

Él se rió.

—Eso, mi querida señorita Charron, sería imposible, al menos en Londres. No tiene importancia. Pero no espero que te dirijas a mí con tanta formalidad. Echaría a perder la velada.

Hizo una pausa cuando el camarero volvió con el vino y lo sirvió.

—El cocinero dice que tiene un suculento asado de ternera —les dijo—. Y hay lenguado en salsa de gambas, lechón que se deshace en la boca, además de confituras…

—Santo cielo, no tengo tanta hambre —exclamó Maddy riendo, aunque bajo la risa pensaba en los días en que pasaba tanta hambre y en los que una pequeña parte de todo cuanto el camarero les ofrecía habría sido para ella un auténtico banquete. ¿Por qué no podía olvidarse de ello?—. Un poco de pescado bastará, gracias.

—Yo tomaré lo mismo —dijo Duncan.

—Por favor, no reprima su apetito por mi causa, milord. Yo me daré por satisfecha con veros comer.

—Prefiero hablar que comer, y olvidas que soy Duncan Stanmore, y no milord —alzó la copa—. A la salud de mi bella acompañante.

Tomó un sorbo mirándola por encima del borde de la copa. Era hermosa, pero no del modo artificioso de muchas actrices, conseguido con afeites y polvos. Su encanto era completamente natural. Tenía un cutis perfecto y sus ojos, de un azul profundo con reflejos violeta, brillaban de inteligencia y sentido del humor, aunque había un poso de tristeza en su encantadora boca. ¿Quizá residiría en ello su talento como actriz?

—Gracias.

—Háblame de ti —le pidió cuando les sirvieron la comida—. Charron... ¿es apellido francés?

—Lo era en sus orígenes. Mi abuelo huyó de Francia con su esposa y su hija durante el Reinado del Terror y no volvió. Mi padre se crió siendo inglés y luchó por Inglaterra en la guerra contra Napoleón. Murió en una misión secreta al principio de la guerra. Incluso mi madre desconocía su naturaleza.

Las mentiras que tantas veces había dicho fluyeron de su boca como si de verdad las creyera.

—Lo siento si hablar de ello te hace sufrir —dijo—. No debería haberte preguntado, pero tenía la sensación de que había algo en ti distinto a las demás actrices.

—Imagino que conoces a muchas.

Él se rió.

—Unas cuantas, pero ninguna como tú.

—¡Embustero!

—Es cierto. Hay algo en ti que parece revelarte como mujer de noble cuna. Tu padre debió de ser un aristócrata si tuvo que huir del Terror, y eso se nota.

Ella sonrió. Su madre le había enseñado bien y Marianne Doubleday había completado esa educación. Podía interpretar el papel de dama a la perfección, pero no era eso lo que quería. ¿Qué era en realidad? Siete años antes habría podido contestar a esa pregunta sin dudar, pero ya no estaba tan segura. Le gustaba su vida. Se sentía adorada por todos. ¿No bastaba con ello?

Ganaba un buen dinero, se podía permitir vestir bien, recibía chucherías que podía vender o lucir, y tenía muchos amigos entre los actores quienes, a diferencia de lo que se creía, no siempre estaban enfrentados. Podía flirtear con los jóvenes que asediaban la salida de actores tras cada representación, salir a cenar con ellos y hacer oídos sordos a sus súplicas sin herir su orgullo. Entonces, ¿qué esperaba? ¿Aquel momento? ¿Aquel hombre?

—¿Puede identificar la cuna de una persona en tan poco tiempo?

—Por supuesto. ¿Cómo llegaste a ser actriz?

—Mi madre fue atropellada por un carruaje cuando yo tenía nueve años. No tenía familia...

—¿Y tus abuelas?

—Habían fallecido tiempo antes. No se recuperaron de la pérdida de mi padre, o al menos eso me decía mi madre. Creo que mis abuelos maternos debían haber muerto tiempo atrás, porque nunca me habló de ellos. Así que me quedé sola.

—Vaya... pobre criatura —se lamentó él con una compasión que parecía verdadera, y sintió una pequeña punzada de culpa por engañarle.

—¿Qué ocurrió entonces?

El resto era fácil porque se parecía mucho a la verdad. Le contó que la habían enviado a un orfanato para hijos de oficiales. Hacía tiempo que había ascendido al orfanato en el que la acogieron a la categoría de orfanato para hijos de oficiales, donde se quedó hasta alcanzar la edad suficiente para poder trabajar, pero no mencionó a los Bulford. De eso no podía hablar.

—En resumen, ésa es mi historia —dijo, sonriendo—. Ahora te toca a ti.

—Yo no tengo nada de interés que contar. Nací, fui al colegio, me hice hombre...

—¿Y te casaste?

—No, aún no, pero mi padre me crucificará dentro de poco supongo. Soy su heredero, y tengo un medio hermano, un mocoso llamado Freddie, que llevará el apellido de la familia si yo no tengo un hijo, pero aún es muy joven. Y eso es todo lo que hay que contar.

Era todo lo que él quería contar.

—De modo que no tienes que ganarte la vida de ningún modo.

Él se echó a reír. Tenía una risa contagiosa y Maddy sonrió.

—Si lo que quieres decir es que llevo una vida regalada, te equivocas. Mi padre no lo permitiría. Tengo que trabajar en nuestras propiedades asegurándome de que todo funciona debidamente, cuidar de nuestros arrendatarios...

Cuando estaba a punto de decirle que tenía otra misión en la vida, se detuvo; no quería meter una nota sombría en la velada.

—¿Y eso es trabajar?

—Es trabajar más duro de lo que tú te imaginas. Pero como ves, vengo a Londres cuando empieza la temporada de actos sociales.

—¿A buscar novia?

—Es el modo más corriente de hacerlo, aunque no estoy seguro de que en mi caso pueda funcionar.

Mi padre está desesperado conmigo. Dice que soy demasiado especial.

—¿Y lo eres?

Aguardó la respuesta casi conteniendo el aliento. Se llamaba Stanmore, lord Stanmore seguramente, pero no recordaba haber oído su nombre en labios de alguna de las chicas de la compañía, y eso que conocían a todo el mundo.

—No lo sé. Supongo que sí.

Aquella conversación estaba discurriendo de un modo totalmente opuesto a lo que esperaba. En nada se parecía a la charla insustancial y a las bromas que intercambiaba con las delicadas florecillas con las que solía estar. Aquella mujer era mucho más que ellas, mucho más. No bromeaba al decirle que tenía el porte de una aristócrata, que se demostraba claramente en su forma orgullosa de llevar erguida la cabeza, el modo en que usaba los cubiertos, en que tomaba un sorbo de vino, en que hablaba, sin esa entonación algo ñoña que empleaban con él las mujeres del orden inferior cuando intentaban impresionarle. Madeleine Charron no sentía necesidad alguna de impresionarle porque se consideraba su igual.

—¿Y en qué sentido eres tan especial?

—Pues ésa es la cuestión: que no lo sé. Nunca me he molestado en analizarlo. Supongo que lo que quiero decir es que reconoceré a la mujer deseada cuando la encuentre.

Ella se echó a reír.

—Así que aún no la conoces.

—Podría ser que sí.

Al decirlo era consciente de que la idea era absurda, estrambótica, risible. Pero se negaba a abandonarla.

—¿Cuándo la has conocido?

—Hace más o menos una hora.

Ella se quedó mirándolo primero, y después se recostó en el respaldo para echarse a reír.

—He oído ya muchas proposiciones, pero desde luego ésta es completamente nueva.

—¿Te ríes? —le preguntó frunciendo el ceño.

—¿Pretendes que te tome en serio?

De pronto se imaginó a su ilustre padre, a su madrastra, a su hermana, Lavinia, y a sí mismo presentándoles a Madeleine Charron como su futura esposa, y sabía que tenía razón en reírse.

—Podríamos fingir, aunque fuera sólo por una noche. Sería divertido.

—Eso depende de lo que esperes de mí —contestó ella; había dejado de reírse—. Soy una actriz y fingir es algo natural para mí, pero si lo que pretendes es lo que yo creo, me temo que has malinterpretado mi papel.

Él se recostó en su silla y volvió a reír.

—¡Desde luego eres una aristócrata, no me cabe la menor duda! ¿Qué título tenía tu padre? ¿Conde, marqués, duque quizás?

—Conde —contestó ella. Los marqueses y los duques eran más fáciles de localizar.

Mentir no era habitual en ella y de pronto se encontró muy incómoda. Aquel muchacho era demasiado agradable como para engañarle, había demasiada caballerosidad en él. Sabía que nunca sería capaz de coaccionarla o de imponerse a ella como había hecho Henry Bulford, pero si se lo proponía, conseguiría que se enamorase de ella y que desafiara al estirado de su padre para casarse con ella. La pelota estaba en su tejado. ¿Por qué sentía tan pocos deseos de devolvérsela? ¿Por qué, al presentársele la oportunidad de alcanzar la meta que tanto tiempo llevaba persiguiendo, perdía el coraje? Sólo el recuerdo de la humillación recibida a manos de otro aristócrata le impidió confesar su perfidia.

—Y no se puede ridiculizar así como así a la hija de un conde —dijo él.

—Lo siento.

—¿Qué sientes?

—Si habías creído que iba a sucumbir fácilmente a...

—De haberlo creído, ya me has puesto en mi sitio —contestó con una sonrisa—. Empecemos de nuevo, ¿te parece?

—¿Cómo?

—Háblame de tu profesión. Una vez actué en una obra que mi hermana había organizado con fines benéficos y me resultó muy duro.

—Y lo es. ¿Cuál fue tu papel?

—Oberon. La obra era *El sueño de una noche de verano*.

—La conozco bien.

Así era todo más fácil. Pasaron el resto de la noche charlando tranquilamente, riendo, comparando sus gustos y rechazos, y Maddy descubrió que podía olvidarse de que aquel hombre era uno de los odiados aristócratas, de las mentiras, y ser ella misma. Era una compañía encantadora y atenta.

A las dos de la madrugada, estaban ya solos en el comedor y los camareros revoloteaban por la sala esperando poder retirar la mesa, de modo que de mala gana se levantaron para macharse.

—¡Cómo ha volado el tiempo! —dijo él—. Jamás en mi vida he estado tan entretenido. Gracias, mi dulce Madeleine.

—Ha sido un placer —contestó, mientras él le colocaba la capa sobre los hombros y caminaban hasta la puerta.

Casi habían llegado cuando el dueño se acercó y se inclinó cortésmente ante ellos.

—Espero que todo haya sido de su gusto, milord.

—Lo ha sido —contestó él—. Envíen la factura a Stanmore House, por favor.

Stanmore House. Maddy sabía dónde estaba esa mansión y a quién pertenecía. Sir Percival Ponsonby le había llamado su atención sobre ella la semana pasada, cuando salieron a pasear en su coche y él le iba comentando quién era quién de entre todas las personas que vieron en el parque. ¿Por qué no se habría acordado al presentarse Duncan?

Había estado cenando con el marqués de Risley, el heredero del duque de Loscoe, que era uno de los hombres más ricos del reino, cuyo hijo había estado charlando con ella durante más de dos horas sin sacar a relucir a su ilustre familia. ¿Por qué? La mayoría de jóvenes a los que conocía no habrían podido dejar pasar la oportunidad de presumir de un padre duque. ¿Estaría él también interpretando un papel?

Salieron del restaurante y la ayudó a subir al carruaje que los esperaba.

—Dime adónde quieres ir.

Estaba un poco desilusionada, tenía que admitirlo. Le había dejado claro que no podía esperar nada más que una cena y él, como el caballero que era, lo había aceptado. ¡Pero bien podía haber porfiado un poco más!

Le dio la dirección de su casa en Oxford Street, que compartía con varias chicas más de la compañía, y en silencio fueron recorriendo las calles desiertas. Había cierta tensión entre ellos, como si se hubieran quedado sin nada de qué hablar y no supieran cómo actuar.

No era propio de Duncan quedarse sin palabras,

pero aquella mujer le había hechizado, y no sólo con su belleza y su figura, sino con su forma de hablar, el modo en que mantenía siempre erguida la cabeza, en que movía las manos al hablar, su buen humor. Se la imaginaba huyendo, llorando de niña sobre su madre muerta, sentía su dolor, la ausencia de consuelo, sin padre, sin abuelos, sin nadie excepto un orfanato como a los que su madrastra hacía llegar su caridad. Era casi un milagro que su carácter siguiera siendo alegre.

Había conseguido superarlo todo y el resultado era perfecto. Nunca se había sentido tan cautivado por una mujer, además por una mujer que no podía ocupar otro lugar que no fuera el de amiga o amante, puesto que no podía pensar en ella como esposa. Y a causa de todo ello le resultaba imposible pedirle que siguieran con la velada en algún otro lugar.

Cuando el carruaje se detuvo ante su puerta, bajó rápidamente para ayudarla.

—Gracias por una noche verdaderamente deliciosa —le dijo, llevándose su mano a los labios.

Muchos otros jóvenes habían hecho lo mismo, pero ninguno la había hecho estremecerse, y no por frío, sino por calor. Su contacto era como el de una llama que partiera de su mano, siguiera por el brazo, continuase hasta la boca del estómago y desde allí a sus entrañas. Nunca había experimentado algo así, pero lo reconoció como debilidad.

Una debilidad que no debía permitirse. No podía caer presa de su hechizo. ¡Debía ser él quien no pudiera resistirse!

—Casi lo olvido —dijo, sacando del bolsillo el otro pendiente—. Debes quedártelo como recuerdo del tiempo que hemos pasado juntos.

—Gracias.

—¿Puedo ponértelo?

Le colocó el pendiente con suavidad, y acercando los labios a su oído, le susurró:

—Siempre lo recordaré.

Entonces sí que fue el admirador al que ella estaba acostumbrada y que le dedicaba extravagantes cumplidos vacíos de significado.

—Es usted demasiado generoso, señor marqués.

—Vaya por Dios... me has descubierto —exclamó, riéndose, lo que rompió la tensión.

—¿Creías que no iba a conocer al marqués de Risley?

—Supongo que no —contestó con un suspiro teatral—. Y yo que pensaba que me querías sólo por mí mismo...

Nada se podía contestar a esas palabras, así que entró en la casa, cerró la puerta y apoyó la espalda en ella mientras oía alejarse el carruaje. Había tenido su oportunidad y la había dejado escapar. Todos aquellos años alimentando el odio, todos aquellos años trabajando por su meta y había caído ante el primer obstáculo. ¡Qué boba había sido!

Había alabado su hermosura; su porte le había parecido aristocrático, diferente, y no se equivocaba. Bien distinta era. Una mentira, un fraude por el que había recibido la recompensa que se merecía: unos pendientes. Debería sentirse halagada porque la creyera merecedora de algo así, pero los diamantes era algo cotidiano para él, un gasto que no mermaría su fortuna. El alfiler que llevaba en la corbata valía muchas veces aquel regalo.

Subió con paso cansino a su habitación, donde se encontró a Marianne sentada en la cama, esperándola, en camisón y con el pelo recogido en un gorro de dormir.

—¿Y bien?

—¿Y bien, qué?

Se sentó en su cama y se quitó los zapatos.

—¿Qué ha pasado? ¿Has averiguado quién era?

—Por supuesto.

—¿Y? ¡Vamos, no me tengas en suspenso! ¿A que era un aristócrata?

—Sí. Nada menos que el marqués de Risley.

—¡El heredero del duque de Loscoe! Estoy impresionada. ¿Qué ha pasado?

—Me ha llevado a cenar a Reid's, me ha entretenido contándome un montón de anécdotas, luego me ha traído a casa y me ha dejado en la puerta con el otro pendiente.

—¿Y eso es todo? ¿No te ha sugerido que le acompañaras a algún lugar íntimo?

—No. Ha sido cortés, generoso y todo un caballero.
Marianne se echó a reír.

—¡Y tú estás desilusionada!

—En absoluto —contestó—. No tengo intención de arrojarme a sus pies, ni de animarle a comportarse de otro modo. He de ser más sutil que todo eso.

—Más sutil —repitió Marianne—. Ay, Maddy, espero que no te hayas enamorado de él. El duque jamás permitiría que su hijo se casara con una actriz.

—Pero si esa actriz resultara ser la hija de un conde francés, podría pasarlo por alto.

—No le habrás contado la historia ésa de que eres una francesa emigrada, ¿verdad?

—¿Por qué no?

—Maddy, te vas a meter en un buen lío si sigues por ahí. Dile la verdad. Dile que ha sido una broma antes de que lo averigüe por sí mismo.

—No sabía quién era cuando se lo dije. Estaba fingiendo ser un don nadie mientras yo intentaba hacerle creer que soy alguien, así que los dos hemos mentido. Ha sido sólo una diversión sin importancia que no hay que tomarse en serio.

El problema era que no iban a volverse a ver, de modo que no podía estar segura de si le había impresionado o no. Había sido él quien había decidido retirarse, como si de pronto hubiera recordado quién era él y quién era ella: una actriz.

—Me alegro de que sea así —contestó Marianne,

levantándose—. Anda, vámonos a dormir, que si no mañana no valdrás para nada.

Cuando Marianne salió, Madeleine se desvistió y se metió en la cama aunque sabía que, por tarde que fuera y por cansada que estuviera, no iba a poder dormir. Aquella velada, aunque en un sentido había sido muy placentera, en otro había resultado un desastre. A veces, durante días, incluso semanas, era capaz de olvidarse de la enemistad que sentía hacia la aristocracia, pero la compañía de aquella noche había vuelto a despertarla y se sentía muy vulnerable.

Que el marqués aparentara haberse creído la historia de su abuelo francés, y que le hubiera dicho que le parecía evidente que era una dama de buena cuna, le hizo preguntarse por la identidad de su padre.

Y como siempre, le dio vueltas y más vueltas a la cabeza intentando recordar algo que le hubiera dicho su madre y que pudiera darle alguna pista sobre su identidad, pero no encontró nada. Ni siquiera recordaba que su madre lo hubiera mencionado en alguna ocasión.

Su abuelo no era, en ningún caso, un francés emigrado de su tierra, ya que esa historia se la había inventado ella, pero ¿y si ese personaje ficticio pudiera proporcionarle el modo de entrar en la alta sociedad? Y en las altas horas de la noche, cuando todo parece posible, comenzó a trazarse un plan, tan audaz que la hizo estremecer. Pero iba a necesitar la ayuda de su amiga Marianne.

—Bueno, ¿te debo o no te debo veinticinco libras? —le preguntó Benedict al día siguiente cuando se encontraron en el café Humboldt's, fumando en pipa y viendo pasar a la gente a través del cristal—. Ha pasado una semana y la ciudadela sigue irreductible.

—¿La ciudadela?

—La encantadora Madeleine Charron.

—Se trataba de una cena, y salimos a cenar —dijo Duncan sentándose frente a su amigo y llamando al camarero con una seña para que le llevase un café—. Fuimos a Reid's, donde nos vieron un montón de testigos, así que paga y sonríe.

Benedict sacó una bolsa del bolsillo de la chaqueta.

—¿Y? —preguntó mientras contaba cuidadosamente veinticinco libras—. Supongo que pensarás darme detalles de la velada.

—No hay detalles que dar.

—¿Me tomas el pelo?

—No. Lo que ocurrió y lo que se dijo es privado, y no tiene nada que ver con la apuesta.

—¡Te ha rechazado! —exclamó en tono triunfal.

—En absoluto —Benedict le estaba molestando, y antes se dejaría cortar una mano que contarle nada—. Pero, a diferencia de ti, que te lanzas a la conquista como un elefante en una cacharrería, yo prefiero tratar con delicadeza al bello sexo. Al final, compensa.

—Así que el asalto a la fortaleza continúa, ¿eh? ¿Quieres que volvamos a apostar? ¿Doble o nada?

—¿A qué apostamos?

—A que te metes una noche en su cama.

Duncan debería haber rechazado la apuesta. Debería haber recogido sus ganancias y decirle a su amigo que no tenía intención tan siquiera de intentarlo, pero se dio cuenta de que lo que Benedict tomaría por debilidad o falta de confianza le empujaría a intentarlo él, e imaginarle cerca de Madeleine le provocó una furia ciega.

—Hecho —contestó con una sonrisa.

Dos

Vivir dentro de una compañía de teatro la había acostumbrado a unos horarios un tanto extraños en los que la noche se transformaba en día y el día era la hora del sueño, de modo que no volvió a ver a Marianne hasta la tarde siguiente, cuando la compañía se reunió para ensayar la obra que iban a interpretar siete días después.

Aunque a veces interpretaban obras bufas o contemporáneas en las que se satirizaba al gobierno, Lancelot Greatorex era conocido por sus versiones de las obras de Shakespeare, a las cuales proporcionaba frescura y vitalidad, a veces actualizándolas con un vestuario nuevo, aire actual y alusiones a personas contemporáneas o a la historia reciente. A la semana siguiente, Madeleine interpretaría el papel de Helena en *Bien está lo que bien acaba*, una obra que se prestaba sorprendentemente bien a ese tratamiento.

Helena, hija de un médico, cura al rey de una misteriosa enfermedad y como recompensa puede escoger marido entre todos los cortesanos. Elige a Bertram, conde de Roussillon, pero éste dice que Helena no es de su clase social y aunque está obligado a obedecer al rey y casarse, prefiere marcharse a la guerra antes que consumar el matrimonio. Más tarde, Helena le engaña para que comparta su lecho haciéndole creer que es otra mujer que a él le gusta e intercambian los anillos. Cuando Bertram se da cuenta de lo ocurrido, acepta a Helena como esposa.

A Maddy no le gustaba la obra; el personaje masculino le parecía un débil de carácter y el final, flojo, además de preguntarse si un matrimonio basado en semejante ardid podía ser feliz. Y ahora que ella estaba contemplando la posibilidad de engañar a un hombre, la pregunta resultaba todavía más pertinente. No es que pretendiera llevarse a nadie a su cama con engaños, pero sí pretendía engañar a la sociedad en su conjunto.

—Madeleine, presta atención, por favor —le dijo Lancelot la segunda vez que olvidó entrar a tiempo—. Llevas toda la tarde de un gris que espanta, hija. ¿Se puede saber qué te pasa?

Maddy consiguió salir de su atolondramiento y

le buscó con la mirada en el foso de la orquesta. Sabía que su tono apacible ocultaba irritación.

—Lo siento, señor Greatorex. No volverá a ocurrir.

—Espero que así sea, a menos que desees ver a tu suplente en el papel de Helena. Vamos, empecemos de nuevo la escena.

Madeleine miró a Marianne y ésta le devolvió un guiño. La escena volvió a comenzar y aquella vez consiguió decir su papel para satisfacción del gran director-actor. Nada le satisfacía nunca por completo por su carácter perfeccionista, pero sabía hasta dónde podía llegar con sus críticas para no acabar teniendo en las manos a una actriz hecha un mar de lágrimas. Nunca habían visto a Madeleine Charron llorando, desde luego, ni en la escena ni fuera de ella, aunque podía deshacerse en lágrimas si el personaje lo requería.

Después del ensayo, Marianne y Madeleine se encontraron en el camerino que compartían y en el que se preparaban para la representación de aquella noche, *Romeo y Julieta*.

—No es normal en ti estar tan despistada, Maddy —le dijo su amiga—. ¿Te pasa algo?

—No, nada. Es que estoy un poco cansada.

—Espero que no te hayas pasado la noche en blanco, soñando con el marqués de Risley.

—¿Y por qué iba a hacer semejante cosa? Es un hijo de papá rico, y ya sabes lo que pienso de ellos.

Su respuesta había sido tan rápida y ácida que Marianne supo que había dado en el blanco.

—Entonces, ¿por qué te ha parecido necesario engañarle, si se puede saber?

—Pues porque me salió. Siempre que alguien me pregunta por mi familia, me sale sin pensar.

—¿Pero por qué? Eres una actriz admirada y respetada. ¿Por qué no puedes disfrutar de ello sin más?

—No lo sé. Supongo que porque siempre he querido tener una familia propia, alguien a quien sentirme unida, y si inventarme una familia es el único modo de...

No terminó la frase. Aquellas razones le parecieron de pronto triviales y poco convincentes, y sin embargo Marianne detectó tristeza en su voz.

—Pero si tienes familia, querida —dijo Marianne—. Me tienes a mí, y al resto de la compañía: todos somos tu familia. Y la mía también.

—Lo sé, pero no puedo evitar desear...

—Todos tenemos algún sueño dorado, Maddy, pero hay que tomarlos como lo que son, y no confundir lo alcanzable con lo inalcanzable. Tienes talento para ser una gran actriz, una de las pocas que serán recordadas mucho después de haber dejado este mundo. Eso es mejor que ser recordada durante muy poco por fingir ser quien no eres.

—Eso es actuar: fingir que eres quien no eres.

Marianne se rió.

—Te gusta tener la última palabra, ¿eh? Está bien:

en eso tienes razón, pero no deberías extenderlo a la vida diaria.

Madeleine se quedó callada un momento en el que siguieron con el maquillaje, pero si había creído que ése era el final de la conversación, se equivocaba.

—Tú conoces a los Stanmore, ¿verdad? —preguntó como por casualidad.

—Sí. La primera vez en que tomé parte en una producción aficionada de *El sueño de una noche de verano* que se organizó en Stanmore House, para recaudar fondos para las obras benéficas de la duquesa. Toda la familia participó, incluidos los niños.

—¿Y te tomaron por una dama?

—Sólo porque sir Percival Ponsonby me presentó. Fue él quien se inventó mi historia.

—Así que no le importó engañarlos.

—Fue por una buena causa.

—¿Y no sospecharon?

—Al final salió a la luz, claro. No pretendíamos engañarlos permanentemente.

—Y te perdonaron, ¿no?, porque sé que la duquesa sigue recibiéndote en su casa.

—Sólo para organizar a la compañía cuando quiere recaudar fondos para sus obras benéficas y yo estoy encantada de hacerlo. No me trata como a una igual, pero nos llevamos bastante bien.

—¿Me llevarás contigo la próxima vez que vayas?

—Maddy, no seas boba. ¿Cómo iba a poder hacerlo? En esas ocasiones me hacen llegar una invitación, y te aseguro que no son fáciles de conseguir.

—Seguro que podrías arreglarlo. Ofréceles una obra que necesite a dos intérpretes y así podrás llevarme.

Marianne miró pensativa a su amiga, preguntándose qué habría tras aquella petición.

—Quizás podría hacerlo, pero puede que al marqués no le hiciera gracia que sus conquistas irrumpan en su casa. A lo mejor se enfada, y no sólo contigo.

—Él no puede imaginarse que tú sabes que mi historia no es cierta, así que no podrá culparte. Al menos así repararía en mí.

Marianne se echó a reír.

—Eso ya lo ha hecho, y le has contado más mentiras.

—Lo sé, pero si se las ha creído, ¿qué daño puede hacerle?

—Maddy, cariño, su padre hará que verifiquen tus antecedentes, aunque el hijo te haya creído sin más. Si insistes, vas a meterte en un buen lío.

No lo había pensado así.

—¿Y qué si lo hace? Muchos franceses vinieron a parar aquí durante el Terror, y no hay modo de localizarlos a todos.

—Yo creo que lo que mejor podrías hacer es hablar con él y disculparte.

—Lo haré cuando se presente la oportunidad.

Pero no me dio la impresión de que pretendiera volver a verle, y no querrás que le aborde en mitad de la calle, ¿no?

Marianne se rió de nuevo.

—Claro que no, pero ir a su casa y contárselo allí tampoco servirá. Además, puede que no se encuentre presente. Vive en la mansión Stanmore, pero eso no quiere decir que se encuentre pegado a las faldas de su madrastra. A su edad, muchos jóvenes han abandonado ya el nido.

—Me dijo que su padre estaba deseando verlo casado.

—Y no me extraña, pero tú debes asimilar la realidad: que no pensará en ti como esposa.

Madeleine suspiró.

—Si de verdad fuese la nieta de un conde, sí que lo haría.

—Si lo fueses, querida, no habrías vivido como lo has hecho y no estarías tan resentida con la alta sociedad. Y si lo que estás pensando es utilizar a Stanmore para ejecutar tu venganza, ya sea el padre o el hijo, te vas a quemar los dedos, te lo aseguro.

—No estoy pensando vengarme de nadie. Sólo quiero estudiar a esa alta sociedad. Quiero ver a la familia reunida, ver si se quieren, o cómo tratan al servicio. Me has enseñado mucho y estoy segura de que no hay nada que no sepas sobre cómo interpretar a una gran dama, pero quiero verlo por mí misma. Sería de gran ayuda para mis interpretaciones.

Marianne la miró con la cabeza ladeada, como si dudara si creerla o no.

—¿Y esperas que yo te ayude?

—Sí, querida Marianne: anda, por favor, consígueme una invitación para la próxima velada a la que asistas. Te prometo que no volveré a pedírtelo.

No estaba segura de por qué deseaba tanto asistir. No es que pretendiera quedar bien a los ojos del marqués, y mucho menos a los de su familia, pero si podía conseguir que la historia del conde francés resultase lo bastante convincente, su presencia en la mansión Stanmore podría abrirle las puertas de otras ocasiones sociales semejantes y a lo mejor podía establecerse entre ellos sin tener que engañar a algún noble para conseguir que se casara con ella. Y quizá, con el tiempo, encontrase a alguien que, conociendo la verdad sobre su pasado, la quisiera de todos modos.

—Por favor —le rogó, imaginándose a sí misma asistiendo a esas veladas, aceptada por esa gente. Sí, eso era lo que más deseaba conseguir: ser aceptada—. Si no puedes pedírselo a la duquesa en persona, pídele ayuda a sir Percy. Creo que va con frecuencia a esa casa. La duquesa le escucharía.

Sir Percy era uno de los pocos hombres que no pedía favores sexuales a cambio de su protección. Marianne decía que se debía a que estaba enamorado de la duquesa de Loscoe y que lo había estado desde que ella era joven, pero la duquesa se había casado primero con el conde de Corringham y, tras su muerte, con el duque de Loscoe. Debido a ese rechazo, sir Percy se había refugiado en su papel de petimetre pasado de moda, pero Madeleine sabía que en el fondo no era así, y que si alguien podía ayudar, era él.

—Es posible, pero aun así no creo que acceda a presionar a los duques.

—No se trata de que los presione, y sé que lo hará si tú se lo pides. Te tiene mucho cariño. Él mismo me lo dijo cuando salimos en coche la semana pasada.

Marianne sonrió.

—¿Ah, sí? ¿Eso te dijo?

—¿Se lo pedirás?

—Me lo pensaré, pero no te prometo nada —contestó, colocándose la peluca empolvada; después se levantó y se miró por última vez en el espejo—. Anda, quítate todo eso de la cabeza y concéntrate en tu papel. Lancelot nos llama ya.

La interpretación que Madeleine hizo aquella noche de Julieta fue la mejor de cuantas había hecho en su carrera y los aplausos la obligaron a salir a saludar varias veces. Su camerino se llenó de flores, y cuando volvió a él fue examinando uno a uno los ramos y las tarjetas que los acompañaban, pero ninguno venía del marqués de Risley. Estaba claro que no quería volver a verla, ya que ella no estaba dispuesta a darle la carta blanca que él pretendía. Pero no iba a admitir la desilusión que eso le provocaba, ni siquiera ante sí misma.

Duncan estaba tomando un té en el salón de la mansión Stanmore. Había cenado con los duques y sus invitados, su hermana Lavinia y su marido, el conde de Corringham y la hermana de éste, Augusta, y su marido, sir Richard Harnham.

—Duncan, tienes que asistir a Almack's en esta temporada al menos una vez —dijo Lavinia.

—¿Por qué?

Quería mucho a su hermana, pero desde que se había casado con James seis años antes y desde su posterior alumbramiento de dos vivarachos niños, parecía convencida de poder obligarle casi a cualquier cosa. Bueno, siempre había intentado hacerlo. Desde que eran niños.

—¿Por qué tendría yo que vestirme de gala como si fuera un lacayo con chaqué por el dudoso placer de bailar con alguna muchachita que pretende atraparme en sus redes?

—¿Cómo puedes ser tan cínico, Duncan? Hay muchas chicas más que aceptables que esta temporada van a ser presentadas en sociedad. ¿Cómo puedes saber que no va a haber ninguna que sea exactamente lo que andas buscando?

—Lo dudo. Sólo hay mocosas que acaban de dejar la escuela, que se ríen por todo y que carecen de conversación, o solteronas que llevan años en la vitrina y que se desempolvan cada temporada para salir a la caza y captura de cualquier soltero que sea lo bastante torpe como para acercarse a ellas.

El duque y la duquesa habían estado escuchando la conversación con una sonrisa.

—Duncan —dijo la duquesa—, ¿es que no quieres casarte?

—La verdad es que no me siento particularmente inclinado al matrimonio, madre. Desde luego no lo suficiente como para lanzarme a ello sólo porque a una joven se la considere adecuada. ¿Adecuada para qué? Eso es lo que me pregunto.

—Pues para qué va a ser: para convertirse en marquesa —espetó Lavinia.

—Pero no hay seguridad alguna en que una mujer que pueda ser una buena duquesa sea también una buena esposa. Yo quiero sentir algo por la mujer con la que me case, y sentir algo que pueda durar toda la vida. No quiero convertirme en una máquina de procrear con una mujer a la que no me una nada en absoluto. El matrimonio debe ser mucho más que eso.

—En otras palabras: deseas querer y ser querido —dijo Frances con suavidad.

El comentario de su madre no necesitaba respuesta. Le comprendía bien y en muchas ocasiones había intercedido por él ante el duque, lo cual le agradecía infinito, pero si pretendía hacer causa común con Lavinia en cuanto a lo de su matrimonio, iba a tener que desilusionarla.

—Estoy segura de que en las filas de la nobleza debe estar la mujer que pueda satisfacerte en ambos aspectos —insistió su hermana—. Debes darle una oportunidad a la sociedad.

Duncan sonrió.

—Tú fuiste muy afortunada: tu elección de marido se consideró adecuada desde el punto de vista de la sociedad, Lavinia querida, pero nadie te pedía nada en especial, y eso no ocurre a menudo.

—Gracias por lo que me toca —intervino James.

—Ya sabes a qué me refiero.

—Lo único que digo es que deberías asistir a esas funciones en las que podrías conocer a jóvenes de nuestro mundo —continuó Lavinia—, porque si no asistes, ¿qué posibilidades tienes?

—Sí que salgo. No soy un recluso.

—Ya sé que sales con esos amigotes tuyos, y que frecuentáis las puertas traseras de los teatros, pero ahí no vas a encontrar esposa, ¿no te parece?

—¡Vinny! —la reprendió su marido—. No te corresponde a ti hacer comentarios sobre lo que hace tu hermano. Por cierto… ¿cómo lo sabes?

—Benedict se lo contó a su hermana, y ella a mí.

—¿Qué fue lo que le contó? —preguntó Duncan con interés.

—Nada importante. Que andabais apostando a ver quién llevaba a cierta actriz a cenar.

Duncan murmuró un juramento entre dientes. Menudo era Willoughby para guardar un secreto. Si el objeto de la apuesta hubiera sido una mujer menos especial que la señorita Charron, habría contestado con una broma al comentario de su hermana, pero las confidencias que habían compartido la noche anterior, los momentos íntimos en los que había podido ver a la verdadera Madeleine Charron era algo que quería guardar para sí mismo. Y que Benedict lo hubiese aireado le molestaba.

Y le inquietaba. Si esa segunda apuesta salía a la luz, se encontraría en un atolladero, y no sólo con Madeleine sino con su propio padre, que no toleraba que una dama fuese utilizada de ese modo, fuera actriz o no lo fuera.

—Benedict Willoughby no debería sacar la lengua a paseo.

—¿Ganaste? —preguntó James.

Duncan se sintió atrapado. No podía dejar de contestar a su cuñado, pero se sentía entre la espada y la pared.

—Sí. Salimos a cenar, pero nada más, y eso no tiene nada que ver con mi asistencia a Almack's.

—Entonces, ¿vendrás? —preguntó Lavinia, encantada de haber conseguido su propósito.

—Supongo que no vas a dejarme en paz hasta que te diga que sí.

—Entonces iremos el miércoles. Prepararán algo especial porque es el aniversario de Waterloo. Creo que incluso Wellington va a asistir.

—Ah; entonces, estoy a salvo. Las damas andarán todas revoloteando a su alrededor y a mí me dejarán en paz.

—Duncan, eres insoportable —contestó su hermana.

Pero él no la escuchaba ya, porque andaba dándole vueltas al modo de convencer a Benedict de que mantuviera su bocaza cerrada sobre la segunda apuesta.

La duquesa sonrió.

—Duncan, ¿qué tienes que hacer mañana?

—Nada que no pueda posponer si me necesita, madre.

—¿Querrás acompañarme al orfanato? Tengo un montón de ropa que he recogido y necesito unos brazos fuertes para llevarla.

A la duquesa le gustaba llevar en mano sus donaciones para involucrarse personalmente en ello, y el hecho de que el orfanato no estuviera en la zona más recomendable de la ciudad no la amilanaba. Pero le había prometido al duque ir siempre acompañada, de modo que como a él sus obligaciones en el gobierno le mantenían muy ocupado, la duquesa solía pedirle el favor a James o a Duncan; incluso a sir Percy.

La mención del orfanato le hizo pensar en Madeleine y en la historia que le había contado, una historia que le había llegado al corazón. Tenía que plantearse muy en serio dejar de pensar en ella. Le nublaba la razón.

—Por supuesto que sí, madre. Estoy a su servicio. ¿A qué hora quiere que salgamos?

—A la diez… es decir, si crees que serás capaz de estar levantado a una hora tan temprana.

—Lo estaré, y para demostrarle mi buena voluntad, no saldré esta noche.

Bromeaba. Estaba acostumbrado a salir hasta altas horas de la madrugada y a la mañana siguiente se mostraba más fresco que una lechuga.

Duncan se presentó en el salón del desayuno con tiempo suficiente para tomarse un buen desayuno y ocuparse de supervisar la carga de dos enormes cestas de ropa en la parte trasera del carruaje, antes de ayudar a su madre a acomodarse en su interior y darle instrucciones al cochero de que los llevase a Maiden Lane.

—Estás pensativo —dijo la duquesa. Habían pasado cinco minutos y seguía en silencio—. ¿De verdad no te importa acompañarme?

—En absoluto —contestó, distraído.

—Entonces, hay algo que te preocupa.

—No, mamá, no lo hay —contestó fingiendo alegría. Estaba cruzando la plaza de St. Paul's y acababa de ver a Madeleine Charron caminando del brazo de Marianne Doubleday de camino al mercado.

Se había pasado buena parte de la noche intentando decidir qué hacer con la dichosa apuesta, y no estaba preparado para volver a verla tan pronto. Iba del brazo de su amiga, riendo como si no tuviera una sola preocupación en el mundo, y sintió que el corazón se le aceleraba. Si supiera lo que él se traía entre manos, no reiría tanto.

Había hecho una apuesta de la que se sentía profundamente avergonzado, y sin embargo ganarla le proporcionaría un inmenso placer. Por un lado se decía que debía intentarlo, que el placer no sería sólo suyo; que sabía bien cómo complacer a una dama y que sabía ser muy generoso con aquellos que le complacían; además, ¿qué otra cosa esperaba una actriz? Pero por otro, sabía que tales pensamientos eran reprensibles y deshonestos, y que debería sentir más respeto por ella.

Las damas se habían detenido y miraban el carruaje. Fue entonces cuando la duquesa las vio.

—¡Mira, es la señorita Doubleday! Necesito hablar con ella.

Y antes de que Duncan pudiera decir nada, pidió al cochero que parase.

El carruaje se detuvo junto a ellas y Duncan tuvo que abrir la puerta y ayudar a su madre a bajar.

Marianne se acercó e hizo una leve cortesía.

—Buenos días, señora duquesa.

—Buenos días, señorita Doubleday. Espero que se encuentre usted bien.

—Muy bien, milady, gracias —sonrió—. Milady, permítame presentarle a mi amiga y compañera Madeleine Charron.

Frances se volvió a Madeleine mientras Duncan permanecía en silencio junto a su madre preguntándose qué iba a ocurrir.

—Es un placer conocerla, señorita Charron, aunque la habría reconocido de todos modos. Su fama la precede, y he de decir que con justicia. He visto su interpretación en *Romeo y Julieta*, y me conmovió casi hasta el punto de hacerme llorar.

—Gracias, milady —contestó Madeleine con una reverencia, aunque había jurado que nunca se inclinaría ante una persona por el hecho de que fuera una aristócrata, pero no quería avergonzar a Marianne ni al marqués. Además, la duquesa se había bajado del carruaje para hablar con ellas, lo que no era un comportamiento típico en una aristócrata.

—Les presento a mi hijo, el marqués de Risley, un gran amante del teatro —dijo la duquesa, señalando a Duncan con un gesto de la mano.

Contuvo la respiración. Esperaba que Madeleine dijera que ya se conocían, pero ella se limitó a sonreír y a inclinar levemente la cabeza.

—Milord.

Al mirar sus ojos de color violeta descubrió que brillaban divertidos, y Duncan sonrió.

—Señorita Charron —dijo, quitándose el sombrero—. Es un honor.

Si la duquesa notó algo extraño entre ellos, no dijo nada.

—Señorita Doubleday, me alegro de que nos hayamos encontrado porque quería hablar con usted de una velada musical que estoy organizando. Si no tiene usted otro compromiso, le estaría muy agradecida si pudiera venir a nuestra casa.

—Será un honor, milady, pero depende del día. Un jueves sería el más conveniente para mí. No trabajamos los jueves.

—Sí, lo sé. Lo tendré en cuenta y le enviaré una nota.

—Estaré esperando noticias suyas, señora duquesa.

—La elección se la dejo a usted. Estoy segura de que encontrará algo adecuado.

—Lo pensaré, milady —dijo, y sintió que las uñas de Madeleine se le clavaban en la espalda—. Un diálogo, quizás... es decir, si permite usted que la señorita Charron me acompañe.

—Excelente idea —sonrió, mirando a Madeleine—. Le ruego que nos acompañe, señorita Charron. Se trata de algo muy informal y contar con la presencia de ambas sería todo un éxito. ¿No crees, Duncan?

—Sin duda, madre —contestó, consciente de que Madeleine lo miraba con un extraño brillo en los ojos.

Algo se traía entre manos y ojalá no se tratara de ponerle en evidencia delante de su familia y de los amigos que su madre solía invitar a aquellas *soirées*. Pero no podía saber si él iba a estar presente o no. En contadas ocasiones asistía a los eventos que organizaba su madre: solían ser aburridos y sólo asistía si ella insistía mucho.

—Será un placer, milady —dijo Madeleine.

Se despidieron y Duncan y la duquesa subieron de nuevo al coche. Madeleine y Marianne se quedaron viendo cómo se alejaban.

—Bueno —suspiró Madeleine—. No pensé que fuera a ser tan fácil.

—Y yo no estoy convencida de que no deba excusarme en tu nombre e ir sola —contestó su amiga—. Temo que vayas a armar un lío.

—No lo haré. Seré la personificación del decoro. Estarás orgullosa de mí.

—¿Cómo voy a estar orgullosa de ti, si sé que eres una farsante?

—Es una mentirijilla sin importancia que no hace daño a nadie. Además ya te he dicho que he decidido confesar mi falta, si consigo poder hablar en privado con el marqués.

—No hay duda de que lo conseguirás. He visto cómo te miraba. Y cómo le sonreías tú, como la seductora que eres.

—¡De eso, nada!

—Ay, querida, a veces pienso que ya no distingues cuándo estás en escena y cuándo no.

—El mundo entero es un escenario y hombres y mujeres meros actores —repitió las palabras que Lancelot Greatorex le dirigió el día que le conoció.

—Puede que sea cierto, pero sólo podemos interpretar el papel que se nos ha concedido…

—Tú interpretaste a una dama. Fuiste a la mansión Stanmore y los engañaste a todos. ¿Por qué no voy a poder hacerlo yo?

—Mis razones eran bien distintas a las tuyas. Yo estaba colaborando para intentar atrapar a un canalla que amenazaba a lady Lavinia.

—Eso no me lo habías contado.

Madeleine agradeció tener la posibilidad de desviar la atención de sus propios intereses. Si Marianne seguía cuestionando sus motivos, sería difícil responderle con sinceridad porque ni siquiera ella misma sabía bien cuáles eran. ¿Seguía estando resentida contra la nobleza en su conjunto, y hasta qué punto podría aliviarla dejar en evidencia al marqués de Risley?

¿Se trataría simplemente de ver con sus propios ojos lo que era ser una verdadera dama? ¿O tanto se avergonzaba de su pasado que necesitaba inventarse uno más de su gusto? Pero ello significaría avergonzarse de su querida madre, quien por pobre que fuese, había sido una mujer maravillosa. Tal cosa era inconcebible porque siempre se había sentido orgullosa de ella, pero ojalá se hubiera decidido a contarle algo de su padre.

Quizás le diera envidia que el marqués de Risley pudiera citar la identidad de sus antepasados generación tras generación mientras que ella no sabía quién era. Ni siquiera se apellidaba Charron, sino Cartwright. Incluso de eso no podía estar segura, porque bien podría tratarse de una invención de su madre.

Marianne sonrió.

—Maddy, querida, deja de soñar despierta, anda, que cualquier día te va a arrollar un coche.

Sus palabras la llevaron a un instante quince años atrás. Estaba de pie ante una mercería junto a su madre, que acababa de salir de la tienda y se estaba poniendo los guantes. Volvió a oír el ruido de los casos de los caballos, el crujir de las ruedas del coche, los gritos del cochero cuando intentaba detener a los animales. Y de repente, su madre dejó de estar a su lado, y apareció tirada en mitad de la calle, pálida e inmóvil, con un hilo de sangre manando de su nuca y formando un pequeño charco en el suelo. Aún podía oír sus propios gritos.

—¡Maddy! ¡Maddy! ¿Qué pasa? —oyó a Marianne—. Estás blanca como la pared.

Con un estremecimiento, miró a su alrededor. Volvía a estar en 1827, delante de la entrada porticada del Covent Garden. El tráfico fluía frente a ella, no había nadie tirado en el suelo y su amiga la empujaba suavemente.

—Estaba pensando en mi madre.

—Ay, Madeleine, qué bruta he sido. Perdóname, por favor.

—No hay nada que perdonar —sonrió—. Anda, vámonos.

Pero el recuerdo siguió en los pliegues de su memoria, como si necesitase tener un recordatorio de por qué era lo que era y por qué tenía que liberarse de su pasado. Su madre había inventado el apellido Charron, de modo que era ella quien la guiaba por el mundo, y creerlo así la hizo sentirse mejor.

—No me había comentado que estuviera preparando una velada musical, madre —dijo Duncan aún en el coche.

—¿Crees que debería haberlo hecho por alguna razón en particular? Reuniones de ese tipo las tenemos en casa con regularidad y nunca antes has mostrado el más mínimo interés.

—A la última asistí.

—Sólo bajo condiciones de extrema dureza, y apenas te quedaste quince minutos.

—A lo mejor tenía algún otro compromiso.

—Ah, claro. En White's o en Boodles, seguramente.

—Cualquiera diría que soy un jugador empedernido. Usted sabe que no es así, madre.

Frances sonrió, recordando la ocasión en que se escapó del colegio para acudir a uno de esos antros de juego cuando sólo tenía quince años. El duque le echó una buena bronca y le hizo prometer que no volvería a poner el pie en un sitio semejante. Desde luego, acudía a clubes de caballeros, pero había madurado lo bastante como para no jugarse más que unas cuantas guineas, las que podía permitirse perder.

—De modo que en esta ocasión deseas asistir, ¿no es eso? ¿Podría deberse quizás a la presencia de la encantadora señorita Charron?

Él la miró sorprendido.

—¿Por qué dice eso?

—Porque te conozco bien y sé que no puedes resistirte a una cara bonita. ¿Es por ella por la que os habéis peleado Benedict y tú?

—No nos hemos peleado. Él me desafió a que no era capaz de llevarla a cenar sin decirle quién soy, eso es todo. Y ojalá no lo hubiera hecho.

—¿Por qué?

—Porque no me parece propio de caballeros.

—Y no lo es.

—Me contó su historia y me hizo sentirme avergonzado. Proviene de una buena familia, madre. Su abuelo era un conde que huyo de Francia durante el Terror. Su padre murió en la última guerra y su madre fue atropellada por un carruaje cuando ella tenía sólo nueve años. Se ha visto forzada a dedicarse a la interpretación por la necesidad de ganarse la vida.

—Si es cierta, es una historia muy triste —hizo un pausa—. Pero ten cuidado, Duncan, no vayas a darle esperanzas que después no podrás cumplir.

—¡Hay que ver, madre! —exclamó, riendo—. ¡Es usted tan mala como Lavinia! La invité a cenar y la acompañé a su casa, eso es todo. No soy un donjuán.

—Ya lo sé, cariño. Lo sé.

El carruaje se detuvo delante del orfanato en Maiden Lane y Duncan evitó tener que seguir hablando del tema. Su madre era muy lista y no habría conseguido engañarla por más que lo intentara.

Ayudó al cochero a descargar las cestas de ropa y a meterlas en el orfanato. No era la primera vez que acompañaba a su madre a tales menesteres, pero nunca antes había prestado mucha atención a los niños recluidos en la institución, ni a las condiciones en las que vivían. La casa estaba limpia, los niños vestidos y alimentados, y eso era todo en lo que había reparado hasta aquel momento, pero después de haber conocido la historia de Madeleine Charron, lo observó todo con otra mirada.

Mientras la duquesa hablaba con la señora Thomas, la directora de la institución, decidió pasearse por el edificio y echar un vistazo a sus dependencias: el comedor con su mesa larga flanqueada por bancos; los dormitorios con sus filas de camas; la sala que habían transformado en capilla; la cocina donde algunas de las niñas ayudaban a preparar la comida. ¿Habría sido también así para Madeleine?

Según le había contado, el orfanato en el que había vivido era para huérfanos de oficiales, de modo que quizá fuese algo más cómodo. ¿Pero qué significaba la comodidad para una persona que se hallaba sola en el mundo? ¿Cómo podía compensarla de la pérdida de su madre? La suya propia había fallecido teniendo él sólo doce años y le había costado un triunfo asimilarla, y eso que él tenía a su padre y a su hermana, y durante los últimos diez años, una madrastra a la que había llegado a querer mucho. ¿Cómo debía sentirse uno solo en el mundo, a merced de cualquier pisaverde majadero que pretendiera comprar sus favores?

La audiencia londinense solía ser siempre muy generosa, aunque algo ruidosa también, pero en la primera representación de *Bien está lo que bien acaba*, algunos de ellos parecían estar dispuestos a encontrar fallos a todo trance. No esperaban a que los demás actores terminasen sus frases, y se dedicaban a decir sandeces y a reírse a carcajadas de sus propias majaderías, lo que provocaba airadas respuestas de aquellos que querían ver la representación en paz. A Madeleine le costó mucho concentrarse en la representación, y recibió la bajada del telón con alivio.

—No les ha gustado la obra —le dijo a Marianne cuando volvían al camerino—. No sé por qué la habrá elegido Greatorex.

—¡Qué va! A la mayoría les ha encantado. Ha sido sólo ese patán de Willoughby, que le encanta hacerse pasar por el *enfant terrible* de la alta sociedad. ¿No le has visto? Estaba sentado con un grupo de alborotadores que no dejaban de armar jaleo, pero el resto de la audiencia intentaba hacerles callar.

—Y sólo ha conseguido empeorarlo todo. Creen que la riqueza y la posición les da derecho a hacer lo que les venga en gana, que pueden ser groseros y desconsiderados y echar a perder la diversión de otras personas sin que nadie les diga una palabra. Creen que pueden salirse siempre con la suya.

En ocasiones como aquélla no podía evitar pensar en su madre. Un jovenzuelo como aquéllos la había atropellado.

—Me ha sorprendido ver a Stanmore con ellos —contestó.

—Ah, ¿lo estaba?

Intentó parecer indiferente, pero la sola mención del marqués bastaba para acelerarle el pulso.

—Sí, le he visto sentado al lado de Willoughby cuando esperaba para entrar, así que no es muy distinto a los demás.

—Yo no he dicho que lo fuera.

Era duro admitirlo, pero se había llevado una gran desilusión. Le había parecido un hombre atento y agradable, buena compañía, que la trataba como a una igual, lo cual la había empujado a pensar que quizá fuese distinto de otros de su misma clase social. Pero no lo era. Qué boba había sido confiándole cosas de su pasado de las que sólo había hablado con Marianne. Ahora los borrachuzos de sus amigos habían decidido divertirse un poco a su costa. Se sentía avergonzada y furiosa, y devolvió el ramo de rosas rojas que el marqués le envió al camerino con una nota en la que decía que la esperaba a la salida.

—Devuélvaselas —le dijo al mensajero—. Dígale al marqués que no necesito más bagatelas y que cenaré con unos amigos.

—Vaya... me sorprendes —dijo Marianne, riendo—. Ahora supongo que te vas a hacer la dura.

—Nunca he sido fácil —espetó, pensando de pronto en Henry Bulford, lord Bulford ya. Marianne tenía razón: todos eran iguales.

—Vamos, niña querida: han hecho mucho ruido y resultaba muy molesto, pero no te lo tomes a pecho. Al fin y al cabo, ya has tenido que soportar antes algunas tonterías y algazaras en la sala, y te has sobrepuesto a todo ello como la gran actriz que eres, así que no dejes que lo de esta noche te amargue.

Madeleine sonrió.

—Eres la voz de mi conciencia, querida Marianne. Siempre estás ahí para evitar que cometa excesos ya sea por rabia, resentimiento o tristeza. ¿Qué sería de mí sin ti?

—Estoy convencida de que te las arreglarías perfectamente, querida. Bueno, me voy a cenar con sir Percy. ¿Qué vas a hacer tú?

—Me parece que me voy a ir directamente a casa. Estoy muy cansada... por eso mi interpretación de esta noche ha sido tan mediocre.

—¡Tonterías! Has estado tan bien como siempre. No hagas caso de un puñado de borrachos.

—El marqués de Risley entre ellos —dijo pensativa—. No es necesario pedirle a sir Percy lo de la duquesa, ya que lo hemos conseguido sin su ayuda. Cuantas menos personas conozcan mis intenciones, mejor.

—¿Estás decidida a seguir adelante?

—Desde luego. Más que nunca.

Marianne y sir Percy se marcharon poco después, y Madeleine se quedó sola terminando su *toilette*. Se vistió con un vestido verde de amplia falda y mangas abullonadas sobre el que llevaba una casasca de lana ligera y un pequeño sombrero verde decorado con una pluma. Sir Percy le había dicho que el coche de Risley estaba fuera, así que se había tomado su tiempo con la esperanza de que el marqués se rindiera y se marchara, pero cuando por fin salió a la calle, el carruaje seguía allí. Respiró hondo, se irguió y pasó de largo.

—¡Madeleine! —la llamó—. ¡Espera, Madeleine!

Se volvió a mirarle, aunque sólo pudo distinguir su silueta oscura.

—No tengo nada que hablar con usted, señor.

—¿Por qué no? ¿Es que te he ofendido de alguna manera?

—Eso que lo juzgue su conciencia, si es que la tiene. Buenas noches.

—Déjame acompañarte a casa —contestó él, poniéndole una mano en el brazo—, y así podrás explicarme en qué te he ofendido.

—Para eso no necesito subir a su coche, milord, porque es fácil y rápido de explicar. Hoy se ha burlado de mi trabajo en escena. Usted y los borrachos de sus amigos. Incluso se han atrevido a lanzar cáscaras al escenario. Estoy acostumbrada a las burlas, pero creía que usted reconocía mi talento. Desde luego eso es lo que dio a entender la semana pasada, eso sí, antes de que me negase a ser su querida. ¿Es que quería vengarse por ello?

—¿Vengarme? ¡Por amor de Dios, Madeleine! No me creerá capaz de algo así, ¿verdad?

—Y además he de suponer que esos... esos... botarates amigos suyos sabrán ya todo lo que le conté.

—¡Jamás! Estaba con ellos en el teatro, sí, pero no podía saber lo que iban a hacer, y desde luego no he tomado parte en sus burlas. Créeme, por favor. Por nada del mundo querría hacerte daño.

—¿Daño, milord? Jamás podría usted hacerme daño. Lo que me molesta es que otras personas no hayan podido disfrutar de la obra por culpa de un puñado de gandules maleducados.

—Yo estoy igualmente molesto, créeme. Por favor, permíteme que te acompañe a casa. No puedes ir sola por la calle a estas horas de la noche. Podría ocurrirte cualquier cosa.

Ella sonrió.

—¿Le preocupa mi seguridad?

—Por supuesto.

—¿Y vendrá caminando conmigo?

—Si lo prefiere a subir en mi coche, será un honor para mí.

—Entonces, despídalo. Es una lástima que los caballos pasen tanto tiempo esperando.

Dicho y hecho. Envió el coche a casa y le ofreció su brazo, y juntos caminaron en dirección a Oxford Street. Tendría que ir andando desde allí hasta su casa, pero a Madeleine no le importó. Le estaba bien empleado.

Tres

Caminaron en silencio durante unos minutos, embebido cada uno en sus propios pensamientos. Aunque seguía estando muy enfadada con él, Madeleine se vio obligada a admitir, aunque sólo ante sí misma, que le gustaba su compañía. Podría haberle pedido al portero del teatro que le pidiese un coche, pero había preferido volver andando a casa, una decisión que había lamentado casi en el momento mismo de tomarla, pero su orgullo le había impedido echarse atrás.

Para llegar a Oxford Street desde Covent Garden a pie había que atravesar la zona más insalubre de la ciudad, donde abundaban ladrones y otros delincuentes, y una mujer sola era presa fácil. Por furiosa que estuviera con su acompañante, se alegraba de contar con su protección.

Duncan era consciente de que sus amigos le habían dejado a la puerta del teatro convencidos de que se llevaría a la señorita Charron a casa con la intención de ganar la apuesta, una apuesta que deseaba con todo su corazón no haber hecho jamás, porque al día siguiente le pedirían detalles de toda naturaleza para convencerse de que había conseguido meterse en su cama. Suspiró. Tendría que admitir la derrota y soportar sus chanzas. Ojalá ella no se enterase nunca. Sería imposible explicárselo.

—Señorita Charron —dijo al fin—, le pido humildemente que me perdone si la he ofendido...

—No me ha ofendido a mí sola —le interrumpió en el tono más altanero posible—, sino a todos los demás actores y a la audiencia, que no pudo oír la representación por el jaleo que usted y sus amigos estaban armando. ¡Y se precian de ser caballeros! He visto mejor comportamiento entre los pilluelos de las calles.

—Tiene razón, pero en mi propia defensa he de decir que no tenía ni idea de que fueran a comportarse de ese modo: llevaban una copa de más.

—¡Una copa! ¡Una botella entera sería más exacto! —caminaba con rapidez y con la cabeza bien alta, de modo que las palabras le llegaban por encima de su hombro—. Y eso no es excusa, a pesar de que haya gente que crea lo contrario. Y ahora le ruego que olvidemos el asunto porque cuanto más hablo de ello, más me acaloro.

—Si no quiere escuchar mis disculpas, me callaré.
—Hágalo, por favor.

Y siguieron caminando apretando el paso. Las calles que rodeaban el teatro estaban llenas de vida e iluminadas por las farolas, pero la zona que estaban atravesando en aquel momento estaba completamente a oscuras, ya que ni siquiera la luz de la luna llegaba a las acercas, dado que las casas se agolpaban las unas con las otras. De vez en cuando, tras una puerta abierta se adivinaba el ruidoso interior de una taberna, de la que salían individuos que recorrían el camino de vuelta a casa haciendo eses. Había charcos en las calles y olores nauseabundos de origen imposible de determinar. Una rata olfateaba un montón de basura y un gato aulló al caerle encima algo que alguien lanzó desde una ventana.

Madeleine se estremeció. Se estaba ablandando. No muchos años atrás habría pasado por allí sin inmutarse. Nadie la habría acosado porque ella también era una hija de la pobreza a la que nada se podía robar. Qué distancia la separaba de allí. Aun así, no era la suficiente.

—Milord, lo siento —dijo de pronto, poniendo la mano sobre su brazo, lo que despertó en ella la conciencia de que el hombre que la acompañaba era alto, musculoso, guapo y muy viril—. Ha sido una grosería por mi parte, cuando usted se ha tomado la molestia de acompañarme hasta mi casa. Hable si es su deseo. Le escucho.

Aquel repentino cambio le pilló desprevenido. La dureza había desaparecido de su voz, y la mano que mantenía sobre su brazo resultaba tan cálida como su sonrisa. Pasaban en aquel momento junto a la ventana iluminada de una casa y podía ver su rostro con claridad, enmarcado por la pluma del sombrero.

Era una mujer hermosa y deseable, y si ambos fuesen otra persona, podría enamorarse de ella fácilmente, pero enamorarse de verdad, y no como un hombre quiere a su amante, sino como un hombre quiere a la mujer que desearía por esposa. Aquella idea le estremeció y tuvo que esperar un instante para recuperar la compostura.

—No soy un gran orador —dijo, poniendo su mano sobre la de ella sin saber por qué—. Pero me gustaría que fuésemos amigos, y si he puesto en riesgo nuestra amistad con mi comportamiento, estoy profundamente arrepentido. Le pediré al señor Willoughby que se disculpe.

Ella se rió.

—No creo que sea necesario, milord. Si una disculpa no es sincera, no merece la pena y dudo que él considere que ha hecho algo por lo que deba disculparse. Mejor olvidémoslo.

—De acuerdo, siempre y cuando dejes de dirigirte a mí por mi título. Prefiero Duncan, o si no te sientes cómoda, Stanmore. A veces un título puede resultar muy incómodo.

—No puedes hablar en serio.

—Desde luego que sí. Un título puede reprimir mucho el comportamiento de una persona.

—¿Porque todo el mundo te conoce y no puedes dar ni el más pequeño traspié sin que se enteren todos?

Duncan sonrió.

—Más o menos. Pero también significa que algunas personas, cuya opinión es importante para mí, se sienten incómodas en mi presencia y temen hablar con franqueza.

—¿Y eso te sorprende? Eres un hombre poderoso, o al menos tu padre lo es, así que si tu opinión sobre otro hombre no es buena, puede ser su perdición. O la de una mujer.

—Deduzco de tus palabras que tú sí hablas con franqueza.

—¿Acaso debería hablar de otro modo?

—Por supuesto que no. Eso es lo que me gusta de ti. Dices lo que piensas, y te da igual si me gusta como si no.

Ella se rió.

—No es eso. Es que nunca he tenido la oportunidad de aprender las galanterías de la buena sociedad, pero por lo que he podido observar, he llegado a la conclusión de que gran parte de ella es pura convención. Hay que hacer esto y no hay que hacer aquello. La jerarquía del estatus debe mantenerse a toda costa...

—No todo el mundo es así. Mis propios padres son muy liberales.

—Sí. La duquesa me pareció muy agradable cuando la conocí, pero eso no significa que estuviera dispuesta a incluirme en su círculo de amistades.

—No veo por qué no. Eres la nieta de un conde.

No le gustaba que le recordarse su propia mentira, pero aún no estaba preparada para confesar la falta.

—Un conde en Francia no es lo mismo que en Inglaterra, ¿verdad?

Él sonrió.

—Puede que no, pero mi madre no haría esas distinciones.

—Supongo que el duque sí.

—No necesariamente. Es cierto que a veces ha sido muy clasista, sobre todo cuando mi hermana y yo éramos pequeños, pero la duquesa lo ha domesticado, ¿sabes? Ya lo comprobarás cuando vengas a casa.

—¿Estará él?

No se había parado a pensar en que tendría que presentarse ante el duque y su propia temeridad le hizo temblar. Era fácil hablarle a Marianne de lo que iba a hacer, pero ponerlo en práctica estaba siendo más duro de lo que había imaginado: el marqués de Risley estaba resultando ser más afable y cariñoso de lo que debería. Si no se andaba con pies de plomo, incluso podía llegar a gustarle demasiado. Y eso no podía ser.

—Creía que sería sólo cosa de mujeres.

—No. Suele haber un ramillete de caballeros a los que mi madre convence para que donen fondos para sus obras de caridad.

—¿Y tú estás entre ellos?

—No me lo perdería por nada del mundo. La encantadora señorita Charron en el salón de los Stanmore... eso hay que verlo. Mi madre tenía razón: atraerás a la alta sociedad como un imán.

—¡Halagador!

—Desde luego. Mi madre conseguirá un buen pellizco para el orfanato.

—Un orfanato... —repitió y bajó la mirada.

—Sí, ¿no lo sabías? Desde la guerra, mi madre ha estado trabajando para conseguirles casa a los huérfanos de los soldados. Cuando abrieron el de Maiden Lane, incluso se remangó y se puso a fregar como la que más.

Madeleine respiró hondo. El orfanato en el que ella había vivido estaba en Monmouth Street, no en Maiden Lane.

—En ese caso, espero que tengas razón y que consiga recaudar una buena cantidad. Haré todo lo que pueda para ayudar.

—Claro —dijo él, recordando de pronto—. Había olvidado que tú has vivido en uno de ellos.

—Es algo en lo que ya no pienso. Lo he dejado en el pasado.

No quería hablar de ello porque la hacía sentirse más culpable y muy incómoda.

—Comprendo —contestó él, y apretó su mano—. Debe ser particularmente doloroso para ti, teniendo en cuenta cuál es tu cuna. Pero quizá un día acabes descubriendo que aún tienes una familia.

Madeleine se rió, y su risa sonó metálica, hueca.

—Me temo que no, o habrían aparecido cuando murió mi madre. Ya me he resignado a carecer de ella. Tengo mi trabajo y mis amigos...

—Espero poder contarme entre ellos —añadió con delicadeza.

—Puedes, claro que puedes —contestó ella riendo, intentando relajar la atmósfera—. Siempre que te comportes, claro.

—Seré un modelo de buen comportamiento con tal de contar con la recompensa de ser tu amigo —contestó con el mismo buen humor—. Sólo tiraré mondas de naranja cuando tú no estés en el escenario.

—¡Ni se te ocurra! —respondió, e hizo una pausa—. ¿Por qué has venido al teatro esta noche? Me había imaginado que una obra en la que un noble se ve obligado a aceptar como esposa a la hija de su físico a la que había rechazado debería ser un poco indigesta para tu estómago.

—Se lo merecía por haberse comportado de ese modo con ella.

Su vehemencia le hizo reír.

—Es sólo una obra de teatro, y a Helena se la impusieron. Estoy segura de que tú no permitirías que te hicieran una imposición semejante.

Él sonrió.

—Si fuera tan hermosa como tú, bendeciría mi buena suerte.

Era sólo un halago, lo sabía, un juego con palabras.

—Milord, no necesita gastar halagos conmigo. Ya soy bastante vanidosa. Interpreto los papeles que se me encargan empleando para ello toda mi habilidad y si mis interpretaciones sirven para hacer pensar a la audiencia, entonces mi recompensa es doble.

—Al menos a mí me hizo pensar. Cada vez que te veo, encuentro una nueva razón para admirarte.

—Más adulación.

—Es que es cierto lo que te digo, querida. Me dejas sin palabras.

—Eso sí que no puedo creerlo. Por un lado dices que no eres un gran orador, pero nunca te quedas sin palabras.

—Y si no recuerdo mal, antes me has pedido que me callara —se lamentó.

Estaban tan embebidos en un diálogo que escondía más que revelaba que no se habían dado cuenta de lo que les rodeaba, que era lúgubre en extremo, aunque ya estaban tomando Oxford Street y acercándose a su destino. Madeleine comenzó a lamentarse de haberle obligado a caminar hasta tan lejos y que tuviera que volver solo andando a su casa, presa fácil de cualquier desalmado que reparase en sus ropas de buena calidad. Pero si lo había hecho pensando que iba a invitarle a quedarse en su casa, se equivocaba de medio a medio.

Perdida en sus pensamientos, no se dio cuenta del hombre que salió como un rayo de un callejón y la agarró por un brazo para obligarla a girarse, y utilizando su cuerpo como escudo ante el suyo, le apoyó un cuchillo en la garganta.

—Si no quiere que la señorita pierda su belleza, déme todo lo que lleve de valor —dijo, dirigiéndose a Duncan.

Era un hombre corpulento que olía a alcohol y a sudor rancio, pero la hoja del cuchillo estaba peligrosamente cerca de su cara y no se atrevía a forcejear.

—Suélteme —le rogó—. Suélteme, por favor.

—Lo haré en cuanto el galán suelte las chucherías que lleva encima.

Pero Duncan no parecía tener prisa por quitarse el diamante de la corbata o la cadena del reloj, sino que se enfrentó cara a cara al desconocido.

—Creo que no voy a hacerlo. Les tengo mucho cariño.

Madeleine contuvo el aliento. No podía creérselo.

Abrió la boca para gritar, pero el ladrón se le anticipó y le tapó la boca.

—Las joyas, señor. Ahora.

—No seas estúpido —contestó Duncan, acercándose—. No merece la pena.

—No se acerque. El cuchillo está muy afilado.

Y dio un paso hacia atrás, tirando de Madeleine, a quien se le cayó el sombrero.

—¡Vamos! No tengo toda la noche.

Duncan comenzó muy lentamente, demasiado en opinión de Madeleine a quien le faltaba el resuello, a quitarse el alfiler y el reloj, pero no se los entregó directamente, sino que los sopesó en la palma de la mano.

—¿Tanto los necesitas?

—Como el aire. ¿Crees que haría esto si no lo necesitara? Vamos, dámelo ya. Y el portamonedas también.

—Lo tendrás todo si sueltas a la señorita inmediatamente y sin hacerle ningún daño.

—¿Te has creído que soy idiota? La soltaré cuando me lo hayas dado.

—¿Y cómo piensas recogerlo, si tienes las dos manos ocupadas?

El tipo le quitó la mano a Madeleine de la boca y cuando alargó el brazo para de un tirón llevarse las joyas, Duncan le agarró por la muñeca y le retorció el brazo a la espalda. Madeleine cayó al suelo y desde allí oyó gemir de dolor al asaltante cuando Duncan le obligaba a soltar la navaja.

—¿Estás herida? —le preguntó, guardándose las

joyas en el bolsillo del chaleco para poder tener libres ambas manos y sujetar al ladrón, que se debatía por soltarse de aquella tenaza sorprendentemente fuerte.

—No —contestó poniéndose de pie, pero temblaba de tal manera que tuvo que apoyarse en la pared.

—Yo no quería hacerle daño a la señorita —decía el ladrón en tono casi desafiante—, pero no me ha quedado otro remedio. No tengo trabajo y mis chicos se mueren de hambre.

—Y se morirán de verdad si acabas en la cárcel, idiota —dijo Duncan.

—¡No me entregue, señor, por favor!

—Con eso no conseguirías llevar pan a tu casa, ¿eh? Lo que tendrías que hacer es buscar trabajo.

—¿Y qué piensa? ¿Que no lo he intentado?

—Pues vuelve a probar. Mañana vete a Bow Street, a la casa que hay al lado de los juzgados, y di que te envía Stanmore. Te ayudarán —hizo una pausa—. Y toma —añadió, sacando unas monedas—. Esto es para tus niños, que no quiero tenerlos sobre mi conciencia. Pero compra comida, ¿me oyes?

El hombre se lo quedó mirando dubitativo, como si no pudiera creerse su buena suerte.

Duncan sonrió.

—Vamos, lárgate antes de que cambie de opinión.

El ladrón se alejó rápidamente y Duncan se volvió a Madeleine, que seguía apoyada en la pared porque, si se separaba, las piernas no le aguantarían.

—Cuánto lo siento, amor mío —dijo, tomándola en sus brazos—. ¿De verdad te encuentras bien? ¿No tienes ningún golpe, ningún arañazo?

—Mañana te lo diré —contestó, intentando sonreír—. Madre mía, qué valiente has sido enfrentándote así.

—Me parece que él tenía más miedo todavía que yo —contestó cuando se agachaba a recoger su sombrero del barro—. Ahora, vámonos a casa. Siento que no haya por aquí ningún coche de punto. ¿Podrás andar?

—Sí, no te preocupes. Sólo es el susto.

—Démonos prisa. Cuanto antes salgamos de aquí, mejor. Déjame ayudarte.

Reanudaron la marcha. Duncan le pasó un brazo por la cintura, y aunque se recuperó enseguida, a Madeleine le gustaba la sensación, el calor y la seguridad que irradiaba su presencia, y saber que la había llamado amor mío, con una voz tan llena de ternura y preocupación que no podía dudar de su sinceridad.

—Podría haberte herido. Incluso podría haberte matado, y todo por mi culpa —dijo—. Nunca debería haberte pedido que volviéramos a casa andando. Y ahora estás muy lejos de la tuya. A lo mejor se ha quedado a esperarte.

—No lo creo. No es la primera vez que me encuentro con tipos así, y no son delincuentes, sino hombres buenos empujados por la desesperación.

—¿Y esa casa de Bow Street?

—Es un sitio en el que les buscan trabajo. Me enteré de su existencia por casualidad —añadió, aunque no era verdad. Su propio dinero había sufragado la apertura del lugar.

—Pero por un estúpido orgullo, hemos venido a pie.

—Pero de haberlo hecho en coche, el viaje apenas habría durado unos minutos y no habríamos tenido ocasión de recuperar nuestra amistad. Seguirías enfadada conmigo.

—Es probable —contestó, riendo—. Ahora eres tú el que tiene todo el derecho a estar enfadado conmigo.

—En absoluto. Creo que te comprendo.

—¿Ah, sí?

A veces ni siquiera ella misma comprendía lo que la empujaba a actuar como lo hacía. A veces era un mar de indecisión.

—Sí. Tu arte es importante para ti. Es la expresión verdadera de ti misma y cualquiera que se lo tome a la ligera se merece tu ira. Eres orgullosa, sí, y tienes derecho a serlo, aunque a veces ese orgullo acabe yendo en contra de ti misma. ¿Es así?

Era muy perspicaz, casi demasiado. ¿Qué más habría deducido?

—Pues sí. Ojalá yo pudiera interpretarte a ti del mismo modo.

—Yo soy muy fácil de entender, querida. Soy el hijo malcriado de un noble que se enrabieta cada vez que no puede salirse con la suya, pero que puede ser un compañero agradable, aunque eso pueda decirse casi de todos los de mi clase.

—No lo creo. Otros no habrían sido tan indulgentes con el hombre que nos ha atacado, y habrían llamado a la policía sin dudar, aun suponiendo que hubieran podido desarmarle como tú has hecho.

—¿Crees que debería haberle entregado?

—No lo sé, la verdad. A lo mejor se merece nuestra compasión.

—La compasión no basta —contestó él.

Daba la sensación de que creía no haber sido justo con el hombre que había intentado robarles.

—No conozco a muchos aristócratas, pero los pocos que conozco desde luego no albergan esos mismos sentimientos. Creo que tú eres distinto.

Él se echó a reír y la apretó contra sí.

—Eso espero, querida Madeleine. Eso espero —habían llegado ante su puerta y se volvió a mirarla sin soltar su cintura—. ¿Estás bien de verdad?

—Sí, gracias.

—Ha sido una suerte que estuviera contigo. Podría haberte atacado y dejarte después por muerta; o haberte quitado la ropa y...

No podía expresar ese temor con palabras, pero ella sabía a lo que se refería.

—Supongo que lo que pretendía eran tus joyas. Yo no tengo nada.

—De no haber estado yo, podría haber sido distinto. Quiero que me prometas una cosa: que no volverás a venir a casa andando sola. Que te acompañe la señorita Doubleday. O toma un coche. O envía a alguien a buscarme, que sabes que acudiré.

La miraba con tanta ternura y preocupación que sintió que el corazón se le ablandaba, y eso no podía ser. No podía permitírselo.

—Lo sé, y no lo olvidaré. Pero ahora me preocupas tú. ¿Por qué no entras? Seguro que la casera puede encontrarte una cama.

¿Le estaría invitando a compartir la suya? De ser el hombre que sus amigos le creían, habría aprovechado al vuelo la oportunidad. Tampoco podía engañarse diciéndose que no se sentía tentado de hacerlo, pero el lazo que había entre ellos era tan frágil que no sobreviviría si aceptaba su invitación, sobre todo porque lo que más deseaba en el mundo era abrazarla.

—Mejor me voy —respondió, y le devolvió el sombrero—. Podría olvidárseme que soy un caballero —añadió, depositando un beso en su frente—. Buenas noches, dulce Madeleine. Que duermas bien.

Y desapareció calle abajo sin mirar atrás.

Madeleine se volvió lentamente y entró. Se sentía confusa y enfadada consigo misma. ¿Cómo podía seguir adelante con semejante farsa? ¿Cómo podía engañarle de ese modo? ¿Cómo iba a asistir a la velada organizada por la duquesa y fingir ser alguien que no era? Duncan no tenía nada que ver con Henry Bulford, nada en absoluto. Era un hombre valiente como un león, frío en plena crisis, y la respetaba aunque fuera sólo por su talento como actriz. ¿Seguiría haciéndolo cuando le confesara que le había engañado? Marianne tenía razón: se había metido en un terrible lío.

Duncan no sentía preocupación especial por su seguridad. En su vida se había encontrado con muchos tipos parecidos al que los había asaltado y eran sólo hombres, pero menos afortunados que él. En cuanto se daban cuenta de que no era su enemigo, solían avenirse a razones. En cualquier caso, tomó la precaución de volver por Oxford Street en lugar de por donde habían ido. En Bond Street tomaría un coche.

La noche era todavía joven; podía ir al club, pero Benedict Willoughby y sus acompañantes estarían allí, esperándole, deseando saber qué había ocurrido, así que mejor no ir. No podía decirles la verdad: que estaba creciendo en él una verdadera *tendresse* por Madeleine Charron y que no podía aprovecharse de ella. Que deseaba con todo su corazón poder realizar el milagro de transformarla en alguien que su padre pudiera aceptar. Se reirían de él hasta quedar afónicos. Pero tampoco podía mentir. No podía fingir haber compartido la cama de Madeleine y quedarse con el dinero de Willoughby. Eso era impensable.

Mejor irse a casa. Al día siguiente, bien temprano, se quitaría las telarañas con un buen galope en Hyde Park y luego se pasaría por el gimnasio de Jackson para un combate de boxeo con quienquiera que estuviera por allí. Después, vestido con un sencillo abrigo de paño y un sombrero, visitaría la casa de Bow Street por ver si el ladrón había pasado por allí. Solían hacerlo. Más tarde, y si le quedaba tiempo, visitaría la prisión de Niégate. Así conseguiría quitarse de la cabeza a Madeleine Charron.

Su interés por las cárceles y los prisioneros había empezado tres años atrás, cuando fue por primera vez a un establecimiento penitenciario acompañando a un amigo abogado que defendía a un hombre acusado de haber robado tres panes y un poco de té de una casa de Piccadilly. Había quedado con ese amigo para ir más tarde a las carreras, y como no tenía nada mejor que hacer, había ido con él a Newgate. La visita había cambiado su vida.

Era difícil creer que aquellos seres con harapos, barbas enmarañadas y greñas grasientas eran personas y no animales desconocidos y encerrados por ser peligrosos. Hasta que su amigo le habló de ello, no tenía ni idea de que existieran tantos delitos penados con la muerte. Más de doscientos, le había dicho.

—Aparte de asesinato, traición, piratería y piromanía, pueden colgarte por salteador de caminos, por allanamiento de morada, por robar en una tienda, por cazar furtivamente y un montón más de delitos menores, como por ejemplo enviar una carta pidiendo dinero firmada con un nombre falso, o suplantar a un pensionista de Chelsea. Por supuesto, Peel está rebosante de celo reformista y ha conseguido reducir el ingente número de delitos en los que se prescribe la horca, pero no por ello se ha reducido el número de delitos cometidos y sólo sirve para que las cárceles estén más abarrotadas que nunca.

—La señora Fry lleva tiempo pidiendo la reforma de las prisiones, ¿verdad?

—Cierto, y ha conseguido muchas cosas para las mujeres y sus hijos, pero los hombres siguen pasando los días sin hacer absolutamente nada, jugando y bebiendo...

—¿Bebiendo?

—Sí. Los guardias pasan ginebra barata si tienes dinero para comprarla. No se les puede culpar por desear ahogar su miseria.

Habló con varios de los prisioneros y descubrió que la mayoría de ellos no eran asesinos; ni siquiera habían cometido un delito grave, sino pequeños robos y delitos menores, a los que en muchas ocasiones se veían abocados por la pobreza extrema de sus familias, y había llegado a la conclusión de que era tanto la gente la que necesitaba una reforma, sino el sistema que los condenaba a ser lo que eran.

Había ocupado su sillón en la Cámara de los Lores en 1820, cuando todos los representantes se habían visto obligados a presenciar la parodia de juicio que pretendía desacreditar a la reina para que el rey pudiese divorciarse de ella. No le interesaba demasiado la política y no asistía a las sesiones, pero después de su visita a Newgate, ocupó de nuevo su sillón y se transformó en un beligerante defensor de una reforma penitenciaria que permitiera tratar a los convictos como personas, independientemente del delito que hubieran cometido. Y después, privadamente, llevaba ropa y comida a los prisioneros, y en algunos casos les pagaba incluso el abogado, o utilizaba su nombre y posición para conseguirles trabajo cuando salían de la cárcel. Por eso había abierto la casa de Bow Street. Del mismo modo que el orfanato era la obra preferida de su madre, los prisioneros y sus familias eran la de él.

No era algo de lo que le gustase presumir. De hecho, sus amigos de la alta sociedad se quedarían horrorizados si lo supieran. Seguramente ninguno de ellos, ni siquiera Benedict Willoughby, simpatizaría con su causa. Se limitarían a creer que había perdido la cabeza, así que no se lo había contado a nadie. Hasta aquel momento, sólo Madeleine Charron tenía una ligera idea.

Y ya estaba otra vez pensando en ella. ¿Por qué no podía contemplar nada: ni sus compromisos sociales, su trabajo caritativo, qué corbata ponerse, si cenar en el club o en casa, si ir o no a Almack's, sin pensar en ella, sin meterla en su vida? Acababa de tomar Bond Street y un coche de punto pasó vacío a su lado, pero no le prestó atención. Aún no había concluido el debate interno y necesitaba más tiempo.

Madeleine Charron era una actriz, una excelente actriz, pero no una mujer socialmente aceptable. Su padre, su madre, su hermana y su marido, para no hablar de todos sus amigos, nunca aceptarían semejante matrimonio. De pronto se detuvo. Matrimonio. ¿Cuándo se le había pasado esa idea por la cabeza? No había sido un pensamiento consciente, y debía desecharlo de inmediato. Volvió a caminar con determinación. Necesitaba una copa. Una buena copa. Y no volver a verla nunca. Quitar de en medio la tentación. Hacerla desaparecer. Eso era lo que tenía que hacer.

Los asistentes a la representación de la noche siguiente se comportaron perfectamente, sin alborotos ni cáscaras de naranja aterrizando en el escenario. Madeleine fue asediada, como era habitual, a la salida de actores del teatro por sus admiradores, pero el marqués de Risley no estaba entre ellos. Fue a cenar con Marianne y varios actores más del reparto y un grupo de jóvenes de la buena sociedad que rivalizaban entre ellos por sus favores, lo cual parecía hacerle mucha gracia a Marianne, que ya más allá de la juventud, se contentaba con estar sentada al lado de sir Percy y reírse de todos ellos.

No necesitaba al marqués, se decía. Había estado divirtiéndose con ella, pasando un par de noches, arriesgándose por los barrios marginales en los que los de su clase no ponían el pie jamás, sólo por diversión y por presumir después ante sus amigos, incluido el encuentro con aquel rufián. Sin duda les contaría que le había salvado la vida, que ella se había llevado un susto de muerte y que se había dejado abrazar para calmarse.

Pero no podía convencerse de ello. Había parecido preocuparse de verdad, y no sólo por ella sino por el asaltante también. La había llamado querida, no había querido aprovecharse de ella. ¿Por qué? ¿Porque era un caballero? Pero los caballeros que ella conocía no actuaban de esa manera. ¿Acaso no la encontraría atractiva? ¿Estaría con ella sólo por entretenerse? ¿Habría percibido en ella la aversión oculta que le inspiraban todos los aristócratas y era consciente de que estaba jugando con él como se jugaría con un pez al final del sedal? No volvería si era eso lo que pensaba. ¿Por qué sentía la cabeza tan llena de contradicciones?

—Maddy, estás soñando despierta otra vez —le

susurró Marianne, rodeadas ambas por el jaleo de la fiesta.

—Lo siento. Estaba pensando.

—No es bueno pensar demasiado, querida —le dijo sir Percy con una sonrisa—. Salen arrugas prematuras.

Ella se rió.

—Seguro que tiene razón, sir Percy. Intentaré vaciar mi cabeza de todo lo que no sea mi trabajo.

—Y placer, querida —apostilló él, poniendo su mano sobre la de ella—. Una mujer tan hermosa como tú no debe consagrarse sólo al trabajo. Disfruta de la vida.

—Pero si ya lo hago —contestó—. Sir Percy —continuó tras un momento—, usted conoce bien a la duquesa de Loscoe, ¿no?

—Desde luego. La conozco de su presentación en sociedad, aunque no voy a decirte cuántos años hace ya de eso. ¿Por qué lo preguntas?

—Las dos hemos sido invitadas a la velada que celebrará en su casa el jueves —intervino Marianne—. Nos ha pedido que interpretemos algo para sus invitados, y aún no sé qué. ¿Se te ocurre algo?

—Estoy seguro de que lo que elijas será un rotundo éxito.

—¿Estará usted allí, sir Percy? —preguntó Madeleine.

—No me lo perdería por todo el té de China, querida.

—Me han dicho que incluso el duque podría estar presente —continuó—. Y el marqués de Risley.

—Yo no contaría con ello. El duque es un hombre muy ocupado, y en cuanto al joven Stanmore, tiene sus propios intereses. Por lo pronto, debe empezar a buscarse esposa, ¿sabes? Estará muy ocupando asistiendo a bailes y fiestas, conociendo a todas las jovencitas posibles.

—Oh —¿por qué se sentía decepcionada? ¿Qué esperaba?—. Imagino que se tratará de jovencitas de su misma alcurnia.

—No necesariamente. En ese caso, a lo mejor no habría suficiente campo para elegir, pero sin duda debería ser de una buena familia, conocida del duque. *Noblesse oblige* y todo eso.

Marianne la miraba moviendo la cabeza casi imperceptiblemente y Madeleine sonrió.

—A veces me pregunto qué sensación debe producirte ser presentada en sociedad. A lo mejor no es tan agradable como parece que te muestren como si fueses un caballo, esperando que a alguien le gustes lo suficiente como para pujar por ti.

—Supongo que es así, querida, pero también pasa lo mismo del otro lado. A los jóvenes también se les mira hasta la dentadura, y tienen que cumplir una serie de requisitos —sonrió—. Pero el marqués de Risley puede permitirse ser exigente. Y puede que lo sea, porque que yo sepa se ha negado a dejarse pescar en los últimos tres años.

Los jóvenes estaban ya un poco achispados y habían empezado a contar chistes para los que Marianne siempre tenía lista una respuesta, pero Maddy, aunque sonreía, seguía sumida en el dilema que se suscitó la primera vez que habló con Duncan Stanmore. Faltaban pocos días para la velada en su casa y la idea le hacía temblar. ¿Podría soportarla? ¿Podría seguir fingiendo?

El marqués de Risley no era el único pez en el mar, se dijo. Encontraría el modo de asistir a la reunión, charlar un poco con la duquesa y dejarle caer algunas palabras sobre su abuelo francés en presencia de otras personas, y de una invitación vendrían otras. Lo único que necesitaba era que todos aceptaran que su origen no era plebeyo, y que había caído en desgracia por circunstancias ajenas a su voluntad.

—Sir Percy, parece que Madeleine está cansada —dijo Marianne—. Creo que me la voy a llevar a casa.

Él se levantó inmediatamente.

—Mi coche está a tu disposición, querida. Dejaremos a los jóvenes divirtiéndose, ¿no te parece?

Se despidieron de los demás, y tras ignorar sus protestas, salieron al coche.

—Enseguida estaremos en casa —les dijo mientras las ayudaba a subir. Era un hombre afable que no hacía preguntas, aunque Madeleine estaba convencida de que se le escapaban muy pocas cosas. No podía saber si había oído la historia del conde francés, pero desde luego sabría si la hija de tal personaje podría ser aceptada en sociedad. De una cosa estaba segura: una don nadie no tendría ni una sola oportunidad.

El marqués había dicho que había algo en ella que revelaba su buena cuna, pensaba una hora después, metida ya en la cama. ¿Sería cierto? ¿Podría ser que su padre hubiera sido algo más que un humilde soldado? Y en caso de serlo, ¿por qué no le habría hablado de ello su madre? Quizás los rumores fuesen ciertos y su madre no había llegado a casarse.

Pero no. Su madre no habría consentido tal cosa. Pero también cabía la posibilidad de que hubiera sido víctima de un asalto similar al de Henry Bulford. No podía soportar siquiera planteárselo porque si fuera el caso, ni todos los abuelos nobles del mundo podrían ayudarla. Si pudiera averiguar algo más de su niñez... si pudiera saber quién era y de dónde provenían sus padres, se sentiría mejor. Conseguiría estar satisfecha consigo misma. Pero ¿por dónde empezar?

Cuatro

Las salas de Almack's estaban ya abarrotadas de gente cuando llegó el grupo de Stanmore, un poco más tarde de lo que recomendaba la etiqueta. La charla perdió un poco de intensidad mientras los presentes se cercioraban de quiénes eran los recién llegados y un suspiro se elevó de labios de todas las jóvenes solteras, y no tan jóvenes, al ver al marqués de Risley.

Iba magníficamente vestido con un chaqué azul marino, pantalones blancos y un chaleco ricamente adornado. La cadena del reloj brillaba sobre la pechera y un alfiler de diamantes brillaba en la corbata que Davidson había lavado y planchado con esmero. Tenía veinticinco años, era rico y guapo, además de heredero del ducado de Loscoe, así que los suspiros estaban justificados. Y llenos de esperanza.

La mayoría de jóvenes eran bonitas aunque de un modo alambicado, y sin duda sus credenciales eran irreprochables. De otro modo, no habrían sido invitadas. La asistencia a los bailes de Almack's estaba controlada rigurosamente por invitación y no era fácil ser destinatario de una de ellas.

—Has hecho una entrada triunfal —le susurró Lavinia al oído—. Las tienes a todas boquiabiertas, incluso a las que ya están prometidas. Tienes dónde elegir.

Ése era el problema: que no quería elegir porque a quien quería era a la vivaz señorita Charron, que podía dejar a todas aquellas niñas a la altura del betún. Pero había ido hasta allí para complacer a la duquesa y a Lavinia, así que sonrió decidido a lanzarse a la piscina:

—Preséntame a alguna de ellas, madre.

Mientras la duquesa le conducía, todas las miradas seguían su avance preguntándose quién sería la elegida. Por él, podían especular cuanto quisieran, porque no iba a elegir a ninguna de ellas. Esperaría a que Madeleine Charron fuese aceptada en sociedad y entrase en aquella misma sala. Entonces todos se darían cuenta de lo superior que era en todos los sentidos.

La duquesa se dirigía a un grupo formado por un hombre rollizo de rostro congestionado, una mujer de gesto imperioso y una joven.

—El hombre es lord Bulford, que acaba de heredar una baronía —le explicó la duquesa mientras caminaban—. La dama más alta es su esposa, y la otra es su hermana.

El hombre se inclinó ante la duquesa.

—Señora duquesa...

—Lord Bulford, creo que no conoce usted a mi hijo, el marqués de Risley.

Los dos hombres se inclinaron.

Frances sonrió.

—Lady Bulford, le presento al marqués de Risley.

La dama hizo una inclinación de cabeza.

—Milord, estamos encantados de conocerle. Le presento a mi cuñada, la señorita Annabel Bulford.

—Milord —Annabel hizo una reverencia tan profunda que Duncan se preguntó si sería capaz de volver a levantarse.

—¿Me haría el honor de concederme este baile? —le pidió él, tomando su mano.

Hizo falta que la cuñada le diese con el codo en las costillas para que la joven asintiera con una sonrisa.

Bailaba tiesa como un palo y parecía temerle.

—Me pregunto cómo no nos hemos visto antes, señorita Bulford —comentó, intentando rebajar la tensión—. ¿Es ésta su primera temporada en sociedad?

—Sí, lo es —contestó con una voz ahogada, pero

de timbre agradable—. Mi presentación en sociedad se hará dentro de unas semanas.

—Ah, por eso no nos habíamos conocido. Lo recordaría, sin duda.

—¿Ah, sí?

—Desde luego.

Era una joven bonita, pero con una belleza un tanto descolorida, la clase de hermosura que le gustaba a la buena sociedad: rostro oval, piel blanca que hacía parecer sus ojos aún más grandes, bucles dorados apartados de la cara por un par de peinetas. Era más bien rellenita y bailaba muy bien. Y sonreía.

—Yo a ti te conozco desde siempre.

—Ay Dios, qué mal me suena eso.

—No, no. Que no quería decir que fuese malo. Al contrario. Siempre te ponen como ejemplo de lo que debe ser la nobleza de este país.

Él se echó a reír.

—La verdad, no sé quién puede pensar eso de mí que no sea mi madre o mi hermana. Sólo ellas pueden estar tan ciegas ante mis defectos.

—Pues no ha sido ninguna de ellas, sino mi hermano Henry.

—Me parece que no había tenido el placer de conocerlo antes de esta noche.

—Ha estado viajando por Europa. Volvió hace un año, a la muerte de mi padre, y el verano pasado se casó con Dorothy.

—Entonces, ¿cómo puede saber de mis virtudes?

La jovencita enrojeció.

—Es que también lo dice mi madre.

—Entonces estoy en deuda con ella.

—Desde la muerte de mi padre, hemos vivido retirados en el campo, pero mi hermana y yo hemos venido a quedarnos con mi hermano durante la temporada de este año.

—Entonces, será todo un éxito.

El cumplido la hizo enrojecer.

—Milord, no sé si le parecerá presuntuoso por mi parte, pero me gustaría invitarle a mi baile de presentación. Me gustaría mucho que asistiera. Sé que Dorothy va a invitar a los duques de Loscoe y a los condes de Corringham.

—Asistiré encantado —la música estaba tocando a su fin. Duncan se inclinó ante ella y la muchacha le contestó con una profunda reverencia. Luego le ofreció su brazo y la paseó por la sala antes de conducirla junto a su hermano y su cuñada.

La joven tenía las mejillas arreboladas y le brillaban los ojos, y la expresión de lady Bulford era de indiscutible triunfo. Debía andarse con ojo y no favorecer a unas más que a otras si no quería que las campanas de boda empezasen a sonar. Hizo una reverencia y se marchó en busca de otra joven.

Cuando la velada concluyó, había bailado con todas ellas y estaba agotado, no por el baile en sí, ya que podía bailar toda la noche si le apetecía, y era un gran bailarín, sino de hablar con ellas, de tener sumo cuidado con lo que decía, no fuesen a hacerse la idea de que estaba considerándolas para el papel de marquesa.

Algunas eran tímidas, otras pícaras, otras abiertamente coquetas, pero no tenía dificultad alguna con ellas. El problema eran aquéllas que no decían una sola palabra. Sus madres debían haberlas aleccionado de tal modo sobre lo que debían o no debían decir que las pobres no se atrevían a abrir la boca. Con esas había sido especialmente amable.

Desde el punto de vista de las damas que organizaban aquellos bailes, y de las mamás de las criaturas que él había señalado, la velada fue todo un éxito, pero como paliativo para sus alteradas emociones, no sirvió de nada. Cada pareja con la que había bailado se imaginaba cómo sería tener a Madeleine en sus brazos, danzando armoniosamente al ritmo de la música, mirándole a los ojos, riendo con él. Era fácil sonreír y hacer halagos a sus compañeras de baile teniendo esa visión ante los ojos.

—Bueno, no ha estado tan mal, ¿no? —comentó su hermana al salir.

—Ha sido un martirio. Me he sentido como un semental en una feria.

—Vamos, Duncan, ¿cómo puedes decir eso? Eres un hombre muy guapo, y con grandes perspectivas de futuro...

—Lo sé muy bien, créeme —dijo mientras les llevaban los coches a la puerta—. He visto brillar los ojos de las madres con cuyos retoños he bailado. No quiero casarme por las perspectivas de nadie.

—Entonces tendrás que buscarte a alguien para quien tus perspectivas no sean tu atractivo fundamental, hermano querido.

¿Y si ya la hubiera encontrado?, se preguntó después de despedirse de su hermana y su cuñado. ¿Le importarían a Madeleine Charron sus perspectivas? ¿Sería igual que las demás, que disparaban el arco a la ventura, con la esperanza de que la flecha alcanzase su destino? No, no podía creer algo así de ella. Era demasiado independiente, demasiado orgullosa, demasiado dueña de su vida para sacrificar nada de todo eso por riquezas y títulos. Y la última vez que se habían encontrado, le había dejado claro que despreciaba a los aristócratas. ¿Se sentía decepcionada por su padre? Parecía saber tan poco de él...

—Las debutantes de este año son más que de costumbre —comentó Frances cuando se habían acomodado ya en el coche.

—¿Ah, sí? ¿Las he conocido a todas, o quedan más?

—Sin duda habrá otras, pero las más aceptables estaban aquí. ¿Has visto alguna que te guste en especial?

—No, aunque si me viera obligado a escoger, creo que la señorita Bulford está algo por encima de las demás, aunque no estoy diciendo con ello que esté pensando pedir su mano.

—¡No, por Dios! Es demasiado pronto.

—Pero he accedido a asistir a su baile de presentación.

—¿Ah, sí? Eso va a ser como una medalla para ella, Duncan. Si no quieres que piense que tus atenciones significan algo, tendrás que ir a todos los demás.

—¿A... todos?

—Eso me temo. Al menos a los posibles.

—Madre, no puedo creer que sea tan fría en este asunto.

—Es que no lo soy, hijo querido. Pero Vinny tiene razón: si no sales y si no conoces gente, ¿cómo vas a poder encontrar a una mujer a la que puedas entregar tu corazón? Es todo lo que deseo para ti.

Duncan sonrió para sí mismo en los confines del carruaje. Su corazón ya era propiedad de otra mujer, y esperaba poder anunciárselo al mundo entero dentro de muy poco, pero hasta entonces, les seguiría el juego. Mientras tanto, debía convencer a Madeleine de que le abriera su corazón porque estaba llegando rápidamente a la conclusión de que no podía vivir sin ella.

—He visto a tu admirador. Estaba otra vez en su palco esta noche —le dijo una de las chicas de la compañía a Madeleine tras la caída del telón.

—¿Mi admirador? —repitió Maddy, fingiendo

ignorancia, aunque había visto al marqués de Risley en su palco y había sido consciente de su presencia durante toda la representación. A punto había estado de equivocarse, pero era una profesional y nunca perdía el control—. ¿Es que no puede ser simplemente un amante del teatro?

—Del teatro y de ti, eso está claro. No te ha quitado la mirada de encima en toda la noche, aun cuando no hablabas.

—Y tú deberías estar prestando atención a lo que hacías, Lucy, y no andar examinando la audiencia. Te aseguro que el señor Greatorex se habrá dado cuenta.

—No tengo nada que hacer aparte de estar de pie en el escenario, y es difícil no ver los palcos que quedan más cerca, ¿no? Y además, él es tan guapo... —suspiró—. Ojalá tuviera la suerte de que los caballeros revoloteasen a mi alrededor. Debe ser maravilloso que le manden flores a una, y regalos, y que la lleven a cenar...

—Cuando te aprendas tu papel lo bastante bien como para que el director y el público se den cuenta, puede que tú también tengas admiradores, pero si te pasas el tiempo mirando al público y soñando, eso no ocurrirá, créeme.

No sabía por qué había sentido la necesidad de ser tan dura con la muchacha; ella también soñaba lo suyo, pero estaba empezando a darse cuenta de que eso era todo, soñar. La realidad, por mucho que dijesen lo contrario, estaba allí, en el teatro. El mundo fuera de la fantasía, la nieta del conde francés, la esperanza de un futuro en la alta sociedad, era una pura fantasía. Había llegado a esa conclusión en las horas oscuras de la noche, después de la cena con sir Percy.

—No tienes por qué ponerte así —contestó Lucy—. Sólo te he dicho que tu admirador estaba en el teatro.

Ella sonrió y le dio una palmada en el brazo.

—Lo siento, Lucy. Estoy un poco nerviosa hoy.

Todos estaban abandonando el escenario para ir a los camerinos y Madeleine volvió de mala gana porque sabía que se encontraría con un mensaje del marqués al que no iba a saber cómo contestar. Si insistía en salir con ella, sólo podía tener una cosa en mente, y no lo iba a conseguir. Otras actrices con mayor renombre que ella aceptaban ser amantes de los caballeros de la alta sociedad, pero aquél no era su caso. Henry Bulford había hecho más que intentar violarla: le había hecho adquirir la determinación de que jamás permitiría que un hombre la utilizara para satisfacerse sexualmente con ella. Y Duncan Stanmore no iba a ser una excepción.

El problema era que Duncan le gustaba. Es más: le sería muy fácil enamorarse de él, dejar que las cosas siguieran su curso, pero era también consciente de que el final de ese camino sería la desilusión y el dolor, cuando él se casara con una mujer con su mismo origen, una mujer que sabría exactamente quién era y cuáles eran sus antecedentes. Mejor ponerle fin a su relación ya para poder dejar de pensar en él, de añorarle.

Entró en el camerino y lo encontró lleno de flores. Marianne se había quitado la ropa y estaba en enaguas, quitándose el maquillaje.

—Ya te imaginarás quién te las envía —dijo sonriendo—. Y hay un paquete encima de la mesa.

Madeleine lo abrió. Contenía un broche en delicada filigrana de plata y pequeños brillantes con la forma de un pájaro cuyo ojo era una esmeralda. Era precioso. Pero regalos tan caros como aquel sólo podían tener un significado.

—Esto ha ido ya demasiado lejos —murmuró.

—¿Cómo puedes decir eso? ¿No pretendías precisamente que ocurriera algo así? ¿No querías que te apoyara, aun cuando sé que sólo te acarreará sufrimiento al final?

—Y tenías razón. No quiero tenerle como amante, y no puedo tenerle como marido. Y se me está rompiendo el corazón.

—Ay, cariño —Marianne se acercó a abrazarla—. Dime que no te has enamorado de él.

—Creo que sí.

—¿Cómo puedes ser tan boba? Pues ahora tendrás que desenamorarte.

—¿Y eso cómo se hace?

—Endureciendo el corazón. Recuerda que odias a la aristocracia y tenlo siempre presente.

—La verdad es que no sé si en eso también estoy equivocada. Tiene que haber hombres buenos en la nobleza. No pueden ser todos malos.

Marianne sonrió.

—Entonces, el episodio no ha sido un total desastre. Has aprendido a ser tolerante, y eso es bueno. Anda, quítate al marqués de la cabeza y cámbiate. Lancelot estará esperando.

Lancelot Greatorex se pasaba la vida organizando fiestas: por ser la noche del estreno, por ser la última de la semana, por acabar las representaciones en una ciudad, para dar la bienvenida a alguien que se incorporara a la compañía... aquella noche era porque la semana había sido la más brillante de hacía años. Madeleine no tenía ganas de ir, pero se esperaba que asistiera y así podría darle esquinazo al marqués de Risley sin sentirse mal por ello. Lo que ni Marianne ni ella se esperaban era que Lancelot hubiese invitado a varias personas que no pertenecían a la compañía, entre las que se encontraba Duncan Stanmore.

Se acercó a ella inmediatamente, tan alto y tan guapo vestido de etiqueta.

—Señorita Charron —la saludó, inclinándose.

—Milord —contestó ella con la habitual reverencia y manteniendo bajos los ojos.

—¿Está bien?

¿Lo estaba? Temblaba como si tuviera fiebres y sentía debilidad en las piernas, pero el enamoramiento no estaba calificado como enfermedad, así que le miró directamente a los ojos. Sonreía y el pulso se le aceleró.

—Muy bien, milord. ¿Y usted? ¿Le ha dejado alguna secuela el encuentro con aquel delincuente?

Era sorprendente la calma que podía fingir.

—Ninguna. ¿Y a usted?

—Un pequeño hematoma del golpe contra la pared, pero nada importante. ¿Sabe si acudió a Bow Street?

—Sí, y le encontraron trabajo en una hostería cercana.

De modo que se había molestado en averiguar si el hombre se había presentado.

—He descubierto que cuando uno confía en las personas, ellas le demuestran ser dignas de esa confianza.

El aire se le quedó bloqueado en la garganta por un instante.

—¿Y si no es así?

—En ese caso, no vuelvo a confiar en ellas. Tan sencillo como eso.

Madeleine se quedó callada. No tenía respuesta para su afirmación. Le había engañado y él no se lo perdonaría.

—Olvidémonos de eso —dijo él—. He venido para felicitarla por su interpretación de hoy. Ha sido magnífica, como siempre.

—Ha visto dos veces ya la misma representación. ¿No se aburre?

—¿Cómo iba a aburrirme estando usted en el escenario? —hizo una pausa—. ¿Ha recibido mi chuchería?

—Milord, eso no es una chuchería —le contestó en voz baja, por si alguien los estaba escuchando, pero Marianne se había alejado y no había nadie alrededor. Todo el mundo andaba tras de Lancelot Greatorex, que aquella noche estaba especialmente locuaz y mantenía a la audiencia embelesada—. Es un regalo muy caro y no puedo aceptarlo.

—¿Por qué no?

—¿Es necesario preguntarlo, milord?

—Pues sí lo es. Y haz el favor de dejarte de milores. Soy Duncan Stanmore, un hombre corriente.

—Tú no eres un hombre corriente a pesar de que pretendas serlo, lo mismo que yo no seré una dama por mucho que lo pretenda.

—¿Lo pretendes?

—Es lo que dijiste tú la primera noche que cenamos juntos. ¿No te acuerdas?

—¿De verdad lo dije?

—¿Lo has olvidado, o sólo pretendes haberlo olvidado?

—No, lo recuerdo bien. Eso y todo lo demás —se acercó a ella y, tomándola por el brazo, caminaron hasta la puerta—. Ven, vamos a buscar un sitio algo más discreto para charlar. Tengo que saber a qué vienen tantas tonterías.

—No tenemos nada de qué hablar —contestó

ella, pero como no quería montar una escena, le dejó hacer. Bajaron las escaleras y subieron a su coche.

—Vamos a dar un paseo.

—Lord Risley, no me estará secuestrando, ¿verdad?

—No, pero éste es el único modo de averiguar a qué obedece un cambio tan repentino.

—¿Cambio?

Estaban tan cerca el uno del otro en los confines del coche que sentía el roce de su pierna a través del tejido de las faldas, su respiración en la mejilla y su mano en la de ella. Y cuando se atrevió a mirarle directamente, las luces de la calle le revelaron que la miraba fijamente con una sonrisa algo burlona.

—Desde luego. Esta noche estás distinta: más fría, retraída, como si te hubiera hecho algo que te hubiera molestado. Creía que me habías perdonado por lo de mis amigos en el teatro.

—Y lo he hecho.

—Entonces debe tratarse de otra cosa. ¿Qué he hecho, di?

—Nada.

—Entonces ¿por qué no puedes aceptar mi regalo?

—Porque es demasiado caro.

—Yo soy quien mejor puede juzgar el precio de lo que compro —contestó con impaciencia. Le había sido caro, sí, pero no quería insultarla regalándole alguna fruslería sin valor.

—No me refería a eso. Lo que quería decir es que me resulta... demasiado caro aceptarlo. Quiero decir que yo... también tendría que pagar un precio por él.

—Ah, ya.

Duncan permaneció en silencio durante un buen rato. El coche siguió su marcha por las calles de Londres, con una dirección desconocida para ella, del mismo modo que no tenía ni idea de cómo salir del lío en el que se había metido.

—Yo no pretendía ofenderte —dijo al fin—. Sólo demostrarte la alta estima en que te tengo. No pretendo obtener nada a cambio.

—¿Y por qué no? Los demás hombres a los que he conocido siempre han esperado una recompensa.

Él sonrió.

—Y si es cierto lo que se dice por ahí, a todos los has mandado con viento fresco. ¿Por qué iba yo a esperar que me tratases de otro modo?

—Pero lo esperas, ¿no es así? Crees que porque tú eres marqués y puedes permitirte regalos caros, yo sucumbiré. Pero quiero que sepas que no estoy en venta.

Él soltó su mano y se recostó contra el respaldo del asiento, agobiado por su lógica. ¿Estaba intentando comprarla? ¿Por qué? ¿Para ganar una vergonzosa apuesta? Se había dicho una y otra vez que tenía que olvidarla, que debía dejar de verla, pero cuando Greatorex le había invitado a la fiesta de aquella noche, no había podido resistirse a la tentación de volver a verla. Y una vez vencido, había sido muy fácil enviarle flores y un regalo para complacerla.

—¿Pero por qué? ¿Por qué iba yo a querer comprarte? Te aseguro que cuando deseo compañía femenina, no necesito comprarla.

—Y yo tampoco necesito venderme.

Los dos estaban enfadados: él porque ella le había herido el orgullo, y ella porque sin el escudo de la ira, estaba indefensa ante él. La tensión en el interior del coche casi se podía cortar.

—Lo siento —dijo Duncan—. Parece que lo he echado todo a perder.

—No es culpa tuya. Estás acostumbrado a que todo se pliegue a tus deseos, y cuando no es así, no sabes asimilarlo. Yo soy actriz, y las actrices se supone que son mujeres fáciles que viven de la adoración de su público, y si parte de esa adoración llega a ser muy personal, ¿quiénes son ellas para quejarse? Los regalos pueden resultar útiles pero sólo por el dinero que podemos obtener vendiéndolos, ya que la mayoría de nosotras ganamos muy poco. Ahora voy a hacerte la misma pregunta que tú me has hecho a mí: ¿por qué iba a esperar yo que se me tratase de otro modo?

—Porque tú eres diferente. Eres una dama, y no deberías tener que ganarte la vida como actriz.

—Pero lo soy, y eso es algo que no puedes cambiar.

—Pero lo haría si pudiese. Madeleine... —tomó de nuevo su mano—, me encuentro en una encrucijada. Si tú pudieras dejar tu profesión...

—Pero no puedo —le cortó. Sabía perfectamente bien qué quería decirle y no quería oírlo—. ¿De qué voy a vivir si no trabajo? Y ni se te ocurra sugerir que tú podrías mantenerme, si no quieres que te cruce la cara por muy aristócrata que seas.

Él se echó a reír.

—Lo has dicho con tanta vehemencia que me hace pensar si te habrá ocurrido algo en el pasado que la justifique.

—No, nada.

—Ha debido ser un aristócrata. ¿Habré sido yo?

—No. Tú siempre me has tratado con cortesía, pero es no quiere decir que...

No terminó la frase. No podía hablarle de Henry Bulford. Sabía que tenía que hacer excepciones a la regla general de que los jóvenes de la alta sociedad tuvieran una desmesurada opinión de sí mismos y que pisotearan sin contemplaciones a cualquiera que consideraran por debajo de ellos, pero aún no estaba preparada para admitirlo.

—Sigue —dijo él.

—Por favor, deja de hacerme preguntas, porque no puedo escapar.

—¿Escapar?

—Estoy en tu coche, y vamos a buen paso. Si intento saltar, me partiré el cuello.

—Cierto —contestó él con una media sonrisa—. ¿Quieres que le pida al cochero que pare el carruaje y continuamos con la conversación en la calle? —se volvió a mirar por la ventanilla—. Aunque no sé exactamente dónde estamos y no estoy seguro de querer arriesgarme a una aventura como la de la otra noche.

—Me estás provocando.

—No más de lo que me provocas tú a mí.

—Yo no hago tal cosa.

—Oh, sí; sí que lo haces, mi dulce Madeleine. Cada palabra que dices, cada movimiento de tus ojos, cada gesto de tu deliciosa boca me provoca. Durante un momento eres dulce y encantadora, y al instante siguiente, una arpía, y que me aspen si puedo entender por qué.

Ella se echó a reír, pero pareció más un grito de angustia.

—Porque yo soy yo, y se dice que las actrices son seres temperamentales, ¿no? No tienen por qué seguir las normas que la alta sociedad impone a las mujeres, según las cuales las damas deben mostrarse siempre frías y distantes. Las actrices podemos dejarnos llevar por la ira o el éxtasis con el mismo vigor. Debes tomarme como soy.

—Lo haría si pudiera —contestó con suavidad.

Aquello era ya demasiado. Si seguían viajando juntos en la oscuridad de aquel coche, perdería el control y caería como un guiñapo sin huesos al suelo para rogarle que la amara.

—Si no detienes el coche —le dijo—, por favor, llévame a casa. Es ya demasiado tarde para volver a la fiesta.

—Si insistes... —dio unos golpes en el techo—. Dobson, al final de Oxford Street.

Volvieron a quedar callados. No tenían nada que decirse, el silencio roto sólo por el sonido de los cascos de los caballos y el crujido de las ruedas del coche.

Cuando se detuvieron ante su puerta, Duncan saltó a la calle para ayudarla a descender y Madeleine dejó su mano brevemente en la de él para agradecerle el haberla acompañado.

—Ha sido un privilegio y un placer —dijo sin soltarla—. Y lo siento.

—¿Por qué?

—Siento haberte desilusionado. Espero que te quedes con el broche. Lo compré pensando en ti y me gustaría que lo conservaras. No tendrás que pagar nada por él. Ni ahora, ni antes —se llevó su mano a los labios—. Buenas noches, señorita Charron.

Y volvió a subir al carruaje.

Madeleine se quedó viendo cómo se alejaba con la visión nublada por las lágrimas. Y ella que pretendía endurecer el corazón y desenamorarse de él. Había jugado con fuego y se había quemado. Se lo merecía. Podía haberle dicho la verdad. Había dispuesto de montones de oportunidades para hacerlo, pero de pronto había caído en la cuenta de que si él no podía amarla tal y como era, independientemente de quién fuera o no su padre o su abuelo, no quería ser amada. Un amor con condiciones no era amor.

Entró en la casa y subió las escaleras. Menos mal que Marianne se había quedado en la fiesta. No podría soportar que alguien la viese tan humillada.

La amaba. No albergaba ninguna duda, pero no sabía qué hacer al respecto. ¿Cómo podía presentarse ante su padre y decirle que iba a tener a una actriz por nuera, que la herencia de Loscoe iría a parar a la descendencia de una cómica de teatro? Que su abuelo hubiera sido un noble francés no contaría a los ojos del duque, a menos que pudiera demostrarlo y fuese aceptada en sociedad. Pero ¿cómo pedírselo? Se imaginaba cuál sería su reacción. Le cruzaría la cara, por muy aristócrata que fuera.

Decidió irse al club, y nada más entrar por la puerta, se dio cuenta de que era un error. Benedict Willoughby y tres de sus amigotes estaban allí jugando a las cartas.

—Ah, aquí llega el amante —dijo Benedict, señalándolo con un habano—. Hacía días que no te veíamos, Stanmore. ¿Podemos deducir que has estado ocupado ganándote tus veinte piezas de oro?

Los otros se echaron a reír, lo que le confirmó que la apuesta era ya del dominio público.

—He estado ocupado —contestó con frialdad.

—Oh, sí. Ya lo sabemos. Lo que queremos saber es en qué. ¿Ya te la has llevado a la cama?

Duncan apretó los puños pero consiguió controlarse.

—Olvídate de la apuesta.

—¿Que me olvide? Ah, no. No vas a irte de rositas. Si no tienes estómago para seguir adelante, dilo y paga.

—Vamos, Ben, no seas tan duro —dijo uno de los otros—. Esta noche hay otra representación. Dale otra oportunidad al pobre.

—No quiero otra oportunidad —contestó Duncan con frialdad—. Vuestro comportamiento de la otra noche en el teatro fue inaceptable. Despreciable. Y no quiero verme metido en el mismo cesto que vosotros.

—Así que la dama se enfadó, ¿eh? —se rió Benedict.

—Mucho. Y no la culpo.

—Y pretendes utilizarlo como excusa para renunciar a la apuesta. Pero eso no se hace, ya lo sabes, al menos entre caballeros como nosotros. Una apuesta es siempre una apuesta. Una deuda de honor.

—Preferiría pagarte antes que volver a insultarla. Mañana por la mañana te enviaré una transferencia.

—¿Insultarla? ¿Insultarla? ¿Por qué iba a considerarlo ella un insulto? Eres un hombre, ¿no?, y al fin y al cabo ella es sólo una actriz.

El único modo de no partirle la cara fue dar media vuelta y salir de allí, aunque sabía perfectamente que su derrota estaría por toda la ciudad en menos de veinticuatro horas, y que harían cientos de chistes a su costa. Ojalá Madeleine no oyera ninguno.

—Duncan, muchacho, ¿adónde vas con tanta prisa que ni siquiera saludas a un viejo amigo?

Sin querer había empujado a sir Percival Ponsonby en su prisa por salir de allí.

—Discúlpeme, sir Percy. Iba pensando.

—Y no debían ser pensamientos demasiado agradables, a juzgar por la cara que llevas —se oyó de pronto una risotada y sir Percy miró a la estancia—. Willoughby y sus compinches, ¿no? No es propio de ti permitir que te ganen la partida.

—Y en condiciones normales no sería así, pero se trata de un asunto delicado.

—Ah— contestó, sonriendo—. De modo que hay una dama de por medio, ¿eh? ¿Y me equivoco al pensar que la dama en cuestión es la hermosa señorita Charron?

Duncan se sorprendió.

—Lo ha oído, ¿no?

—Te vi salir de la fiesta con ella —dijo, poniendo una mano en el hombro de Duncan—. Vamos, muchacho. Busquemos un sitio más tranquilo y me lo cuentas todo.

Duncan se dejó arrastrar fuera del club y fue conducido a Boodle's, otro club al otro lado de la calle del que sir Percy era miembro. Ocuparon dos cómodas butacas que había en un rincón del vestíbulo y pidieron dos copas de coñac.

—Te has metido en un lío, ¿verdad? —inquirió sir Percy, mirándole pensativo.

—Sí, y estoy totalmente avergonzado. Supongo que debería haberme imaginado que Willoughby no iba a ser capaz de morderse la lengua. Y si Madeleine se enterara.

—¿De qué tenía que enterarse?

—De que Ben se apostó a que no conseguiría llevármela a la cama. Yo le he dicho que no pienso seguir adelante con algo tan sórdido, pero no por eso ha dejado de propagarlo a los cuatro vientos.

—No veo dónde está el problema. Dile la verdad, que ella lo comprenderá, sobre todo si te has negado a aceptarla.

—Pero es que al principio sí que lo hice, y ahora...

Percy sonrió.

—Y ahora sientes algo por ella, ¿no es así?

—Sí —hizo una pausa.— Mi padre quiere que me case, y...

—Pues cásate. Luego podrás tener una amiga íntima si quieres, y si la señorita Charron accede...

—Pero no accederá. Y yo tampoco lo deseo.

—Mi querido amigo, no me estarás diciendo que quieres casarte con ella, ¿verdad?

—Creo que sí.

—El duque no lo aceptará y lo sabes.

—Madeleine es una dama. Basta con verla para reconocerlo. Su abuelo era un aristócrata francés, y su padre murió por Inglaterra en las últimas guerras. Podría ser perfectamente aceptable.

—Si ése fuera el caso, podría marcar la diferencia, pero aun así seguiría siendo actriz. No se ha educado ni ha vivido como una dama.

—No ha estado en disposición de hacerlo, simplemente. Ha tenido que utilizar su talento para ganarse la vida.

—Un talento prodigioso, por otra parte. Es una gran actriz, pero piensa en lo que voy a decirte: si puede hacerte creer una fantasía cuando actúa en un escenario, ¿quién dice que no podría hacerte creer cualquier cosa que se propusiera?

—No me mentiría. No está en su naturaleza.

Sir Percy sonrió. Su amigo volaba en alas de una gran emoción y subestimándola sólo conseguiría hacerle daño.

—Puede que no mienta —le concedió—. Quizás crea que lo que dice es cierto porque alguien a su vez se lo dijo a ella, pero no por eso tiene que ser cierto.

—Supongo que no —contestó, pensativo.

—Yo creo que lo mejor que podrías hacer es intentar averiguar la verdad. Hazlo antes de que ya no tengas remedio.

—Y es que ya no lo tengo. Me desprecia porque

soy un aristócrata y si llega a enterarse de lo de esa vergonzosa apuesta, me despreciará todavía más. Siento ganas de renunciar a mi herencia y fugarme con ella.

—Muchacho querido, no debes hacer tal cosa. El escándalo sólo serviría para destrozar a todo el mundo, desde tu padre, pasando por la duquesa y terminando por tu hermana y tu hermano pequeño, que te quieren muchísimo. Además, aparte de tu familia, debes pensar en otras personas. Tienes responsabilidades que no puedes descuidar.

—Lo sé.

—Y no serías feliz, y lo sabes. Algo así te perseguiría toda la vida y acabaría interponiéndose entre tu esposa y tú. Es mejor anteponer el honor y el deber, aunque eso ya lo sabes.

—Me he dicho una y mil veces que debo renunciar a ella.

—¿Sabe Madeleine lo que piensas?

—No. No la he hablado de ello.

—Entonces, te ruego que no lo hagas.

—Pero ¿y si es cierto que su origen es noble?

—Si lo es... ¿querrías averiguarlo? —le preguntó, considerando el alcance de aquella proposición.

—¿Sería posible? ¿Podría hacerlo?

—No yo, pero quizás el mayor Greenaway pueda.

El mayor Donald Greenaway llevaba desde que

se jubiló a media paga cuando acabó la guerra complementando sus ingresos con lo que él llamaba investigación. Buscaba parientes perdidos, perseguía criminales, recuperaba objetos robados y tenía conexiones en todas partes, en los estratos más altos y más bajos de la sociedad. Había ayudado al duque en el pasado y era un buen amigo de la familia Stanmore y de sir Percy.

—Entonces, pídaselo, sir Percy. Conciérteme un encuentro con él para que pueda contarle todo lo que sé, aunque es más bien poco.

—De acuerdo, pero prométeme una cosa: prométeme que mientras tanto, no cometerás ninguna locura —e hizo un gesto al camarero para que volviera a servirles—. Brindaremos por el éxito de nuestra empresa, ¿te parece?

Apuraron sus copas de coñac y se dispusieron a salir. Duncan se sentía algo más esperanzado ante la perspectiva de una solución feliz de aquella situación. Sabía que tendría que convencer a Madeleine, pero cuando se diera cuenta de hasta dónde llegaban sus sentimientos y que pretendía casarse con ella, accedería. Así tenía que ser.

—Otra cosa más —dijo sir Percy cuando iban a separarse en la calle—. Intenta no mostrarte muy apesadumbrado en casa. La duquesa se preocuparía mucho. Intenta complacerla.

Duncan se echó a reír. Su corazón se había vuelto ligero.

—Tengo la impresión de que está haciendo todo esto por proteger a la duquesa.

Sir Percy sonrió.

—Naturalmente. ¿Qué esperabas? Anda, vete ya. Me pondré en contacto contigo cuando haya hablado con el mayor Greenaway.

Sir Percy le había tratado como si fuera un escolar, pero no le importó. Podía hacer algo y se lanzaría a ello con toda su energía. No iba a pensar en cuál sería el fruto de la investigación. Asistiría a la recepción de su madre y no sólo para complacerla, sino para ver y hablar de nuevo con Madeleine.

Dos días más tarde, iba solo por Hyde Park con su caballo cuando vio al mayor Greenaway y a sir Percy acercarse.

—Buenos días, Risley —le saludó.

—Sir Percy. Mayor Greenaway.

—Lord Risley.

Los tres desmontaron a la sombra de un roble y dejaron a sus monturas mordisquear la hierba.

—Hace un calor hoy de mil demonios —dijo sir Percy, aflojándose la corbata—. Con lo bien que se estaría en casa, tomando algo fresco.

—Puede dejarnos si lo desea —dijo Duncan.

—No. Me gustaría oír lo que se diga.

—¿Le ha hablado sir Percy del asunto? —preguntó Duncan al mayor.

—Me ha dicho que el nombre de la dama es Madeleine Charron, y que dice tener un abuelo francés que era conde y un padre que falleció sirviendo a la corona en la última guerra.

—En resumen, es eso todo lo que sé.

—Entonces, veamos qué podemos descubrir. Imagino que el nombre del conde era Charron, ¿no?

—Supongo que sí. Nunca ha dicho lo contrario.

—¿Y su padre era oficial?

—Sí.

—¿De qué regimiento y con qué rango?

—Lo desconozco.

—¿Dónde ha nacido ella? ¿Quién era su madre? ¿Dónde vivían cuando murió su madre?

—Tampoco lo sé. Me dijo que la dejaron en un orfanato para hijos de oficiales a los nueve años, tras la muerte de su madre.

—¿Y qué edad tiene ahora?

Duncan se encogió de hombros.

—Veintitrés o veinticuatro. No se lo he preguntado.

—No es mucho lo que sabemos —comentó mirando a Duncan con escepticismo, como si le costase creer lo que le estaba encargando.

—No.

—A lo mejor podría intentar averiguar algo más de la dama en cuestión.

—Lo intentaré, pero no quiero ponerla sobre aviso de lo que pretendemos hacer.

—¿Por qué no? ¿Es que no desea conocer su propia historia?

—Creo que le parecerá una impertinencia por mi parte.

—A lo mejor Marianne podría decirnos algo más —intervino sir Percy.

—Ah, la encantadora señorita Doubleday —rememoró Donald con una sonrisa—. Una dama formidable. Si creen que puede ayudar, díganselo.

—Pero no debe decirle ni una palabra a Madeleine —advirtió Duncan—. Quiero contarle yo mismo lo que averigüemos.

—¿Y crees que te lo agradecerá? —preguntó sir Percy.

—Si con ello conseguimos que ocupe el lugar que le corresponde en la sociedad, supongo que sí.

Cinco

La larga fila de coches que aguardaban su turno para dejar a sus ocupantes en la mansión Stanmore la impresionó tanto, que Madeleine sintió ganas de dar media vuelta y salir corriendo. En toda su vida se había sentido tan nerviosa. Marianne le había dicho que la ocasión no difería en nada de actuar en el teatro y sobre un escenario, pero no había conseguido creerla.

Para empezar, no iba a estar separada de la audiencia por las luces del escenario, unas luces que borraban sus rostros. Estaría cara a cara con ellos, y su vestidos, todos sus gestos serían analizados y comentados. Y por encima de todo, Duncan Stanmore estaría allí, en su propia casa, en su propio territorio, y eso le proporcionaba una tremenda ventaja.

—Es lo que querías, ¿no? —le preguntó Marianne mientras esperaban en el coche como todos los demás—. Me dijiste que querías venir; casi me diste un empujón en la espalda para forzarme a que consiguiera que te invitasen. Querías estudiar la alta sociedad, ver si podías hacerte pasar por una dama y ahora tienes esa oportunidad. Cuando la representación haya terminado, nos invitarán a mezclarnos con los invitados. A la duquesa le gusta mucho.

—¿Y si me pregunta sobre mi familia?

—Eso depende de ti. La historia te la sabes de memoria, ¿no? Aunque también, por una vez, podías decir la verdad.

Madeleine no contestó. ¿Qué podía decir? Sabía que su amiga tenía razón. Una obra duraba unas cuantas semanas, pero ella había pensado interpretar el papel de nieta de un conde toda la vida. Si no se hubiera enamorado del marqués de Risley, habría sido fácil; podría haber seguido el plan de utilizarle como trampolín para entrar en sociedad, una forma de conocer a otros aristócratas y ser aceptada como uno más de su grupo. Pero ahora ya no estaba interesada en otros, y él estaba convencido de que provenía de una buena familia, una farsa imposible de mantener durante mucho tiempo.

La verdad acabaría saliendo a la luz y entonces su buena opinión de ella saltaría por los aires con la explosión de su ira. Pero ella también estaba enfadada. Enfadada porque para él fuera tan importante su cuna. La hija de un noble francés podía ser aceptable, pero la insignificante señorita Charron, la encantadora hija de una modista, no significaba nada para él. Era tan infame como el conde Roussillon de la obra *Bien está lo que bien acaba*, asfixiado en su propia importancia.

—Un tiro que va a salir por la culata —murmuró cuando se acercaban a la puerta.

No hubo tiempo de que Marianne contestara, y mejor así, porque Maddy seguramente le diría que ya se lo había advertido. Cuando dieron sus nombres, el mayordomo avisó a un criado para que las acompañara a una antesala donde pudieran prepararse para la representación. Desde el primer piso donde se encontraban se oía la música y la charla que provenía de una sala cercana, y de vez en cuando la estentórea voz del mayordomo que anunciaba la llegada de un invitado.

Madeleine estaba revolviendo en el baúl que contenía sus trajes y accesorios cuando llegó la duquesa.

—Veo que sus cosas han llegado —dijo con una cálida sonrisa—. Estupendo.

Madeleine hizo una reverencia.

—Señora marquesa…

Marianne, que estaba en camisa y pololos fue a hacer lo mismo, pero resultaba tan ridículo que la duquesa se echó a reír.

—No se preocupe, señorita Doubleday. He venido a preguntarles si necesitan algo. Hemos preparado un telón de fondo como me pidieron.

—Gracias. Creo que eso es todo lo que necesitamos.

—Se ha corrido la voz de que iban a interpretar algo para nosotros y no cabe un alfiler en la sala. ¡Y cuántos caballeros! Seguro que serán generosos y el orfanato se verá muy beneficiado. Primero habrá un poco de música para ir creando atmósfera y luego las anunciaré. ¿Hay algo especial que deba decir?

—No, milady. Sólo el nombre de la obra y la escena —de su bolso sacó un pequeño papel—. Lo he anotado aquí. Es de la obra *Los rivales*.

—Después tomaremos un pequeño refrigerio —dijo la duquesa—. Estaré encantada de que se unan al resto de invitados. Estoy segura de que todos desearán hacerles preguntas sobre su trabajo. Espero que no lo encuentren demasiado impertinente.

—En absoluto, milady —contestó Marianne, porque Madeleine estaba desbordada por la realidad de lo que había hecho y de lo que aún podía hacer. Estaba ocurriendo. Llevaba deseándolo, planeándolo mucho tiempo y tenía miedo.

—Les dejo para que terminen de prepararse —dijo la duquesa.

—Vamos, Maddy —dijo Marianne en cuanto la anfitriona se hubo marchado—. Deja de soñar y ponte a vestirte, o no estaremos preparadas a tiempo. Ya oigo a la orquesta que empieza a tocar.

Madeleine se colocó el pesado vestido de brocado y miriñaque que llevaban las mujeres cincuenta años atrás, se maquilló, se puso un par de lunares postizos y la peluca blanca que pesaba una enormidad. Cada vez se sentía más nerviosa, pero cuando llegó un criado para acompañarlas, respiró hondo y siguió a Marianne hasta el salón de baile, que había sido dispuesto con varias filas de sillas como si fuera un teatro. Fueron recibidas con un fuerte aplauso que quedó interrumpido por un redoble de tambor. La duquesa se levantó para presentar a Marianne como la señora Malaprop, y a Madeleine como Lydia Languish, en una escena de la famosa comedia de Sheridan.

En cuanto empezó a interpretar su papel, los nervios de Madeleine desaparecieron y se olvidó de la audiencia. Actuar era lo que mejor hacía, aquélla era su vida, su trabajo, y todo lo que tenía en la cabeza un minuto antes, desapareció. Y lo mismo le pasó a Marianne. La interpretación de ambas les valió un rabioso aplauso cuando terminaron.

—¿Ves? Ha sido fácil, ¿a que sí? —dijo Marianne cuando volvieron a cambiarse.

—Sí, pero las palabras ya estaban escritas y yo sólo tenía que recitarlas. Lo que viene ahora es lo que me aterroriza.

—Lo que viene ahora depende por completo de ti.

—¿Crees que debería olvidarme de lo del conde francés?

—Sí, sinceramente. Maddy, es mucho mejor que te conozcan por su talento como actriz que por una mentira que sin duda saldrá a la luz y acabará con tu reputación. Y si de verdad quieres conocer al resto de invitados, date prisa y acaba de vestirte.

Se ayudaron la una a la otra a abrocharse el vestido. Madeleine había elegido un modelo de gasa azul pálido sobre una falda de seda verde. Tenía un escote redondo y generoso, las mangas eran abullonadas y se adornada con un fajín ancho de color verde atado atrás en un gran lazo. La falda le llegaba hasta casi los tobillos, lo que dejaba al descubierto medias blancas y zapatos de satén verde. Completaban el atuendo unos guantes blancos de piel hasta el codo. No llevaba collar ninguno. Sólo los pendientes que le había regalado Duncan. Se recogió el pelo en lo alto de la cabeza, dejando unos cuantos bucles cayendo a los lados de la cara.

—Encantadora —dijo Marianne al ver el resultado final—. ¿Y yo? ¿Qué tal estoy?

Marianne iba vestida de satén rosa y blanco con un tocado de plumas a juego. Llevaba un collar de rubíes que sir Percy le había regalado años atrás.

—Magnífica.

Salieron del brazo y volvieron al salón de baile. Las filas de sillas se habían dispuesto junto a las paredes y los invitados charlaban en pequeños grupos.

Duncan, vestido impecablemente de azul marino, las vio llegar y se acercó.

—Señorita Doubleday, señorita Charron —las saludó, y ellas contestaron con una inclinación.

—Milord —dijeron al unísono.

—Voy a presentarles a todo el mundo.

Flanqueado por ambas y antes de que Madeleine pudiera darse cuenta, estaba ante el duque y la duquesa sin Marianne, que había desaparecido.

—Señor —dijo Duncan, dirigiéndose a su padre—. Madre ya la conoce, pero quiero presentársela a usted.

Estaba claro de dónde provenía el atractivo de Duncan: de su padre, un hombre alto y erguido, de cabello negro con apenas unas hebras blancas en las sienes, y unos ojos oscuros y llenos de buen humor, como si la vida fuera para él un lugar siempre placentero. ¿Y por qué no, teniendo en cuenta su fortuna y posición?

—Señorita Charron —la saludó con una inclinación de cabeza.

—Señor duque —lo saludó haciendo una reverencia, algo que se había prometido que no haría jamás, pero que en aquel momento no pudo evitar.

—La felicito por su interpretación. La había visto ya en varias ocasiones en el teatro, pero nunca tan de cerca.

—Gracias, milord. Es usted muy amable.

—Debe ser difícil actuar teniendo al público tan encima —dijo la duquesa.

—Ha sido un reto, la verdad. Pero cuando me meto en un papel, me absorbe de tal modo que apenas me doy cuenta de que hay gente observándome —sonrió—. Aunque en el teatro, si hay gente que empieza a cuchichear o a lanzar cosas al escenario, enseguida caigo en la cuenta de que también están ahí.

—Esta noche no era probable que ocurriera algo así.

—No, milord. Sus invitados son todos damas y caballeros —contestó, mirando a Duncan.

Él se echó a reír.

—Madre, la señorita Charron se refiere a Willoughby y Scout-Smythe, que estuvieron gritando y lanzando cáscaras de naranja al escenario del teatro la otra noche.

—Es increíble. No sé cómo se atreven a llamarse caballeros —hizo una pausa para mirar a su marido—. La señorita Charron es de ascendencia francesa, Marcus, nieta de un *comte*. Su familia se vio obligada a abandonar Francia durante el Terror, y se trasladó a Inglaterra.

—¿Ah, sí?

El duque miró a Madeleine atentamente, como si pretendiera averiguar cuánto había de verdad en aquella declaración, y ella deseó que aquel pulido suelo de madera se abriera y la tragara. Podía quedar expuesta en cualquier momento, y temía la reacción de Duncan. No sólo sería el fin de toda esperanza de poder entrar en sociedad, sino también de su carrera como actriz.

—No tengo forma de verificar la verdad de esa historia, milord —dijo, escogiendo con cuidado las palabras—. Mi abuelo murió poco después de que yo naciera, así que no lo conocí.

—¿Y su padre?

—Tampoco le recuerdo. Estaba en el ejército y murió en la guerra. Mis primeros recuerdos son de mi vida en Londres con mi madre.

—La señorita Charron se dedicó al teatro al fallecer su madre de accidente —intervino Duncan.

Madeleine no podría decir si se había olvidado de lo del orfanato o si había preferido dejarlo fuera del relato deliberadamente.

—¿No tiene más parientes? —preguntó la duquesa—. ¿Tíos a quien poder pedir ayuda?

Madeleine la miró preguntándose si estaría poniéndola a prueba, pero su expresión era amable, sin malicia oculta detrás. ¿Cómo seguir mintiendo? Estaba cansada de fingir, pero si se retractaba de lo que había dicho quedaría condenada por mentirosa.

—No que yo sepa, milady. Al menos ninguno acudió en mi socorro cuando mi madre falleció. A veces incluso me pregunto si lo que ella me contaba era un mito y es mejor no tocarlo.

Oyó a Duncan contener el aliento. ¡Ojalá pudiera escapar de allí!

—Quizá tenga razón —contestó la duquesa—. A

veces el pasado intoxica el presente y es mejor concentrarse en lo que ocurre en el día a día.

—Así es, pero si la señorita Charron deseara contraer matrimonio, sus orígenes tendrían peso específico a la hora de elegir marido —intervino Duncan.

Los duques lo miraron sorprendidos y la duquesa sonrió.

—Supongo que dependería del hombre que escogiese. Por mi parte, estoy convencida de que es mucho más importante la persona que somos que nuestros orígenes. En los estratos más altos de la sociedad hay canallas, al igual que entre los más bajos.

«Dios la bendiga, duquesa», pensó Madeleine, «pero ¿sabe de verdad lo que está diciendo?».

—No tengo planes inmediatos de boda —dijo ella.

—Yo me alegro de saberlo —sonrió el duque—. Así no perderemos a una de nuestras actrices más consumadas —hizo una pausa—. Duncan, veo un auténtico rebaño de jóvenes esperando conocer a la señorita Charron. No debemos monopolizarla —volvió a inclinarse—. Espero que disfrute del resto de la velada.

—Gracias, milord.

Otra reverencia, y el encuentro terminó.

—¿Ves? No ha sido tan malo, ¿a que no? —le dijo Duncan en voz baja, mientras se acercaban a los más jóvenes, deseosos de conocerla.

—No —contestó, aunque su duplicidad le hacía

temblar las piernas. No es que hubiera mentido exactamente, pero no había negado tampoco la historia, y estaba claro que los duques se sentían inclinados a creerlo.

Consiguió a duras penas dejar esos pensamientos a un lado y sonrió a los jóvenes que Duncan le iba presentando. Pronto empezaron las preguntas sobre cómo había llegado a ser actriz y los papeles que había interpretado, preguntas todas fáciles de contestar. Pero luego Benedict Willoughby consiguió que el corazón se le cayera a los pies al preguntarle:

—¿Es cierto que su abuelo era un aristócrata francés?

Respiró hondo.

—Es lo que me contaron cuando era pequeña, pero no tengo modo alguno de demostrarlo.

—Pero usted nació y fue criada en Inglaterra, ¿no?

—Sí, desde luego.

—¿Y dónde? —preguntó otro.

Madeleine dudó. Buscó en la cabeza un lugar que no fuera demasiado conocido, ni demasiado aislado. Era más fácil decir la verdad, de modo que repitió lo que le había dicho al duque: que no recordaba a su abuelo y que la había criado su madre en Londres.

—¿Y su padre? —preguntó otro. Estaba claro que su pasado los intrigaba.

—Murió en la guerra.

—¿De qué lado luchó?

—Del nuestro, bobo —contestó Duncan—. Pero creo que no deberíamos seguir haciéndole preguntas sobre su familia, porque debe ser doloroso para ella. Hablemos de otras cosas. ¿No os parece que su interpretación de esta noche ha sido magnífica?

Hubo un murmullo de acuerdo y la conversación se volvió a su modo de preparar cada personaje, y cómo se aprendía los diálogos, de modo que se empezó a relajar. Estaba explicando una de las rutinas del teatro cuando se dio cuenta de que algunas personas más se habían unido al grupo.

—Stanmore, buenas noches —dijo una voz que la transportó de golpe años atrás y la dejó sin aliento. Dejó de hablar, incapaz de hacerlo, incapaz de moverse, con la sensación de ser un conejito atrapado en una trampa.

—Señorita Charron, le presento a lord Bulford —dijo Duncan.

Poco a poco se obligó a volverse y a mirar a la cara a Henry. Inclinó la cabeza, nada más.

—Es un placer conocerla —dijo él, mirándola de arriba abajo, pero como un hombre miraría a una mujer bonita. No la había reconocido.

—Es usted muy amable —murmuró, ocultando el temblor de las manos en los pliegues de su falda y evitando así que él la tomara para besársela. Jamás se lo permitiría.

—Le presento a mi esposa, lady Bulford.

Era más alta que él, con la nariz larga y unos ojos

muy oscuros que parecían clavados en ella, aunque no creía conocerla. ¿Sabría lady Bulford de la afición de su marido por las sirvientas?

—Y a mi hermana, la señorita Annabel Bulford —continuó Henry—. La vio en *Romeo y Julieta* y desde entonces deseaba conocerla.

—¿De verdad? —fue lo único que pudo articular. Sabía perfectamente quién era aquella muchacha. Cuando Annabel era pequeña, solía escaparse de su niñera y colarse en la cocina para pedir dulces. Como era la más joven de las dos niñas, la habían mimado en exceso, pero no había malicia en ella.

—Ay, sí —contestó la muchacha—. Me quedé hipnotizada. Fue como si yo también formase parte de la obra, incluso como si la conociera a usted.

—Eso forma parte de la ilusión —dijo Madeleine—, pero me halaga.

Lady Bulford tiró del brazo de su marido.

—Milord, deberíamos seguir saludando al resto de invitados. No podemos pasarnos todo el rato charlando con las actrices. Qué dirían los demás.

Cuando se alejaban, Madeleine oyó decir a Henry:

—Querida, ¿no te parece que has estado algo grosera?

—En absoluto. ¡Pero si no es más que una actriz de teatro! No sé como a Fanny Stanmore se le ha podido ocurrir mezclarla con sus invitados.

—Es la nieta de un conde, Dorothy.

—De un conde francés, ¿y eso qué tiene que ver? Sigue siendo una actriz.

Annabel, que había permanecido junto a ellos, oyó las palabras de su cuñada.

—Cuanto lo siento, señorita Charron —dijo. Estaba tan cerca de Duncan que bien podría decirse que estaban pegados.

—No tiene por qué disculparse. No es culpa suya.

—Yo quiero ser su amiga. La duquesa la ha aceptado, y a mí con eso me basta. ¿Puedo ir a visitarla?

Madeleine pensó en la modesta habitación de Oxford Street e intentó imaginarse a aquella joven bajando de su carruaje y entrando en el edificio. La idea le hizo sonreír.

—Algún día —contestó—. El problema es que las actrices llevamos unos horarios un tanto extraños; dormimos la mayor parte del día y trabajamos la mayor parte de la noche. Pero será bienvenida entre los bastidores del teatro siempre que quiera.

—¡Cuánto me gustaría poder hacer algo así! —exclamó—, pero sé que Henry no lo permitiría —sonrió a Duncan—. A no ser que el conde de Risley pueda ayudarme, claro.

Él asintió y siguieron charlando animadamente por parte de Annabel, educadamente por la de Duncan, y con monosílabos por la de Madeleine. En un momento vio que Marianne la miraba e intentó decirle con los ojos que necesitaba de su ayuda, pero

Marianne se limitó a sonreír y siguió charlando con sir Percy y la duquesa.

Duncan deseaba que la señorita Bulford se fuera a hablar con otros. Necesitaba estar con Madeleine a solas. Le había dicho al mayor Greenaway que intentaría saber más sobre su familia, pero ella ya había soportado esa pregunta y era obvio que no quería aportar nada más. Pero ¿por qué habría dicho de pronto que su historia bien podía ser un mito? ¿De qué tendría miedo?

Pensó en disculparse, pero no podía separarse de Madeleine por si se le escapaba algo importante que pudiera decir, así que decidió llevar a ambas damas al comedor a tomar unos refrescos; luego volvieron al salón de baile, donde sufrieron la tortura de un pianista indiferente y una soprano que gritaba como una condenada.

Fue un verdadero alivio comprobar que al rato la gente empezaba a marcharse, y Henry Bulford fue en busca de su hermana para llevarla a casa. Una vez se despidieron, Duncan se dirigió a Madeleine.

—¿Puedo acompañarla a casa? —le sugirió a Madeleine.

—No, gracias. He venido con la señorita Doubleday y volveré con ella. La duquesa tiene dispuesto un carruaje.

—Muy bien. Te acompaño.

Madeleine puso la mano en su brazo y salieron juntos del salón de baile. Los duques estaban de pie junto a la puerta despidiendo a sus últimos invitados y Madeleine fue a saludarlos.

—Gracias por invitarme, señora duquesa —le dijo.

—En absoluto, señorita Charron. Soy yo quien debe darle las gracias. Creo que hemos recaudado más dinero que nunca, y será de gran ayuda para los huérfanos. Hay tantos que necesitamos abrir un centro nuevo.

—Me alegro mucho de haber podido contribuir.

Y musitando una oración de gracias por haber salido ilesa de aquella velada, caminó junto a Duncan hasta la calle donde los aguardaba el coche de los Loscoe. Marianne ya estaba dentro.

—No trabajas el domingo, ¿verdad? —le preguntó mientras la ayudaba a subir.

—No. Incluso las actrices tenemos derecho a un día de descanso —contestó con una sonrisa.

—Entonces, ¿vendrás conmigo a dar una vuelta en coche por Hyde Park el domingo por la tarde?

Debería decirle que no y lo sabía, aunque no hubiera visto la mirada de advertencia de Marianne, pero no pudo resistirse. Salir a plena luz del día con el marqués de Risley sería un gran triunfo para ella. Al fin y al cabo, ése llevaba siendo su objetivo desde hacía mucho tiempo, ¿no? Y quizás podría reunir para entonces el valor necesario para contarle la verdad.

—Estaré encantada.

Él besó el dorso de su mano.

—Te recogeré a las dos, si te parece bien.

—Bien.

—Hasta entonces, pues.

—Estás jugando con fuego y lo sabes, ¿verdad? —dijo Marianne cuando el coche se puso en marcha.

—Lo sé.

—Sir Percy piensa que sería bueno que indagases sobre tu verdadero origen.

—¿Por qué?

—Supongo que porque piensa que no sabes...

—Pero es que sí lo sé. Soy hija de una modista y un soldado, y si las murmuraciones que oí en el funeral de mi madre son ciertas, ni siquiera nací en el vínculo del matrimonio. Sin el conde francés, no soy nada.

—Eres una de las mejores actrices que han dado los escenarios desde hace treinta años. No lo olvides.

¿Por qué se sentía tan confusa? Hasta que conoció al marqués, había sido razonablemente feliz. Su ambición de ser alguien había moldeado su vida, sí, pero no de ese modo. Apenas pensaba en ello. Duncan Stanmore había azuzado ese deseo, lo había hecho arder, e irónicamente había sido también él quien le había hecho verse como quien era en realidad: envidiosa, vengativa, fantaseadora, mentirosa.

Pero era tan difícil desprenderse de las mentiras

que la habían sostenido durante tanto tiempo, unas mentiras que la habían alimentado cuando había estado a punto de morir de inanición, que la habían empujado a ser actriz, a interpretar muchos papeles. Al final casi había llegado a creérselas, y ellas habían restaurado su orgullo herido. ¿Quién era sin ellas? ¿Tendría razón sir Percy? ¿Debía ahondar en el pasado anterior a aquella aciaga noche en la que Henry Bulford cambió su vida? ¿Acaso tenía miedo de la verdad?

Pero si decidía hacerlo, ¿por dónde empezaría? El orfanato le parecía el lugar más obvio por el que hacerlo. No es que esperase que alguien que la conociera siguiera estando allí, pero tendrían archivos. Si el hogar acogía específicamente a los hijos de los soldados, ¿no le habrían pedido referencias que acreditasen que reunía los requisitos necesarios?

Aquella noche no durmió, de modo que le costó trabajo levantarse temprano a la mañana siguiente y poner rumbo a Montmouth Street. Habían pasado más de doce años desde que dejó el orfanato y sus recuerdos del lugar estaban plagados de extrañas imágenes, recuerdos de una miseria tan profunda, tan sobrecogedora que ni siquiera era consciente de lo que tenía a su alrededor, y ni mucho menos de la gente que la llevó allí. Una mano áspera que la sujetaba por el brazo y una voz amable y áspera, aunque muy distinta de la de su madre, le dijo que allí la cuidarían bien y que no debía tener miedo.

Recordaba por encima de todo el interior, simplemente porque había pasado allí tres años, lo bastante para que la distribución y las paredes del lugar se imprimieran en su alma. Podía verlo con claridad: el dormitorio largo y estrecho que se había hecho tirando el tabique que separaba dos habitaciones donde lloró noche tras noche hasta quedarse dormida. El comedor donde comían gachas para desayunar, una desabrida comida al mediodía y pan y té para cenar. La cocina en la que hacía sus tareas. No pasaban hambre, ni siquiera las trataban con crueldad deliberada, pero faltaba amor de verdad, el afecto que habría podido transformarlo en un hogar. Aun así, comparado con el número siete de Bedford Row, era el paraíso.

¿Pero dónde estaba? Había encontrado Monmouth Street fácilmente; era una calle llena de tiendas de objetos y ropa de segunda mano y tiendas de empeño, pero no encontraba nada que se pareciera a como ella recordaba el orfanato. Se detuvo a preguntarle a una vieja que, sentada a la puerta de su casa, fumaba en una pipa de arcilla.

—Ah, el orfanato. Hace ya tiempo que desapareció.

—¿Desapareció? ¿Lo derribaron?

—Sí. Hace años. Seis o siete, creo.

Madeleine se quedó petrificada.

—¿Y qué fue de los niños?

—Decían que se los llevaron a otro sitio.

—¿Adónde?

—Ay, señorita, mi memoria no es ya lo que era... —dijo, mirándola con unos pequeños ojuelos negros.

Madeleine sacó un puñado de monedas del bolso y se los echó en la falda.

—Puede que esto se la refresque.

—Oh, sí. Ahora lo recuerdo. Se trasladaron a Maiden Lane. Fue precisamente después de que asesinaran a esa pobre mujer...

Pero Madeleine ya no la escuchaba. Iba de camino a Maiden Lane preguntándose si no estaría persiguiendo un espejismo. Era poco probable, después de siete años, que alguna de las mujeres que habían dirigido el lugar siguieran estando allí, y sin duda los informes no se habrían guardado tanto tiempo. Pero ya que estaba decidida a hacer preguntas, decidió continuar.

No estaba preparada para enfrentarse a lo que vio al llegar. No era sólo una casa enorme, sino que estaba recién pintada, los cristales de las ventanas brillaban y había un llamador en la puerta. A su lado había una placa de cobre que indicaba simplemente Corringham Academy. Pero lo que la dejó clavada en el sitio fue el carruaje que había delante de la puerta. Había subido en él durante varias horas. Pertenecía a la duquesa de Loscoe.

Aquél era el orfanato de la duquesa, el lugar en el que se gastaba el dinero que recaudaba para obras de caridad. Estaba en un atolladero. No podía entrar, ni siquiera podía permitirse que la vieran rondando por allí, así que no podía seguir adelante con las pesquisas. Y el orfanato había sido su única esperanza. Dio media vuelta y se marchó.

En los dos días que faltaban para su cita con el marqués, cambió de opinión montones de veces. Le daba vergüenza enfrentarse a él, aunque en realidad nada había cambiado. Su historia no había sido descubierta, y seguramente no lo sería. Entonces, ¿por qué no seguir adelante? ¿Por qué no aprovechar su conexión con la familia Stanmore en todo lo que valía? Porque era deshonesto, se decía, porque más tarde o más temprano, alguien o algo la dejaría al descubierto. Y muy especialmente, porque se había enamorado de Duncan Stanmore.

Cuando el coche llegó a la hora acordada frente a su casa, estaba en su habitación, aún a medio vestir, indecisa.

—Dile que no voy —le dijo a Marianne cuando vino a decirle que la estaba esperando—. Dile que no me encuentro bien.

—De eso nada. No puedes retrasar indefinidamente el momento de decirle la verdad; además, se dará cuenta de que pasa algo y como le conozco estoy segura de que no dejará de insistir hasta que te lo saque. Lo que tienes que hacer es salir con él y quitarte todo esto de encima de una vez por todas.

Madeleine accedió aunque de mala gana, y mientras Marianne bajaba a decirle a Duncan que enseguida se reuniría con él, terminó de vestirse con un vestido de tafetán verde con una capita corta sobre los hombros y mangas abullonadas. Se colocó un sombrero de copa alta, zapatos de piel y tras respirar hondo, bajó la escalera para enfrentarse a su destino.

Él estaba de pie en el recibidor y la vio bajar la escalera. Cada vez que la veía estaba más bella. No se vestía con colores chillones, ni con prendas espectaculares, pero tenía un modo de llevarlas que la hacía sobresalir entre todos los demás, aunque su figura era menuda. Pero estaba muy pálida y se preguntó si habría dormido. Sonrió y le ofreció la mano.

—Señorita Charron.

—Milord.

Tomó su mano y al mirarle a la cara fue como si se perdiera en la profundidad de sus ojos castaños. No podía apartar la mirada, y durante un tiempo que le pareció una eternidad, sus miradas se encontraron y sus entrañas se volvieron de gelatina. Era como si él pudiera leerle el pensamiento, como si supiera de su confusión, de sus miedos, del orgullo que lo enredaba todo y lo convertía en un nudo que le producía un dolor físico en el pecho. Se obligó a dar un paso más y el hechizo se deshizo.

—Siento haberte hecho esperar —dijo con una sonrisa.

—No tiene importancia. Tenía tantas ganas de salir contigo que he llegado antes de tiempo —la galanteó—. ¿Nos vamos?

Salieron al coche, una pequeña berlina abierta en la que había sitio sólo para dos.

Hacía calor. El cielo estaba de un azul inmaculado, y había gente por todas partes disfrutando de la buena temperatura: jóvenes, familias, niños, mendigos y otros personajes más desagradables. Oxford Street estaba tan abarrotada como en días laborables y el parque estaba lleno de coches de todo tipo, además de monturas y peatones. Él iba concentrado en manejar el coche de modo que hablaban poco, lo cual Madeleine agradeció, aunque sabía que no podía durar.

Aquello era lo que había querido conseguir: un paseo en el que pudieran verla junto al soltero más codiciado de la ciudad, sonriendo y saludando a conocidos. Pero en lugar de disfrutar de la ocasión, la tristeza la ahogaba.

—Estás muy callada —dijo él, evitando diestramente a un faetón que avanzaba en dirección contraria—. ¿En qué estás pensando?

Madeleine sonrió.

—Estaba pensando en lo bien que manejas las riendas. Varias veces me ha dado la impresión de que estábamos a punto de colisionar, pero has conseguido evitarlo sin el menor problema.

—¿Tienes miedo?

—En tu compañía, ¿cómo iba a tenerlo?

Él sonrió.

—Gracias, milady.

—¿Por qué me llamas así?

—Pues porque eres una dama.

Pero no pudo seguir porque pasaban junto a lord Bulford, su esposa y sus dos hermanas en un coche abierto, de modo que se vio obligado a parar.

—Buenas tardes, Stanmore —dijo Bulford—. Señorita Charron.

Ella sonrió apenas pero no habló, temiendo que su voz la delatara.

—Señorita Charron, cuánto me alegro de volver a verla —dijo Annabel, y después, dirigiéndose a su hermana, añadió—: Hortense, te presento a la señorita Charron.

—Señorita Charron —murmuró Hortense, mirando a Madeleine de arriba abajo. Hortense era cuatro años mayor que Annabel. No solía ir a la cocina cuando Madeleine trabajaba en su casa, pero recordaba una ocasión en la que Hortense le había pedido que subiera a su dormitorio para quejarse de que el agua con la que iba a lavarse estaba fría. Maddy había tenido la temeridad de contestarle que ella la había subido caliente, y que si la dejaba en la jarra mucho tiempo, era normal que se enfriase. Hortense le había gritado amenazándola con echarla de la casa, pero no tenía poder para hacerlo, de modo que Madeleine había sobrevivido hasta su encuentro con Henry.

En aquel momento, temiendo que pudiera reconocerla, sintió ganas de encogerse sobre sí misma en su asiento, pero el orgullo acudió en su ayuda, se irguió y la miró directamente a los ojos. Casi se diría que la desafiaba.

—Señorita Bulford, ¿cómo está usted?

—Tengo la impresión de que ya nos conocemos.

—Es lo mismo que dije yo —intervino Annabel—, pero creo que debe ser de haberla visto en el escenario.

—¿En el escenario? —repitió Hortense con una expresión que resultaba cómica, mezcla de sorpresa y desprecio—. ¿Es usted actriz?

—La señorita Charron es una magnífica actriz, pero eso no significa que no sea una dama.

—Henry, dile al cochero que se ponga en marcha —dijo su esposa—. Estamos bloqueando el paso.

Desaparecieron en un momento y Madeleine se volvió a Duncan y lo encontró riéndose.

—No tiene gracia.

—Sí que la tiene. La señorita Bulford es tan estirada que he disfrutado viéndola tan turbada.

—Es posible que no sea bueno que te vean conmigo.

—¿Y se puede saber por qué?

—Pues porque parecen reírse de ti por ir en mi compañía.

—¿Reírse? Di más bien envidiarme. No hay un solo hombre joven en toda la ciudad que no se cambiara por mí con los ojos cerrados.

—¿Por eso me has invitado a salir? ¿Para poder presumir con tus amigos?

Casi había olvidado lo de la apuesta con Benedict y su pregunta habría podido definir con tanta exactitud lo que dos semanas atrás era la verdad que no pudo contestar con presteza. La culpa y la vergüenza le bloquearon. Benedict no se había creído que de verdad pretendiera olvidarse de la apuesta, y lo que debería haber hecho era ir en su busca, admitir la derrota, pagarle y en paz. Pero eso significaría que el propio Benedict sería quien lo intentase, y no podía permitir que eso ocurriera.

—No —contestó—. De ningún modo. ¿Quieres que paseemos un rato a la sombra? Es más fácil hablar cuando no tengo que concentrarme en conducir.

No esperó a que contestara. Aparcó el coche un poco más adelante donde no molestara, saltó y le ofreció su ayuda para bajar.

Llevaban unos minutos paseando en silencio cuando él dijo:

—Madeleine, esto no puede seguir así.

—¿A qué te refieres? ¿Al paseo? ¿A que el marqués de Risley lleve a una actriz en su coche?

—No tienes por qué ser actriz.

—No, pero es lo que soy. Así es como me gano la vida.

—Yo podría cambiar eso.

—¿Y por qué ibas a querer cambiarlo? —se volvió a mirarle intentando analizar sus motivos, pero él tenía la mirada perdida delante de sí, como si intentase ver el futuro—. Si te avergüenzas de que te vean conmigo, ¿por qué me has invitado a salir?

—Porque quiero estar contigo cada hora de cada día y...

—No voy a ser tu amante. No sé por qué la gente piensa que todas las actrices somos prostitutas.

—Madeleine, ¿cómo puedes acusarme de algo así?

—Eso es lo que estabas pensando, ¿no? Por eso las flores y los regalos: para meterte en mi cama. Anda, niégalo si te atreves.

—Por supuesto que lo niego —estaba tan cerca de la verdad y al mismo tiempo tan lejos... tenía que convencerla de que sus intenciones habían cambiado—. Mis sentimientos por ti son mucho más profundos que todo eso.

Ella se quedó tan sorprendida que casi perdió pie, y él tuvo que sujetarla.

—Pero la intención es la misma —dijo, riendo.

—No.

—¿Te basta con mi amistad? Porque si es así, te ha salido demasiado cara.

Habían dejado de caminar y él la hizo girarse bruscamente hacia él.

—No es amistad lo que necesito y tú lo sabes. No soy la clase de hombre al que le gustan los juegos amorosos. Cuando digo que estoy enamorado, lo digo con todo el alcance del término.

Ella apenas podía respirar.

—¿Cómo puedes decir algo así, si apenas me conoces? Mi pasado es sólo una conjetura, y mi presente es inaceptable para la alta sociedad.

En eso tenía razón. Hortense Bulford lo había dejado bien claro.

—¿Y qué hay del conde francés?

—¿Crees que eso importa?

—A mí no, pero a una sociedad basada en el rango y la posición, sí.

Estaba pálida y sus ojos de color violeta se habían oscurecido de rabia. De rabia y de tristeza también, y Duncan no supo qué decir para hacerle comprender.

—Madeleine, si pudiéramos darle sustancia a ese conde, traerle a la vida como si dijéramos, todo sería distinto. Podrías ocupar el lugar que te corresponde en la sociedad.

—El lugar que me corresponde es exactamente el que ocupo —dijo, furiosa—. En el teatro, trabajando como actriz. Y si no puedes aceptarlo, lo lamento.

—¿Por qué eres tan testaruda? ¿Es que tienes miedo de lo que puedas descubrir?

—No hay nada que descubrir. ¿Acaso crees que no lo he intentado?

—Podría intentarlo yo. Conozco a gente que...

—¡Ni se te ocurra! No pienso permitir que me investigues como si fuera una delincuente y una mentirosa.

—No es esa mi intención y tú lo sabes. Sólo quiero ayudar.

—No necesito tu ayuda. Te agradezco el interés, pero no hay nada que hacer.

Respiró hondo y se obligó a continuar, a cerrar la puerta a lo que nunca podría ser, a apartarle de su vida.

—Creía que me gustaría ser aceptada por la alta sociedad, y es la única razón que me empujó a ir a la mansión Stanmore; la única razón por la que he accedido a salir contigo hoy: que me vieran en tu coche, que reparasen en mí. Ha sido divertido mientras ha durado, pero ya está acabado porque sé que nunca podría ser otra cosa que una farsa.

—¿Me has estado utilizando? —preguntó. Las mejillas se le encendieron y los ojos echaban chispas.

Sabía que había ido demasiado lejos, pero no podía retractarse.

—Sí —contestó—. Así crece la taquilla y tengo un acuerdo con el dueño del teatro que...

—¡Maldita! ¡Y yo dispuesto a sacrificarlo todo por ti: mi herencia, mi familia, incluso mi buen nombre. ¡Qué estúpido he sido!

—Sí, milord. Los dos hemos sido unos estúpidos.

Sobrecogido por la tristeza que se percibía en su voz, tomó su cara entre las manos y la obligó a mirarle. Ella lo hizo, manteniendo los ojos muy abiertos para que no se le llenasen de lágrimas. Ninguno habló y de pronto se acercó a ella y la besó en la boca con un beso que pretendía hacerle daño. Madeleine primero se resistió, pero terminó rindiéndose. Se merecía su ira, y si aquel beso era su castigo, lo aceptaba encantada.

Fue él quien se separó. Ella no se había resistido, ni había intentado apartarle, ni siquiera parecía enfadada. No era más que una mujer de virtud relajada, que pagaba con besos un par de horas de la compañía de un caballero. Sin embargo, sus labios le habían sabido dulces y frescos, y habían despertado un deseo en él que no podía controlar. De pronto recordó la apuesta que lo había echado todo a rodar.

—Así que al final no te molesta tanto un poco de coqueteo, ¿eh? —dijo con amargura—. Debería haberme imaginado que una actriz con tantas tablas como tú tendría modos más sutiles de atrapar a un hombre que los de una simple prostituta.

Su respuesta fue darle una bofetada. Luego volvió al coche, y sin esperar a que la ayudase a subir, se acomodó en el asiento y esperó a que la llevase a casa.

Él siguió más despacio, subió y dio la vuelta al carruaje. No iba a volver por el camino principal para que todo el mundo la viese a ella con esa palidez, y a él con la marca colorada en la cara, y sacaran sus propias conclusiones. Salieron del parque por Serpentine y la puerta de Lancaster hacia Bayswater Road. En silencio.

Estaban cerca de la casa de Madeleine cuando él dijo:

—Lo que he hecho ha sido imperdonable. Lo siento mucho.

—Y yo siento no poder ser lo que usted quería que fuese, milord.

Detuvo el coche y bajó para ofrecerle su mano.

—Madeleine...

—Milord, no hay nada más que decir.

Entró corriendo en su casa y cerró la puerta. Y sólo entonces se dejó envolver por el consuelo de las lágrimas, unas lágrimas abrasadoras que le rodaban por las mejillas sin contención, lágrimas por los sueños perdidos, por una vida que nunca llegaría a ser.

Seis

Fue su profesionalidad lo que sostuvo a Madeleine los días siguientes a aquel suceso. Interpretaba el papel de Helena, quien confabulaba para conseguir acostarse con el conde de Roussillon, mientras el corazón se le rompía por el amor que sentía por el marqués de Risley. Sabía perfectamente bien que le había obligado prácticamente a decir las cosas que había dicho porque no podía aceptar la verdad: que quizá había llegado a quererla por sí misma. ¿De verdad habría estado dispuesto a renunciar a su posición en la sociedad por una mujer que no era más que un fraude, una mentirosa? No podía permitir que lo hiciera. Mejor que la despreciara. Mejor que sintiera aversión por ella. Pero por el contrario, ella no era capaz de sentir lo mismo por él.

Cada noche le buscaba entre el público, pero no volvió al teatro. Escuchaba la charla de las chicas de la compañía con la esperanza de que lo mencionaran. Leía las columnas de sociedad de los periódicos buscando su nombre. Aparecía, por supuesto. Las andanzas del soltero más codiciado de Londres siempre eran noticia. Había acompañado a la señorita Annabel Bulford al baile de presentación de la señorita Elizabeth Tremayne. Había asistido a la inauguración de una exposición en compañía de su madre, que era una pintora reconocida. Había sido el invitado de honor en la boda de la señorita Martha Hartwood con el conde de Bentley. Su caballo de carreras había ganado en Newmarket.

Había vuelto a llevar la vida que llevaba antes de conocerla a ella, a hacer las cosas que hacía siempre, seguro entre familia y amigos, confiado, rico. En apariencia ella había hecho lo mismo: había vuelto al teatro. Estaba todas las noches sobre el escenario. Ensayaba y dormía buena parte de la mañana. Asistía a fiestas y recitales tras el trabajo. Algunas de las invitaciones provenían de miembros menores de la alta sociedad, que habían oído la historia del *comte* y habían decidido que era aceptable en su círculo. Debería sentirse triunfante por ella, pero como era incapaz de continuar con la farsa, no solía ir.

—Maddy, ¿vienes o no?

La voz de Marianne la sacó de sus ensoñaciones y se encontró a medio vestir sentada delante del espejo de su camerino, con un cepillo en la mano. Sonrió.

—Sí, ya voy. Adelántate tú, que enseguida estoy.
—Muy bien, pero no tardes.

Marianne salió para unirse a la celebración por haber concluido la puesta en escena de *Bien está lo que bien acaba*. El final de la temporada no estaba lejos, y la alta sociedad dejaría Londres para irse a sus casas de campo, y aquellos que no tenían esas casas, cuyos negocios les obligaban a quedarse en la ciudad, el vasto ejército de artesanos, sirvientes, tenderos, para quienes la alta sociedad tenía poca relevancia excepto como fuente de ingresos, se acostumbraría a un ritmo menos agitado y a que no hubiera tanta gente en los teatros.

Quizá Lancelot les diera vacaciones, o bien se llevaría a la compañía de gira por las provincias. Ella ya había estado de gira en otras ocasiones con él: aunque en cierto modo resultaba un ejercicio placentero, suponía mucho trabajo y nunca permanecían más de una semana en el mismo sitio. Pero en el momento en que se encontraba, agradecería pasar unas semanas lejos de Londres.

Suspirando, se colocó el vestido de noche de color turquesa. Con sus mangas de jamón y un corpiño que se cerraba por delante, bajo un generoso escote adornado en satén rosa, era la última moda.

El rondo de la falda llevaba un volante fruncido del mismo rosa. Cuando lo confeccionaba, se imaginaba al marqués de Risley y a sí misma saliendo juntos, e incluso podía oír sus halagos al vestido. ¡Qué tonta! Impaciente consigo misma, se calzó, recogió el bolso y abrió la puerta del camerino.

El teatro estaba desierto. Debía haberse quedado más tiempo del que creía y todo el mundo se había marchado ya. Menos mal que el lugar que habían alquilado para la fiesta quedaba muy cerca. No hacía falta llamar a un coche. El vigilante del teatro le abrió la puerta y salió a la calle.

—Bueno, preciosidad, te has tomado tu tiempo.

Madeleine se volvió rápidamente. Era Benedict Willoughby.

—Me ha asustado, señor Willoughby.

—¿Ah, sí? En ese caso, te ruego que me perdones.

—¿Qué hace usted aquí? La representación terminó hace más de una hora.

—Esperarte a ti, querida. Y he de decir que ha merecido la pena porque estás fantástica. Con ese color pareces una ninfa que saliera del agua.

—¿Por qué me esperaba?

—Para invitarte a cenar.

—Ya estoy comprometida para cenar, señor.

—¿Con quién? Con Stanmore ya no, porque me ha confesado que no ha conseguido ningún avance contigo.

—¿Habla de mí con usted? —preguntó furiosa. ¿Cómo podía hacer algo así? ¿Cómo podía convertir sus encuentros en motivo de cuchicheos y chanzas?

—¿Y por qué no iba a hacerlo? Eres la comidilla de la ciudad, ¿no lo sabías? ¿Es o no es lo que parece? ¿Pertenece a la nobleza, o es una cazafortunas? ¿Recatada y modesta como una prostituta en un bautizo, o como las sirenas y Ulises, cuyo canto era insoportable para los hombres?

—Está diciendo tonterías. Déjeme pasar.

—Cuando acceda a venir otro día a cenar conmigo. Stanmore ya ha tenido su oportunidad; reclamo mi turno.

—¿Su turno?

—Sí. Es lo justo. Entiendo perfectamente por qué has dejado de verle: es que se ha vuelto muy serio. Creo que es por culpa de su padre. Se ha empeñado en que siente la cabeza y a ningún hombre le gusta eso, al menos si antes no ha tenido tiempo de vivir un poco —hizo una pausa y miró a su alrededor—. En fin… ya basta de hablar de Stanmore. ¿Nos vamos a cenar.

—Ya le he dicho que hoy no, señor Willoughby. Me esperan unos amigos.

—Vente conmigo. No te echarán de menos y nos lo pasaremos bien. Yo soy un hombre muy generoso —se rió—. Además, acabo de encontrarme con cincuenta libras y ¿quién mejor que una mujer hermosa para compartirlas?

—No, gracias. Déjeme pasar.

—¡Vaya por dios! No había conocido a ninguna mujer tan altiva como tú. ¿Es por lo de tu abuelo aristócrata? No creerás que un simple *comte* podría tratarse con un duque, ¿verdad? No te aceptará jamás como nuera, aunque su propio hijo lo deseara, aunque lo dudo. Sus intenciones eran estrictamente deshonestas, ¿lo sabías?

No quería seguir escuchando.

—Señor Willoughby, le he pedido que me deje pasar.

—Muy bien. Pero tienes que pagar como peaje un beso y prometerme que me permitirás llevarte a cenar otro día.

—Desde luego que no.

Y cuando iba a rebasarle, él la sujetó por la cintura con tanta fuerza que casi no podía respirar. De pronto se sintió transportada a Bedford Row, a su dormitorio y a la lucha con Henry Bulford. No iba a permitir que aquel hombre lograra lo que aquél no había conseguido, de modo que se debatió desesperadamente utilizando todas las palabras que se le venían a la boca para insultarle, lo cual parecía hacerle gracia.

—Ahora sale la verdad. La *sans culotte* ha mostrado su verdadero rostro. Siempre he sostenido que eras demasiado buena para ser real. Pero yo voy a enseñarte cómo se trata a una furcia. Stanmore ha sido demasiado delicado contigo.

Olía a vino y a alcohol, y cuando acercaba ya su rostro al de ella, vio aparecer un puño y estrellarse contra su cara.

La soltó tan de pronto que estuvo a punto de caerse encima de él cuando Willoughby aterrizó en el suelo. Una mano, la misma que antes era puño, la sujetó.

—¿Está herida, señorita Charron?

La voz era la de Duncan, pero en un tono medido, casi frío, como si hablase a un extraño.

—No. No ha ocurrido nada gracias a su oportuna intervención.

Le respondió con la misma frialdad, decidida a que él no se diera cuenta del esfuerzo que le suponía.

—Vamos, Ben, levántate, que no estás herido.

Willoughby se puso en pie y se secó la sangre que le manaba de la nariz con un pañuelo de encaje.

—No tenías por qué hacerlo, Stanmore. Lo justo es lo justo, y yo sólo estaba haciendo lo que tú intentaste y no conseguiste.

Duncan tenía apretados los dientes,

—Vete a casa antes de que vuelva a sacudirte.

—Ya sabes que el boxeo no es lo mío, pero nadie me ataca y se queda de rositas. Espero que no faltes de casa cuando mis padrinos acudan a verte.

—No seas ridículo, que yo no pienso batirme contigo.

—Entonces, se sabrá que eres un cobarde.

—¡Por amor de dios! —exclamó ella—. ¡Basta! Se están comportando como dos chiquillos malcriados. Yo no soy un juguete por el que pelear.

—Le ruego que me perdone —dijo Duncan, inclinándose—. Pasaba por la calle y he visto que una dama necesitaba ayuda. Lo habría hecho por cualquiera.

La había puesto en su sitio, desde luego, y Madeleine sonrió de medio lado.

—Le doy las gracias por ello.

Oyó que Benedict Willoughby murmuraba algo entre dientes mientras se alejaba, pero no le hizo caso, sino que dio media vuelta y echó a andar.

—No, Madeleine —dijo Duncan, sujetándola por un brazo—. No vas a ir sola. ¿Recuerdas lo que me prometiste?

Ella se soltó.

—Sólo voy a cruzar la calle para reunirme con mis amigos. No necesito que nadie me acompañe, y menos tú.

—Si no quieres que te acompañe, te seguiré a distancia hasta que hayas entrado.

—Si crees que… Por Dios, ¿es que no os rendís nunca los hombres?

—¿Rendirse? No, mi querida Madeleine. Aún no.

—Ardería en el infierno antes que permitir que hagas de mí una ramera, así que márchate de una vez.

—Lo haré, pero cuando hayas entrado a donde quiera que vayas.

—¿Y a ti qué puede importarte mi seguridad? Soy poco más que una prostituta de la calle. Esas fueron poco más o menos tus palabras, ¿recuerdas?

—Eso no es lo que yo quería decir. Estaba enfadado, y lo siento. ¿Es que no puedes perdonarme?

—Da lo mismo que yo te perdone como que no. No soy más que un objeto de burla, de risas y de competición, según me ha dicho el señor Willoughby.

—¿Qué es lo que te ha dicho?

—Pregúntaselo a él. Es tu amigo. Yo no tengo más que decir.

Habían cruzado la calle y estaban acercándose al salón donde estaban todos los miembros de la compañía de teatro divirtiéndose de lo lindo, a juzgar por el ruido y las risas que salían de su interior. Duncan le abrió la puerta.

—Quería hablar contigo esta noche, aparte de para pedirte perdón, para decirte que la señorita Annabel Bulford me ha pedido que cumpla con mi promesa de llevarla a las bambalinas del teatro para verte, y quería asegurarme de que seguiría siendo bien recibida.

Se había olvidado de la invitación. Ojalá también ella se hubiera olvidado. Lo último que quería era recibir a alguien que tenía todo de lo que ella carecía: una familia, un lugar seguro en la sociedad, un futuro como esposa. Dudaba que la moviera auténtico interés en el teatro, pero poder pasar tras las bambalinas y hablar con la gente del teatro era lo más atrevido que podía hacer y de lo que vanagloriarse ante sus amigos. «Me ha llevado el marqués de Risley». Qué íntimo parecía. Pero no podía retirar la invitación.

—No tengo nada contra la señorita Bulford —le contestó—. Y no soy tan grosera como para permitir que mis sentimientos hacia ti afecten a otras personas. Tráela a la primera sesión de *Trabajos de amor perdidos*. Dile que estaré encantada de volver a verla.

Entró y cerró la puerta, dejándole plantado en la calle.

Duncan dio la vuelta maldiciéndose por su estupidez, a Madeleine por su cabezonería y a Benedict por encima de ambos. ¿Qué le habría dicho el muy estúpido? Fuera lo que fuese, había conseguido que el abismo que los separaba se hiciese aún más profundo. Si existía antes la más mínima posibilidad de que le perdonara, había desaparecido ahora. La había perdido. Cruzó la calle hasta donde Dobson esperaba con el carruaje y se fue a casa, donde se dedicó en cuerpo y alma a emborracharse en su propia habitación. No le sirvió de nada.

Al día siguiente envió su tarjeta a Bedford Row cuando lady Bulford estaba en casa con sus invitados de la alta sociedad. Todo el mundo sabía que la pobre, cansada ya de hacer de carabina de sus cuñadas, años después de que debieran tener ya su propia casa, estaba deseando deshacerse de ellas. Hortense, con veinticinco años, estaba ya quedándose sin oportunidades, pero Annabel, cuatro años menor y mucho más bonita, albergaba la esperanza intacta de conseguir un buen matrimonio.

Duncan sabía perfectamente bien que él era el bocado principal de la anfitriona, lo cual hasta hacía un par de semanas le hacía mucha gracia, pero después de lo ocurrido en Almack's y en el baile de la señorita Tremayne en el que había bailado dos veces con Annabel, los intentos habían pasado a ser una campaña de ataque en toda regla. ¿Por qué, ay, por qué tenía que haberlo complicado todo Madeleine invitándola a ir al teatro? La muchacha no dejaba de hablar de ello, y no sólo con él sino con cualquiera que cruzara unas palabras con ella, de modo que no le había quedado más remedio que pasar por el aro. No era difícil imaginar lo que se deduciría de sus actos.

La habitación ya estaba llena cuando él entró de jovencitas solteras acompañadas de sus mamás y un número igual de jóvenes solteros. Cruzó hasta donde estaba la anfitriona y con las señoritas Bulford, cada una a un lado.

—Lady Bulford, a sus pies —dijo, saludándola con una reverencia—. Señorita Bulford, señorita Annabel.

—Buenas tardes, marqués —lady Bulford, hinchada como un pavo, irradiaba orgullo de sus arreboladas mejillas—. Es un honor contar con su presencia.

—En absoluto. ¿Cómo está usted?

No debería haberle hecho esa pregunta, porque fue como una invitación a que le relatase todas sus enfermedades, en particular la migraña que parecía provocarle la preocupación constante por sus queridas hermanas, a quienes deseaba ver felizmente casadas. Cuando por fin respiró, pudo preguntar si les gustaría acompañarle a la primera representación de *Trabajos de amor perdidos*.

—¿Es la obra nueva que interpreta la señorita Charron? —preguntó Annabel.

—Lo es.

—Yo prefiero no ir —dijo Lady Bulford—. No soy particularmente aficionada al teatro, pero supongo que Annabel y Hortense podrían acompañarse la una a la otra.

—¡Me encantaría! —exclamó Annabel—. Por favor, Hortense, acompáñanos.

—Por favor, señorita Bulford —añadió Duncan—. Mi coche vendrá a buscarlas a las siete y media.

—Muy bien —dijo Hortense como si le estuviera haciendo un gran favor. No le sorprendía nada que no hubiese encontrado pareja.

Se quedó los quince minutos de rigor, charlando

con unos y con otros, y se escabulló enseguida. A Annabel podía tolerarla. De no ser porque Madeleine Charron le obsesionaba a cada momento del día y de la noche, podría haber llegado a considerarla como posible esposa. Pero lady Bulford y Hortense eran tan estiradas que conseguían ponerle los pelos de punta. No veían más que su título y la riqueza que lo acompañaba. Seguramente eso era todo lo que representaba para todos ellos: un título y dinero.

Eso fue lo que le dijo a Lavinia cuando ésta fue a casa al día siguiente. La duquesa, que no la esperaba, había salido al orfanato.

—Quédate a tomar un té conmigo —le dijo él, y llamó a una criada—. Mamá estará ya en casa antes de que hayamos terminado.

Salieron a la salita de desayunar, más pequeña y más íntima que el salón. La doncella les llevó la bandeja y se marchó.

—¿Qué haces tú aquí a estas horas de la tarde? —le preguntó Lavinia mientras servía dos tazas.

—Disfrutar de un poco de paz y tranquilidad.

—¿Y eso? ¿Por qué necesitas tú paz y tranquilidad? ¿Te has metido en algún lío?

—No exactamente. Lady Bulford está trabajando duro para arrojarme en brazos de Annabel Bulford y Benedict Willoughby me ha retado a duelo.

—¿Benedict? —se rió—. Me estás tomando el pelo.

—En absoluto. Me ha enviado a Harry Scout-Smythe y a Johnny Tremayne como padrinos esta mañana.

—Has debido tener una discusión muy fuerte con él para que haya llegado hasta ese punto. ¿Por qué fue?

—Le paré los pies por insultar a una dama.

—¿A qué dama? No será a la señorita Annabel, ¿verdad?

Él sonrió.

—No. A la señorita Charron.

—¿La actriz?

—Será actriz, pero también una dama, y no podía quedarme viendo cómo intentaba forzarla.

Lavinia se estremeció. Hacía mucho tiempo, cuando ella tenía dieciséis años, Benedict Willoughby había intentado lo mismo con ella, y James y Frances habían tenido que rescatarla.

—Siempre ha sido un salvaje. No habrás aceptado, ¿verdad?

—No, les he pedido que le dijeran a su apadrinado que no tengo nada contra él que no se pueda resolver tomando una copa de coñac en el club. No sé lo que hará.

—Si se corre la voz, habrá un escándalo.

—Eso no voy a poder evitarlo, pero tampoco podía mirar para otro lado y dejar que ocurriera, ¿no?

En cualquier caso, creo que Ben estará demasiado avergonzado como para decir nada y tú eres la única persona que lo sabe.

—Y la señorita Charron, por supuesto.

—Y Madeleine. Pero ella no dirá nada porque está enfadada con los dos.

—¿Madeleine? ¿La llamas por su nombre?

—¿Por qué no? Así es como yo pienso en ella.

Lavinia lo miró fijamente.

—¡Duncan! No me digas que te has enamorado de ella.

—¿Y si fuera así?

—Supongo que no es tan raro que un joven se enamore de una actriz. Suelen ser mujeres muy hermosas y que son buenas amantes. Si eres lo bastante discreto...

—¡Vamos, Vinny! ¿Me crees tan malo como Willoughby? Estoy hablando en serio. Quiero casarme con ella.

—¡Pero Duncan! ¿Qué vas a hacer?

—No lo sé.

—Supongo que si de verdad fuera la nieta de un conde francés, podría resultar aceptable, sobre todo si deja los escenarios y comienza a vivir como una dama. Deberías hablar de ello con papá.

—Me echaría una bronca de mil demonios y no sé si estoy preparado para eso.

—Lo comprenderá. Una vez se enamoró de una mujer a la que sus padres consideraban inadecuada y acabó casándose con mamá. Nunca fueron muy felices juntos, ya lo sabes.

—No sabía nada de eso.

Sus padres nunca se habían dado muestras de cariño y habían vivido vidas separadas, pero él era un niño y no le parecía que eso fuera extraño. Teniendo la familia tantas casas, no le parecía sorprendente que el marido y la mujer no estuvieran siempre en la misma.

—¿Quién era ella?

Lavinia se echó a reír.

—Pues nuestra madrastra, ¿quién iba a ser? No tenía un gran título, al menos en opinión de los abuelos, y prohibieron su boda. Cuando los dos quedaron viudos, pudieron reunirse por fin.

—¿Por qué no he sabido yo nada de todo esto hasta ahora?

—Estabas en el colegio la mayor parte del tiempo. Yo me enteré cuando papá me trajo a Londres por primera vez y me llevó a Corringham House a tomar lecciones de pintura.

—¿Crees que comprenderá mejor mi problema precisamente por eso?

—No veo por qué no. Habla con él. O mejor aún: habla con mamá. Ella sabrá cómo abordarlo. Pero yo no le contaría nada de lo del duelo.

Eso no era necesario que se lo dijera, pero ¿para qué contarles nada a sus padres cuando la propia Madeleine se mostraba tan fría hacia él? Tenía que hacer las paces con ella como fuera y confesarle lo que sentía, que estaba dispuesto a remover cielo y tierra y que si eso significaba caer en desgracia con su padre, que así fuera. Ello le recordó que la próxima vez que la viera iría acompaña de Annabel Bulford.

—Vinny, ¿podrías hacerme un gran favor?

—Si está en mi mano, cuenta con ello, pero si quieres que hable con papá por ti, no creo que sea buena idea.

—No es eso. Soy perfectamente capaz de hablar por mí mismo. Me he comprometido a llevar a las señoritas Bulford a la primera representación de *Trabajos de amor perdidos* y me gustaría que James y tú pudierais venir con nosotros. No quiero que todo el mundo piense que voy solo con Annabel.

—Comprendo. ¿Por qué la has invitado?

—Porque me encontré entre la espada y la pared. Annabel estaba entusiasmada con la obra y Madeleine le ofreció visitar los camerinos y el teatro después de la obra, así que espera que la lleve.

—Vaya. Menudo lío. Espero por el bien de todos que sepas encontrar el modo de salir de él.

—Entonces, ¿vendréis?

—Hablaré con James. Si no tiene ningún compromiso, estoy segura de que aceptará encantado. No te preocupes, que no le contaré nada de lo que me has contado tú. Además, a mí también me gustaría ver la obra.

—Gracias, Vinny. Cenaremos luego todos juntos en Reid's.
—Espero que todos menos la señorita Charron. Él sonrió a medias.
—No, a mí tampoco me parece buena idea.

Era la última prueba de vestuario para la puesta en escena de *Trabajos de amor perdidos*. La tarde se les había dejado libre para que cada uno se preparase a su manera para la primera representación de la obra de Shakespeare. Algunos se fueron a dormir, otros se quedaron charlando, jugando a las cartas o murmurando sus papeles. Marianne y Madeleine decidieron aceptar la invitación de sir Percy para ir a dar un paseo en coche por el parque.

Hacía un día espléndido y sin nubes, y las dos amigas con sus vestidos de muselina y parasoles a juego se mezclaban entre las elegantes mujeres de la alta sociedad como una más sin que se notara a primera vista que pertenecían al mundo del teatro. Sir Percival Ponsonby era un hombre excéntrico, pero sus antecedentes eran impecables y se le apreciaba en aquellos círculos. Mientras estuvieran con él, nadie les volvería la cara, aunque fuese vestido con una escandalosa chaqueta a rayas blancas y verdes con un chaleco púrpura.

—Al parecer la noticia de su ilustre abuelo se ha extendido, señorita Charron —le dijo al ver que todo el mundo los saludaba—. La están cortejando. ¿Cuántas invitaciones ha tenido?

—Demasiadas —sonrió—. Pero sé bien que es sólo curiosidad, así que no acepto.

—Es el misterio que la rodea. Les encantan los misterios y negarse a salir con ellos sólo sirve para acrecentarlo.

—Sí. Marianne me comentó que usted pensaba que debía intentar aclarar lo de mis orígenes, y la verdad es que lo he intentado, pero no he conseguido nada.

—Qué lástima.

—No tiene importancia, sir Percy. He vivido hasta ahora sin saberlo, y puedo continuar así.

—Pero querida, supongo que querrá casarse bien, ¿no?

—Si se refiere a un matrimonio basado en el amor, entonces le diré que sí, que por supuesto me gustaría que así fuese, pero no un casamiento que dependa de si mi abuelo era noble o no. En ese caso, preferiría quedarme soltera.

Él le dio una palmadita en la mano con una sonrisa.

—Lo entiendo, querida, pero ya sabe que es así como funciona el mundo. Un hombre puede quedar relegado al olvido por casarse con una mujer que la sociedad considere no adecuada. Y no se trata sólo de que lo excluyan de sus actos, sino que se transforme en objeto de burla y escarnio y no pueda gobernar sus tierras ni sus negocios debidamente. Sus asociados dejarían de confiar en él, sus sirvientes le perderían el respeto, particularmente a su esposa, y lo mismo ocurriría con cada persona relacionada con ellos.

—De todos modos, no estoy contemplando la posibilidad de casarme con lo mejor de lo mejor, sir Percy —le contestó, riendo

—¿Ah, no? —pinchó él, arqueando las cejas pintadas de negro hasta casi alcanzar la peluca de bucles negros que llevaba.

—Maddy está enfadada con la alta sociedad —intervino Marianne.

—¿Con todos ellos?

—No con usted, sir Percy —le aseguró Madeleine—. Pero con otros, sí. Tienen sólo una cosa en la cabeza y rivalizan los unos con los otros para conseguirla. ¿Sabía que el señor Willoughby y el marqués de Risley han discutido por saber de quién era el turno? Ya se imaginará que los he despachado a los dos.

—Qué bárbaros. Jamás lo habría pensado de Stanmore.

—Me lo dijo Willoughby. Du... el marqués le dio un buen puñetazo.

—¿De verdad? —se rió—. Me habría encantado verlo.

—No es cosa de risa, sir Percy. Willoughby ha desafiado al marqués a un duelo.

—¡No puede ser!

—Fue horrible. Lord Risley me dijo que no estaba dispuesto a pelearse con él, pero no creo que Willoughby lo deje pasar, y me temo que el sentido del honor del marqués terminará obligándolo a aceptar.

—No te preocupes, querida. Entre jóvenes esas cosas son muy corrientes. Se darán la mano y en paz, ya lo verás.

—¿Podría usted intervenir, sir Percy, y asegurarse de que todo se queda sólo en un apretón de manos? —le rogó Marianne.

—No tema, que lo haré.

—Gracias de todo corazón.

El nudo que sentía en el estómago era más intenso que nunca cuando el telón se alzó en el primer acto. Estaba entre bambalinas, pero el corazón le latía con tanta fuerza que temía que los de la primera fila pudieran oírlo.

Afortunadamente el personaje de la princesa de Francia, que era el que ella interpretaba, no aparecía hasta el segundo acto y para entonces la audiencia ya se habría calmado, lo mismo que sus nervios. La obra la hizo concentrarse de modo que para cuando cayó el telón se había olvidado de todo lo demás.

El público aplaudió a rabiar, y varias personas la

aclamaron puestas en pie. El telón tuvo que subir y bajar varias veces antes de que pudiera volver a su camerino. Sir Percy ya estaba allí, acomodado en una silla mientras Marianne se cambiaba tras un biombo.

Madeleine se cambió también, vistiéndose con una bata de satén azul antes de salir de detrás del biombo para sentarse frente al espejo para quitarse el maquillaje. Apenas había tenido tiempo de peinarse cuando un bedel hizo pasar al marqués de Risley, los condes de Corringham y las señoritas Bulford.

Se levantó pero no hizo reverencia alguna. Aquél era su mundo, un mundo en el que ella era la reina y en el que podía observar o no el protocolo, según le apeteciera. Y en aquel momento, no le apetecía.

—Buenas noches —les dijo—. Como pueden ver, aún no estoy preparada.

Duncan se sintió desbordado por la admiración, no sólo por la frialdad que era capaz de demostrar, sino por su belleza. Con el pelo oscuro y suelto y el rostro limpio de maquillaje, estaba radiante. Si la habitación no hubiera estado tan llena de gente, la habría acomodado en sus brazos y hablándole como se habla a un gatito asustado, la habría convencido de su sinceridad.

Fue Annabel quien rompió el silencio.

—Dios mío, qué poco sitio tienen aquí. ¿Cómo se las arreglan?

—Ya estamos acostumbradas —contestó Madeleine.

—¿Es ésta la ropa que utilizan en escena? Son tantos vestidos... no sé cómo tienen tiempo de cambiarse de escena a escena.

—Tenemos un ayudante —contestó Marianne—. Y cuando el camerino lo comparten sólo dos actrices, hay sitio suficiente. Cambiarse de ropa, como aprenderse de memoria el papel, forma parte del trabajo.

—Debe ser muy excitante —continuó Annabel, ignorando la mirada desdeñosa de su hermana—. Señorita Charron, he de felicitarla por su interpretación de esta noche. Me ha mantenido hipnotizada y no quería que acabase —y volviéndose a los otros, añadió—: ¿no está de acuerdo, marqués?

—Desde luego —contestó, mirando a Madeleine.

—¿No le ha ocurrido nunca que sin darse cuenta ha seguido interpretando un papel estando fuera de los escenarios? —le preguntó Hortense.

Duncan contuvo la respiración mientras Madeleine la miraba con dureza.

—Alguna vez, señorita Bulford —le contestó, riendo—. Alguna vez.

—¿Siempre interpreta usted un papel principal? ¿Nunca el de una doncella, o algo así?

Madeleine volvió a reír de un modo casi exagerado, y Duncan se preguntó por qué.

—Lo he hecho en el pasado. Desde luego puedo interpretar tan bien a la sirvienta como a la princesa. Al fin y al cabo, ¿no somos todas mujeres cuando nos quitamos la ropa?

Sir Percy se echó a reír y Hortense se volvió a mirarle.

—Qué deplorable —dijo, aunque no precisó qué era lo que encontraba deplorable—. Annabel, ¿ya has visto suficiente? El aire aquí dentro me resulta irrespirable.

—Entonces, debemos irnos —dijo Duncan—. Vámonos, señorita Bulford. Señorita Annabel.

Y tras apenas una palabra de agradecimiento hacia Madeleine, los sacó a todos del camerino.

—¡Qué barbaridad! —exclamó Marianne—. ¿Alguna vez habéis conocido a alguien tan estirado como la mayor de las Bulford? ¿Y a cuento de qué venía lo de los sirvientes?

—No lo sé —contestó Madeleine—. Puede que me haya reconocido y sepa quién soy.

—¿Qué quiere decir con que la ha reconocido? —preguntó sir Percy—. ¿Se habían visto antes?

—Eh, sí, sí. Las dos me conocen. Esperaba que no me recordaran.

—Vamos, hija. Ya que ha llegado hasta aquí, cuéntenos el resto de la historia. Le prometo no repetirla, y quizá podría ayudarla.

—Cuando mi madre murió, yo no tenía familia. Nuestros vecinos me llevaron a un orfanato, y cuando fui lo bastante mayor para trabajar, me enviaron a Bedford Row, a servir a casa de los Bulford. Trabajé en la cocina durante tres años. Luego me despidieron, encontré trabajo como costurera, llegué aquí y Marianne se ocupó de mí. Ésa es mi historia.

—¿Y el conde francés?

Madeleine se encogió de hombros.

—Un personaje interesante, ¿verdad? Desde luego ha dado que hablar a los chismosos en estas últimas semanas y ha llenado los asientos del teatro. Nunca hemos tenido los palcos tan llenos y puesto que los actores recibimos un porcentaje de las entradas vendidas, todos contentos.

—No es el conde quien ha llenado los asientos, sino la oportunidad de ver a dos magníficas actrices llenar de vida la escena. El teatro nunca ha sido tan brillante, ni siquiera cuando la señora Jordan y Sarah Siddons pisaban el escenario.

—Muy agradecidas, señor —contestó Marianne, haciendo una reverencia.

—Supongo que ahora va a decirme que he de dejarlo todo atrás y empezar de nuevo.

—Eso es sólo asunto suyo —dijo con una sonrisa—. Pero ¿por qué echar a perder algo que está funcionando tan bien?

Madeleine los miró a los dos.

—No sé cómo iba a sacar partido de algo así.

—Del mejor modo posible, querida.

—No creo que el marqués de Risley esté de acuerdo. Me presentó a los duques, y se pondrán furiosos.

—No lo creo. Vámonos a cenar, que me muero de hambre —contestó sir Percy, ofreciendo un brazo a cada una para el corto paseo que los separaba de Reid's.

Cuando llegaron, Madeleine se llevó un disgusto al ver que el grupo del marqués estaba sentado a otra mesa. Fue a dar marcha atrás, pero sir Percy no se lo permitió.

—*Nil desperandum* —le dijo al oído, al mismo tiempo que con una mano saludaba a los congregados a la otra mesa—. No te olvides de tu abuelo.

No podía recordar a su abuelo porque no le había conocido, y pensar en aquel conde ficticio la hizo enrojecer. Nunca había lamentado más que en aquel momento aquella historia. Duncan, aunque fingía prestar atención a sus invitados, estaba observándola de un modo extraño, casi como si supiera la verdad. O quizá Hortense Bulford ya se la hubiera revelado.

—Ahora, veamos —dijo sir Percy—. ¿Qué tenemos hoy? Hay rodaballo y ostras, que me encantan, a lo mejor son demasiado vulgares para las damas. ¿Lenguado, quizá?

—No tengo apetito —contestó Madeleine. Aun de espaldas a la otra mesa, estaba sintiendo la mirada de Duncan clavada en ella y tenía el vello de punta.

—En ese caso, el lenguado en una salsa ligera le sentará bien, querida —Percy estaba decidido a mantener su atención para que no escuchara lo que se estaba diciendo en la mesa de al lado—. Seguido de perdiz y un poco de asado de cerdo con guarnición. ¿Qué les parece?

—Demasiado para mí —le dijo.

Dedujo que a Marianne le parecía bien la elección y pasó la orden al camarero.

—Y vino —le pidió—. El mejor que tengan en la bodega. Y ahora —continuó, apoyando los brazos en la mesa—, hablaremos de la obra de esta noche. Hasta hoy no era una de mis favoritas, pero...

—Duncan, ¿recuerdas aquella ocasión en la que interpretamos una obra de teatro para recaudar fondos para las obras de caridad de mamá? —decía Lavinia—. Fue *El sueño de una noche de verano* —explicó a las señoritas Bulford—. La interpretamos en el salón de baile de Stanmore House. Todos intervenimos, incluso Duncan y el señor Willoughby.

—¡No me diga! —exclamó Annabel mirando a Duncan—. No sabía que tuviera ese talento.

—Y no lo tengo, pero Lavinia me obligó —contestó—. Ella era la directora. Y pintó todo el escenario.

—¡Qué maravilla! ¡Cuánto me gustaría a mí hacer algo así! Debe ser muy divertido.

—Y lo es, pero también da mucho trabajo. Fue una suerte que el señor Greatorex y la señorita Doubleday nos ayudaran. Salió todo fenomenal y conseguimos recaudar varios cientos de libras para el orfanato.

—¿Cuándo fue la obra? No recuerdo haber oído hablar de ello.

—Hace unos siete años, el mismo año que el rey intentó divorciarse de la reina. Supongo que nadie se enteró, aparte de nuestro círculo más íntimo y de la gente del orfanato.

—Entonces, Annabel debía estar aún en el colegio. Y a mí el teatro de aficionados nunca me ha interesado.

La conversación siguió poco más o menos del mismo modo hasta que les llevaron el siguiente plato, y seguían sentados cuando sir Percy y sus acompañantes se levantaron para marcharse. Duncan quiso despedirse de ellos especialmente. Ojalá pudiera marcharse también él. Deseaba desesperadamente hablar con Madeleine.

—Buenas noches, señoras —se despidió sir Percy—. Corringham. Stanmore.

—Ojalá hubiéramos podido pedirles que se unieran a nosotros en los postres —se lamentó Annabel.

—Por amor de dios, hermana. ¿En qué estás pensando? —exclamó Hortense—. No pueden verte con actrices, por ladinas que sean.

—¿Ladinas?

—Sí. Acabo de darme cuenta dónde había visto antes a la más joven, y fue en nuestra propia cocina —declaró con voz triunfal—. ¿Recuerdas a Maddy, la criada? Estuvo con nosotros tres años antes de que papá la echara —se rió—. Siempre fue una mentirosa.

Duncan las miró a ambas y después a Lavinia, quien movió despacio la cabeza como si le pidiera que guardase silencio, aunque no había hecho falta. Se había quedado sin habla.

Siete

Duncan no habría podido decir cómo se las arregló para pasar el resto de la noche. La señorita Bulford se regodeaba en su descubrimiento mientras que Annabel sentía una excitación sin límites porque una aclamada actriz hubiera estado viviendo tres años bajo su mismo techo y que incluso hubiera hablado con ella cuando se colaba en la cocina para pedirle golosinas a la cocinera.

—¿Quién habría podido imaginarse que iba a llegar a ser tan famosa?

Lavinia aportó enseguida un nuevo tema de conversación y nadie se dio cuenta de que Duncan se había quedado callado. Sonreía y asentía a todo lo que se decía, y cuando el grupo se separó se despidió de su hermana y su cuñado y acompañó a las señoritas a su casa en el coche antes de retirarse. La cabeza le daba vueltas. Las palabras «siempre fue una mentirosa» se le repetían una y mil veces. La señorita Charron le había hecho quedar en el más absoluto de los ridículos.

A la mañana siguiente, se levantó con los ojos borrosos y tras ponerse la bata bajó a hablar con su madrastra, que siempre se levantaba temprano. La encontró sentada a la mesa del desayuno, donde le habían llevado el correo.

—Buenos días, Duncan. ¿Lo pasaste bien anoche?

—Sí, gracias.

—Y por los ojos que tienes, luego te pasaste por el club.

—No, mamá. Cenamos en Reid's, acompañé a las señoritas a casa y me vine directamente aquí.

—Entonces hay algo que te preocupa. ¿Es la señorita Bulford?

—No. Annabel es una joven dulce, incluso demasiado dulce para mí.

Se sentó y se sirvió una taza de café. Había platos con comida en la mesa de servicio, pero no tenía hambre.

—Duncan, querido, debes tener mucho cuidado si no vas a pedirla en matrimonio. Te han visto con ella varias veces y sé que lady Bulford alberga esperanzas. Si sigues así sin pretender que…

Pero no continuó.

—Fuisteis Lavinia y tu quienes insististeis en que fuese a Almack's, mamá, y la propia lady Bulford quien me pidió que acompañase a Annabel al baile de la señorita Tremayne. No podía negarme sin resultar descortés, y luego fue la señorita Charron quien invitó a Annabel a visitar su camerino, y la propia Annabel quien me pidió que la acompañase. Yo me sentí obligado a acceder, pero invité a mi hermana y a su marido para que el grupo no resultase demasiado íntimo. Creo que no podría haber actuado de otro modo. Y anoche… anoche tuve la impresión de que me habían acorralado en una esquina.

—¿Verdaderamente no sientes deseos de casarte, o se trata de la señorita Annabel? Lo digo porque es una joven perfectamente adecuada.

—Mamá, la señorita Annabel no es para mí.

—Entonces debes dejárselo claro antes de que esto vaya más lejos. Sal con otras.

—Ya he salido con otras, y no he encontrado a ninguna con la que quisiera pasarme el resto de la vida.

—¿Ninguna? —insistió ella, mirándole fijamente.

Recordó el consejo de su hermana de que confiase en su madre, pero eso había sido antes de que se enterara de que Madeleine había sido sirvienta en casa de los Bulford. Antes de que descubriera su naturaleza mentirosa. No había necesidad ya de hablar de ello con la duquesa, ni de seguir torturándose para encontrar el medio de hacerla aceptable a los ojos de su padre.

—No —contestó—. Ninguna.

Les interrumpió un lacayo que vino a anunciar a la condesa de Corringham. Casi antes de que hubiera terminado de hablar, Lavinia entró. Llevaba a Jaimie de la mano y a la pequeña Caroline a la cadera. En un abrir y cerrar de ojos, Jaimie se había subido al regazo de su tío para enseñarle su nuevo velero y Caroline estaba acurrucada en brazos de la duquesa.

—Íbamos a probar el barco de Jaimie en el lago —dijo—. He pensado que a lo mejor querías acompañarnos, Duncan.

Pues sí. El aire fresco del parque le sentaría bien. Subió a su habitación, se vistió con un pantalón gris y una chaqueta azul oscura, se colocó el sombrero de copa y los guantes de piel y salió al coche de los Corringham, en el que le aguardaban su hermana, sus sobrinos y la niñera.

Cuando los chiquillos corrían ya camino adelante de mano de la niñera, Lavinia le habló de Madeleine.

—¿Has hablado con mamá de la señorita Charron?

—¿Y qué quieres que le diga? ¿Que al final ha resultado ser una criada? ¿Para qué? Todo ha cambiado. Nunca ha habido un *comte* francés, lo cual sólo demuestra lo estúpido que he sido al creerme sus mentiras.

—Y la existencia del conde era importante, ¿no? Era la clave del asunto, ¿verdad? ¿No puedes amar a alguien que no sea de buena cuna?

—No puedo amar a una mentirosa, Vinny.

—Pero puede que no esté mintiendo. Si toda su familia murió, ¿qué otra cosa podía hacer siendo huérfana sino entrar en un orfanato? Y de allí a servir en una casa hay un paso muy corto. Precisamente tú deberías saberlo de oírselo contar a mamá. Cuando intenta encontrar trabajo a sus huérfanas, ¿qué es lo que les consigue? No es que yo pretenda aprobar o desaprobar la historia de la señorita Charron, pero creo que es digna de admiración por haber sabido salir del infortunio.

—Nunca me habría imaginado que ibas a ponerte de su lado.

—Sólo pretendo hacer de abogado del diablo, Duncan. Y Hortense Bulford podría estar equivocada.

Duncan sonrió.

—¿Por eso has venido aquí hoy, Vinny? ¿Para jugar a abogado del diablo?

—Pues sí. ¿Por qué no? Vi cómo te afectó el descubrimiento y temía que pudieses hacer alguna tontería.

—Pues de buena gana hubiera sacado a esa chismosa y la hubiera plantado en mitad de la calle.

—Me alegro de que no lo hicieras. Habrías causado un buen escándalo. Duncan, de verdad creo que, a pesar de lo que haya dicho la señorita Bulford, sigues enamorado de la señorita Charron.

—No. Todo ha terminado ya. Había terminado incluso antes. Ella me odia, y ahora ese odio es mutuo.

Lavinia suspiró.

—Lo siento por ti, Duncan. De verdad que lo siento. Te recuperarás.

Para ella era fácil decirlo. James, el conde de Corringham, siempre había sido una pareja aceptable; Frances era su madrastra antes de serlo de ellos y James y el duque se llevaban de maravilla. Pero su caso era completamente distinto. Él no se tomaba el amor a la ligera. Cuando entregaba el corazón no era capaz de dar marcha atrás, y mentiría si dijera lo contrario.

Incapaz de soportar más aquella conversación, se alejó de su hermana para ir junto a los niños.

—Vamos, Jaimie —dijo—. A ver de qué está hecho ese barco tuyo.

Pasaron una hora haciendo navegar el barco, y al final Duncan acabó con los puños empapados y las rodillas verdes de estar sobre la hierba. Y mirándolos, viendo correr a Jaimie cada vez que los patos se les acercaban en busca de comida, pensó que éste llevaría el apellido Corringham, pero ¿quién continuaría con el de Stanmore? ¿Quién, cuando él hubiera desaparecido ya, se ocuparía de sus propiedades, de las casas y las fincas que daban hogar y proporcionaban un medio de vida a tantas familias? Tenía el deber de casarse, y a sus veinticinco años ya no podía posponerlo mucho más.

Alzó la mirada cuando la sombra de su hermana cayó sobre él.

—Creo que lo que tú necesitas es una familia, Duncan. Se te dan tan bien los niños.

Él se levantó con una sonrisa.

—Antes de una familia, necesito tener esposa.

—En eso no puedo ayudarte, pero creo que podría venirte bien un cambio de escenario y de compañía. El jueves que viene voy a dar una pequeña cena en casa, y si el tiempo sigue siendo bueno, iremos todos a los jardines Vauxhall. Habrá un concierto de Handel: *Música acuática y fuegos artificiales*.

—No sé si…

—Nada de señoritas Bulford, te lo prometo. Te hará bien estar con gente joven y dejar de oír hablar a los chismosos. ¿Qué me dices?

—Es bueno tener una hermana mayor que cuide de uno —dijo riendo, mientras alzaba a Jaimie por encima de su hombro para meterlo en el carruaje—. Está bien. Iré.

Le dejaron de nuevo en la mansión Stanmore y se cambió de ropa para ir de visita a Bow Street y Newgate. Si algo podía ayudarle a volver a poner los pies sobre la tierra era eso.

Estaba de camino cuando una figura con un traje de montar verde y botas altas se cruzó en su camino.

—Buenos días, sir Percy —dijo—. Es muy temprano para que ande usted levantado. ¿Alguien le ha prendido fuego a su cama?

—No es cuestión de risa, Stanmore. Las mañanas no son lo mío, pero la necesidad obliga.

—¿Ha venido a ver a mi madre?

—No. Vengo a verle a usted. He prometido que lo haría.

—Suena aterrador. Venga a pasear conmigo.

—¿Adónde iba vestido así? Cualquiera diría que a construir caminos.

Duncan se rió.

—No. Voy a la cárcel.

—¿A la cárcel? ¿Pero qué ha hecho, muchacho?

—Nada. De vez en cuando voy de visita.

—Una elección extraña para un joven, ¿no le parece?

—Me gusta hacer lo que puedo por la pobre gente que está encerrada.

—¡Pero si son delincuentes! —exclamó, atónito.

—No por la gracia de Dios…

—Ahora está siendo perverso. Usted nunca acabaría allí, hiciera lo que hiciese. Su padre se encargaría de ello.

—Ahí es adonde voy. El dinero y los privilegios están muy bien, sir Percy, pero acarrean sus responsabilidades.

—Hablando de responsabilidades… eso me trae a la memoria el motivo de mi visita —sir Percy, poco acostumbrado a ir a ninguna parte caminando, apenas podía seguir el paso de Duncan—. Afloje el paso, muchacho, que ya no soy tan joven.

Duncan moderó el paso.

—Continúe.

—¿Es cierto que Willoughby le ha retado a duelo?

—Sí, pero había tomado una copa de más en ese momento y dudo que insista.

—Espero que tenga razón, pero si insiste, ¿qué hará usted?

—Elegir pistolas y fallar.

—Pero ¿está seguro de que él también tirará a fallar?

Aquel dichoso duelo era lo que menos le preocupaba en aquel momento y no entendía el interés de sir Percy.

—No, ¿pero qué otra cosa sugiere que haga?

—Es ilegal. Si me dice dónde y cuándo, puedo asegurarme de que los agentes de la ley estén cerca y lo detengan.

Duncan se echó a reír.

—Y de que me lleven tras los barrotes.

—Sabe muy bien que eso no ocurriría. Los caballeros jóvenes como usted tienen sus más y sus menos. Nadie resultaría herido. Eso es lo que yo le diría al juez —hizo una pausa—. La dama relacionada con el caso está muy preocupada porque pueda correr usted algún riesgo.

—Supongo que se trata de Madeleine Charron. Pues dígale que no pienso participar en un duelo por ella; que no merece la pena.

—Yo diría que es un comentario un tanto deprimente, ¿no le parece? Yo creía que sentía usted algo por ella.

—No me gustan los mentirosos y ella es una maestra en ese terreno.

—¿Nunca ha dicho usted una mentira piadosa? ¿Nunca ha retorcido un poco la verdad para beneficiarse de ello?

—Eso es distinto.

—No, no lo es. Es una joven a la que la sociedad ignoró, lanzándola al mundo sola cuando debería haber crecido en el seno de una familia que se ocupase de ella. Habla usted de visitar prisioneros y ayudarlos; pues ella ha sido una especie de reclusa, condenada por la sociedad.

—Era una criada, y para colmo, en casa de los Bulford.

—Lo sé.

—¿Por qué no me lo dijo?

—Porque no lo supe hasta anoche. Y yo nunca traiciono una confidencia. Si decidió no revelárselo, puede estar seguro de que tenía una buena razón para obrar así.

—¿Qué razón?

—Debería preguntárselo a ella —contestó. Miró a su alrededor. Habían dejado atrás Strand y estaban en Fleet Street—. Muchacho, ¿adónde me llevas?

Duncan se detuvo.

—Lo siento. Estoy tan acostumbrado a venir por aquí que no me he dado cuenta. Venga, le acompañaré a la civilización.

Iban caminando sobre sus pasos cuando de pronto se encontraron cara a cara con Benedict Willoughby. Era obvio, a juzgar por el ceño con que los miró, que no estaba dispuesto a saludar a su antiguo amigo, pero sir Percy se plantó delante de él y le obligó a detenerse.

—Buenos días, señor Willoughby —lo saludó alegremente—. Es una suerte que nos encontremos.

—Buenos días, sir Percy. Me quedaría a charlar un rato con usted, pero no me gusta la compañía.

—Stanmore es amigo mío.

—Entonces, ¿le ha pedido que le represente?

—No, y no lo haría aunque me lo pidiera. Es ilegal, ¿lo sabía?

—¿Y eso qué más da? Me dio un puñetazo y exijo satisfacción.

—Solventadlo con los guantes de boxeo en Jackson's.

—Él sabe perfectamente que a mí nunca me ha gustado el boxeo, y él está muy versado en ese arte.

—Y por eso ha elegido pistolas y al amanecer, ¿no? —insistió sir Percy—. Uno de los dos podría resultar gravemente herido, incluso muerto, y seguramente sería usted. Tengo entendido que Stanmore también le aventaja en eso. ¿Por qué no se estrechan la mano y lo olvidan todo?

—Si él se disculpa en público.

—Eso no estoy dispuesto a hacerlo —intervino Duncan, antes de que sir Percy pudiera impedirlo—. Fue él quien provocó todo esto.

—Entonces, los dos a la cárcel. Muy bien. Me pregunto quién se quedará entonces con la dama.

Los dos se volvieron a mirarle y se echaron a reír.

—¿La quieres tú? —preguntó Benedict, dirigiéndose directamente a Duncan por primera vez.

—No. ¿Y tú?

—He perdido el interés de pronto. En persona no se parece nada a la actriz de la escena. Es guapa, sí, pero muy fría. Pero no pienso dar marcha atrás. Nadie me llamará cobarde.

—Voy a decirte una cosa —dijo de pronto Duncan—. Ven conmigo ahora. Quiero enseñarte algo. Y si después sigues queriendo batirte conmigo, adelante. Te prometo que no me defenderé.

—¿Qué quieres enseñarme?

—Ven y lo verás.

Llamó a un coche que los llevó a Ludgate Hill, y una vez allí le dijo al conductor que los esperara. Entonces tomaron por Old Bailey a pie.

—Por Dios, Stanmore, ¿adónde me llevas?

—Al infierno. Eufemísticamente llamado Hotel Akerman, en otras palabras: la cárcel de Newgate.

—¿Para qué? —le preguntó, sacando un pañuelo del bolsillo para taparse la nariz por el hedor insoportable que parecía emanar de las mismas piedras del pavimento.

—He pensado que no era mala idea abrirte los ojos a lo que podría pasarnos si seguimos adelante con lo del duelo. Sir Percy no está dispuesto a permitir que sigamos adelante. Va a asegurarse de que nos detengan.

El coche en el que habían llegado no habría podido pasar hasta allí. Acababa de celebrarse un ahorcamiento en Bow Street y la calle estaba bloqueada al tráfico mientras se desmantelaba el patíbulo. El hedor de la muerte era intolerable. Varios vendedores ambulantes ofrecían trozos de la cuerda que se había empleado para ahorcar al reo y prendas de los ajusticiados. Los camareros de una taberna cercana llevaban bandejas de comida a los prisioneros que podían permitirse pagarla.

Se acercaron a la puerta. Había un sórdido individuo sentado en la escalera mordisqueando un palillo que se levantó al ver a Duncan.

—Buenos días, milord. Se ha perdido un buen ahorcamiento. El tipo ha bailado bien al final de la soga. Diez minutos por lo menos ha tardado en palmarla.

Duncan hizo una mueca.

—No puedo hacer nada ya por esos hombres, fueran quienes fueran. Me preocupan más los vivos. ¿A quién más puedo ver hoy?

—Hay un carterista con cinco años de condena, y un ratero de poca monta al que le ha caído un año...

—No pensarás entrar, ¿verdad? —murmuró Benedict con incredulidad.

—Pues claro que va a pasar. El señor viene mucho por aquí —contestó el hombre—. Y se le recibe con los brazos abiertos.

—Pues entra solo —dijo Benedict—, que yo no pienso poner un pie ahí dentro.

—Lo pondrás si insistes en seguir adelante con el duelo —dijo Duncan—. Me ha parecido que debías ver lo que nos aguardaba.

Benedict no pudo oírle porque ya se había alejado unos cuantos pasos de allí echándose mano al estómago.

—Vámonos de aquí, por Dios —dijo, dando arcadas.

Duncan sonrió al portero.

—Me parece que mi amigo no tiene estómago para esto —dijo—. Otro día quizá. ¿Está atado con cadenas el ratero?

—Claro, jefe.

—Duncan le puso unas monedas en la sucia palma de la mano.

—Asegúrate de que se las aflojan. La próxima vez que venga me aseguraré de que lo hayan hecho.

Y caminó al lado de Benedict para subir al coche.

Llevaban varios minutos en silencio cuando Benedict habló:

—¿Qué placer malsano sacas de ir a un sitio así?

—Placer ninguno, amigo mío. Voy porque siento que es mi deber hacer lo que pueda por los pobres desgraciados encerrados allí. Muchos de ellos no han cometido delito alguno, o si es que sí, se trata de ofensas menores. Los encadenan al suelo de piedra, los azotan y los matan de hambre si no tienen unas monedas con las que pagarse que les aflojen las cadenas o que les lleven comida. Lo único que hay en abundancia y es barata es la ginebra. Hago lo que puedo, y cuando los sueltan, intento buscarles empleo.

Benedict se volvió a mirarle.

—No lo sabía.

—No tenías por qué saberlo. Y yo tampoco quiero que se sepa. Esos pobres diablos no volverían a confiar en mí si utilizase lo que hago para darme aires, y confío en tu discreción. Al fin y al cabo eres mi amigo más antiguo.

—¡Viejo, diría yo! —se rió—. ¿Firmamos la paz? —le ofreció la mano.

—Firmamos —la estrechó.

—Me vendría bien tomar algo para que se me quite al mal sabor de boca. ¿Qué te parece si comemos algo?

—Buena idea.

—Me voy de compras —anunció Marianne—. Quiero comprarme un vestido nuevo para el concierto. ¿Te vienes?

—¿Qué concierto? —le preguntó Madeleine.

Habían terminado los ensayos y estaban libres hasta la hora de la representación nocturna. Ella había pensado en irse a descansar un poco. La noche anterior no había podido dormir y en los ensayos a duras penas había mantenido los ojos abiertos.

—El concierto en Vauxhall Gardens del jueves. Sir Percy nos invitó anoche. ¿Es que no te acuerdas?

Apenas recordaba nada de la noche anterior, aparte de retazos de la conversación de la mesa de Duncan.

—No. ¿Has aceptado.

—Pues claro. ¿Por qué no iba a hacerlo?

—Por nada. ¿Dijo si el marqués de Risley iba a asistir?

—No. ¿Es que no puedes pensar en otra cosa, Maddy? Duncan Stanmore no es el único hombre en mundo. Tienes que hacer un esfuerzo por olvidarte de él si no quieres que empiece a afectar a tu trabajo. Ya sabes que Lancelot no tolera tonterías de nadie.

Marianne tenía razón, pero era difícil hacerlo estando tan cansada y cuando era imposible dejar de oír una y otra vez las palabras de Duncan, cada giro, cada implicación, cada gesto.

—Está bien: vayamos de compras. ¿Qué tienes pensado comprar?

—Me apetece algo con mucho color.

Madeleine se echó a reír.

—No pretenderás rivalizar con sir Percy, ¿verdad?

—¡No, por Dios! Pero me gusta el rojo. ¿Y tú? Nos quedó un poquito de dinero extra de la última producción. ¿Vas a darte un capricho?

La verdad era que su vestuario era más que suficiente para sus necesidades, pero quizá un vestido nuevo pudiera animarla, así que se pasaron la tarde recorriendo Bond Street y Oxford Street. En Pantheon's Bazar, Madeleine se compró un terciopelo azul, tan oscuro como el cielo de la noche, con la falda salpicada de pequeños cristales y el cuerpo ajustado y con un generoso escote. Como estaba acostumbrada a confeccionarse su propia ropa, el precio le hacía dudar, pero Marianne la animó y acabó por sucumbir. Una estupidez, porque nadie que a ella le importase la vería con él.

Marianne encontró poco después el vestido que estaba buscando: un satén a rayas rojas y crema con las mangas de farol más grandes que Madeleine había visto, tan grandes que iban llenas de crin de caballo para que mantuvieran la forma. Precisamente por eso era imposible llevar un abrigo, de modo que se compró una sobrevesta en tafetán rojo oscuro rematada en raso imperial.

Satisfechas con sus compras, acudieron a Piccadilly en busca de un taxi y allí, con los brazos llenos de paquetes, se tropezaron con Duncan y Benedict.

Los dos jóvenes, que habían bebido y comido más de la cuenta, iban ciñéndose los hombros el uno al otro y riendo a carcajada limpia.

Duncan, el más sobrio de los dos, dejó de reírse y comenzó a recoger los paquetes que a Madeleine se le habían caído de las manos.

—Lo siento —dijo—. Qué torpe soy. Espero no haber roto nada.

—No, nada —sonrió—. Son sólo cuatro tonterías.

No quería mirarle por temor a que pudiera descubrir su tristeza y su añoranza. Nunca antes le había visto bebido y se preguntó por la causa. El duelo no podía ser, porque era obvio que Willoughby y él habían hecho las paces, lo cual demostraba la calidad del sentimiento que ella le inspiraba.

Duncan se apresuró a sujetar a su amigo, que sin su soporte, se ladeaba peligrosamente.

—Mi amigo está un poco ebrio, señoras —dijo, pasándose su brazo por el cuello—. Discúlpenlo.

—Ammigoss... esso es lo que somos —murmuró—. Inseparablesss.

—Vámonos a casa, Ben —dijo Duncan—. Perdonen, señoritas.

—¡Brindemos por los amigoss! —balbució el otro.

Duncan paró un coche que pasaba en el que metió a su amigo a empujones. Dio la dirección de Willoughby al cochero y éste se alejó. Ojalá Benedict no estuviera tan borracho como para olvidarse de que habían firmado la paz.

Lavinia no faltó a su palabra y su fiesta consistió en un grupo de amigos, jóvenes damas y caballeros de las artes y la política. Había un miembro del Parlamento, un par de jóvenes pintores, dos damas novelistas, un diplomático, un fabricante y un juez, junto con sus esposas e hijas, Benedict y el mayor Donald Greenaway, que había llegado vestido de uniforme, y los duques de Loscoe.

La conversación era animada y viva, y durante un par de horas Duncan pudo quitarse de la cabeza sus más acuciantes problemas. Sir Percy, había declinado la invitación aduciendo que tenía un compromiso anterior.

De la política internacional del momento, de cómo los griegos estaban luchando por liberarse del yugo de sus opresores turcos y de los méritos de los últimos trabajos de Turner y Constable, que la duquesa conocía bien, pasaron al estado de las prisiones, un asunto que Duncan conocía a fondo.

—Están desbordadas —dijo el juez—. Pero ¿qué cabe esperar si ya no nos permiten colgar a los reos?

—Muchos siguen muriendo en la horca —dijo Duncan—. El ministro del Interior sólo ha actualizado una ley arcaica.

—Deduzco que usted la aboliría.

—No diría tanto. El asesinato y la traición deberían seguir siendo castigados con la pena de muerte, pero no el robo. El robo, jamás.

—Entonces, ¿cómo evitaríamos a los ladrones, señor?

—La cárcel ya es bastante. ¿Ha estado alguna vez en Newgate, milord?

—No. Ni quiero.

La conversación amenazaba con volverse agria, y Lavinia intervino.

—¿En qué grave misterio está trabajando ahora, mayor? —preguntó a Donald.

—En alguno que servirá para darme a mí más trabajo, sin duda —se rió el juez.

Duncan contuvo el aliento con la esperanza de que Donald no mencionase a Madeleine Charron. En vista de los últimos acontecimientos, iba a tener que pedirle que desistiera.

—No sólo busco delincuentes, milord —contestó el mayor—. Hay personas que se pierden: padres, hijos, nietos… en este momento, entre otros encargos, estoy buscando a la hija del vizconde de Armitage.

—No le conozco —comentó el fabricante.

—Goza de escasa salud, lo que le tiene prácticamente recluido.

—Recuerdo a su hija —dijo Frances—. Era alumna de mi profesor de arte. Le hice un retrato hace tiempo, pero han debido pasar al menos veinte años.

—Veinticinco —corrigió el mayor—. ¿Recuerda algo especial de ella? Me sería de gran ayuda.

—Era muy hermosa, pero yo no fui lo bastante hábil para trasladar su belleza al lienzo. ¿Cómo se llamaba?

—Arabella.

—¡Sí, eso era! Recuerdo que la llamaba Bella. ¿Y cómo se perdió?

—Es una triste historia, pero por desgracia no poco común —les explicó Donald—. Cuando tenía sólo diecisiete años, quiso casarse con un don nadie. El vizconde por supuesto no lo aprobaba y cuando ella le dijo que iba a hacerlo de todos modos, le dijo que no acudiera después llorando a él, porque estaba seguro de que todo saldría mal. No creía que fuera a desafiarle, pero cuando Arabella siguió adelante, la desheredó y le dijo que no quería volver a verla jamás. Ella se marchó con su marido y no ha vuelto a saber nada de su hija.

—¿Y qué tenía el joven para hacerlo tan indeseable? —preguntó Duncan.

—Que era un soldado raso. Ni siquiera un oficial de buena familia. Carecía de los medios adecuados para darle la vida a la que ella estaba acostumbrada.

—¿Y ahora?

—Ahora el vizconde no puede soportar el peso de la culpa, y se pregunta si su hija estará bien, si será feliz e incluso si tendrá nietos. Un nieto sería su heredero, y puesto que está enfermo, teme morir sin haber hecho las paces con su hija. Intentó él mismo encontrarla, pero sin resultados.

—¿Y usted ha hecho algún progreso?

—Muy pocos, la verdad. Hay muy pocas pistas. He logrado descubrir dónde se casaron, pero la pista se acaba allí. Es como si hubieran desaparecido. Claro que, teniendo en cuenta que era un soldado, podrían estar en cualquier parte del mundo. Incluso podría haber muerto y ella podría estar sola y buscándose la vida. O haberse vuelto a casar.

—Pero de no haber fallecido —dijo una de las novelistas—, ya no estaría en activo y habría vuelto a casa con su familia.

—Eso espero. Desgraciadamente, no tengo ni idea de cómo era hace veinticinco años, eso sin tener en cuenta cómo puede haberle afectado el paso del tiempo.

—Es posible que aún conserve su retrato —dijo Frances—. ¿Quiere que intente encontrarlo?

—Desde luego. Sería de gran ayuda.

—Tiene usted una tarea imposible ante sí, amigo mío —dijo Marcus—. Armitage podía haber sentido esos remordimientos antes. Lo ha dejado para muy tarde.

Duncan miró a su padre. No parecía estar de acuerdo con la actitud del vizconde.

—Da la impresión de que usted no la habría despedido de su casa, padre.

—No. Creo que me habría enfrentado a la situación de otro modo. Habría puesto a prueba al joven ofreciéndole un trabajo y les habría pedido que esperaran un poco. Ella era muy joven, y no se gana nada dando un ultimatum en situaciones como ésa. Sólo sirve para acarrear tristeza y desarraigo.

Duncan recordó lo que Lavinia le había contado sobre que su padre se había visto obligado a casarse con una mujer a la que no amaba. Algún día le preguntaría por ello, pero por el momento conocer su opinión le tranquilizaba. ¡Si al menos Madeleine no hubiera sido sirvienta en casa de los Bulford! Quizá lo mejor fuera seguir el consejo de sir Percy y preguntarle por ello, aunque fuera sólo por propia satisfacción.

Ocho

Al día siguiente, Madeleine se sorprendió de ver a Duncan entre el público que asistía a la función y aún más de encontrárselo a la salida del teatro. Fingió no verlo, pero él se plantó delante de ella, impecable con su traje de noche con una camisa blanca.

—Buenas noches, señorita Charron.

—Buenas noches, milord —le contestó, y fue a pasar de largo cuando él la sujetó por un brazo.

—Permítame acompañarla a casa. Mi coche está esperando.

—¿Y qué le hace pensar que yo pueda desear subir a su coche, señor marqués? No tengo nada que decirle.

Intentó parecer indiferente y altiva, pero por dentro temblaba como un flan, porque a pesar de que hubiera fingido sentir algo por ella cuando en realidad todo era un juego para él, seguía queriéndole.

—Pero yo sí tengo algo que decirle, y a menos que quiera que lo haga en mitad de la calle, donde todo el mundo pueda oírlo, me acompañará a mi coche. La llevaré directamente a su casa, no tema.

Su voz sonaba tan fría como ella había pretendido que sonara la suya.

—No temo nada. Y así me ahorraré el precio de un coche de punto.

No esperó a que la acompañara, sino que dio media vuelta y con la cabeza bien alta, subió al carruaje. Él la siguió.

—Sé que no es usted mujer temerosa, señorita Charron. Lo demostró usted en su encuentro con Willoughby.

—Ya. ¿Y su duelo? —preguntó sin poder evitarlo—. ¿O acaso han decidido que no merece la pena el motivo?

—¿Acaso habría preferido que se derramara sangre? —respondió, enfadado—. Debería haberme imaginado que eso halagaría su enorme vanidad.

—¡Mi vanidad! ¿Qué sabe usted de mi vanidad, ni de mi humildad, ya que nos ponemos? Usted no me conoce en absoluto.

—No, no la conozco y dice usted bien —espetó—. ¿Por qué no me contó que había servido en casa de los Bulford?

Así que había acabado enterándose... era sólo cuestión de tiempo, desde luego.

—¿Hay alguna razón por la que debiera haberlo hecho?

—Usted... tú sabes que me estaba enamorando de ti, y me dejaste creer que...

—Yo no hice absolutamente nada. Es más: te dije claramente que no estaba dispuesta a ser tu amante.

—Yo no sugerí que lo fueras.

—No tenías necesidad de hacerlo, pero fue lo que siempre pretendiste. No soy estúpida, Duncan.

—Estúpida no, pero mentirosa, sí.

Madeleine se quedó callada. El coche avanzaba por las calles de Londres, a veces en la oscuridad, otras en la luz. Ocasionalmente Duncan veía su expresión, que no era ni desafiante, ni osada, sino triste. De infinita tristeza.

—¿Quieres contarme por qué? —le preguntó con suavidad.

Madeleine se esforzó porque su voz sonase tranquila.

—¿Por qué no te conté que había servido en su casa? Tú ya sabías que yo provenía de un orfanato, y no te habrías imaginado que iba a pasar del orfanato directamente al escenario, ¿no? Me pusieron a trabajar en la residencia de lord Bulford, y allí trabaje bien duro. Luego conseguí ganarme la vida como costurera hasta que conocí al señor Greatorex y él descubrió mi potencial como actriz. Como verás no te he mentido; simplemente no entré en detalles.

Él suspiró. Lavinia había estado en lo cierto: debería admirarla, no condenarla.

—¿Y lo del abuelo francés?

Ella se rió, pero sonó forzada.

—Ahora llegamos al meollo del asunto, ¿eh?

—No. Eso a mí no me importa. Te querría fuera quien fuese tu abuelo, pero la sociedad tiene sus reglas, por absurdas que sean.

El corazón se le detuvo. Él la quería. Lo había dicho. Pero era obvio que existían determinadas condiciones y él no sabía aún hasta dónde llegaba su engaño. Tenían que aclararlo todo, pero por un momento quiso saborear la idea de que la quería y de que ella lo quería a él como si ningún obstáculo impidiera seguir por aquel camino. Recordó lo que sir Percy le había dicho acerca de las responsabilidades de un terrateniente y del respeto que necesitaba de quienes tenía a su alrededor. ¿Estaría entre la espada y la pared?

—Ya lo he descubierto —contestó—. Pero tú has hablado de amor, y el amor no admite barreras, ¿no es así? De modo que si la opinión de la sociedad es tan importante para ti, no puede ser amor lo que sientes.

—No lo comprendes.

—Lo comprendo perfectamente. Si fuese de noble cuna y dejara de ganarme la vida sobre un escenario, podría acabar siendo aceptada por esta sociedad a la que tú das tanta importancia, pero he de decirte algo: yo no voy a fingir ser alguien que no soy, y si tú no puedes aceptarlo, no hay nada más que decir.

El carruaje se detuvo ante su puerta y él tomó sus manos.

—Madeleine, ¿por qué discutimos? Yo no pretendo menospreciarte. Te quiero, y pensé que tú me querías. Dime: ¿estaba equivocado?

La pena le impedía darle una respuesta, aunque él no soltaba sus manos y era obvio que aguardaba.

—¿Y bien? ¿Debo asumir que no vas a negarlo?

—Si digo que no es cierto, volverás a llamarme mentirosa.

—Entonces, me quieres.

Volvió sus manos y se llevó las palmas a los labios. Ella se estremeció y lo miró a los ojos. Luego Duncan, muy despacio, se acercó y la besó en la boca, primero en un contacto de tanteo, pero como ella no se lo impidió, la presión de sus labios se hizo más apasionada, hasta que Madeleine sintió que su cuerpo le pedía a gritos que le hiciera el amor.

Cuando por fin se separaron, las lágrimas le corrían por las mejillas.

—Amor mío... —susurró él, ofreciéndole un pañuelo—. Me quieres. De verdad me quieres.

—En realidad, da lo mismo —contestó, secándose las lágrimas y recuperando la compostura—. Nunca seré tu amante. No lo seré de nadie.

—Mi amante no, mi esposa. Podríamos casarnos si...

—Sí, claro —se rió con aspereza—. Si alguien tuviese una varita mágica que pudiera transformar mi pasado y hacer de mí un miembro de la nobleza. Si los cerdos volaran. No tengo pasado excepto el que tú ya conoces y ahora que la señorita Bulford me ha reconocido, todo el mundo lo sabrá —respiró hondo, decidida a terminar—. Soy hija del pueblo. No sé quién fue mi abuelo. El conde es de mi invención. Ni siquiera sé quién fue mi padre. Seguramente uno de los soldados del duque de Wellington —su voz estaba llena de amargura—. ¡Ya lo he dicho! ¿Estás satisfecho? Es lo que querías oír, ¿no?

El horror que vio en su mirada bastó para devolverle la cordura. No hizo nada por detenerla cuando ella bajó del coche y corrió hasta su casa.

Todo había terminado.

Subió corriendo a su habitación. Menos mal que Marianne había salido y no tendría que aguantar sus preguntas. ¿Por qué su madre no le habría hablado de su padre? Si era un soldado y había muerto en el campo de batalla, ¿no era algo de lo que sentirse orgullosa? ¿Serviría de algo saberlo? Fue a la ventana y miró a la calle. El coche de Duncan, alejándose sobre el empedrado, era ya apenas un borrón entre sus lágrimas.

—¡Imbécil! —se dijo—. ¡Eres una idiota!

Se lavó la cara, se puso el camisón y se metió en la cama aun cuando sabía que no conseguiría dormir.

Tenía que hacer algo para curarse del dolor que le laceraba el corazón. La vida le había cambiado aquella noche. Quizás debiera dejar la ciudad, buscarse un trabajo en una compañía de provincias... pero no podía dejar plantada la obra en la que estaba trabajando, y no debía permitir que su trabajo se viera afectado por los sucesos de su vida privada. Le había costado años y años llegar al punto en el que se encontraba, y sería una locura echarlo todo por la borda.

Se despertó a la mañana siguiente decidida a empezar de nuevo. Aquella tarde hubo un nuevo ensayo a petición suya, ya que deseaba trabajar en algunos aspectos de su personaje, en particular en su acento francés.

—Se supone que soy una princesa de Francia —le dijo a Lancelot—, pero no hablo con acento.

Él se echó a reír.

—¡Y eso que tienes apellido y abuelo francés! Está bien: le pediré a un amigo mío que habla el idioma para que te ayude, pero no sobrecargues el acento, ¿vale? La audiencia es inglesa, y tiene que entenderte.

Qué ironía: Pierre Valois, que se presentó en el teatro a la tarde siguiente, era hijo de un francés emigrado que había llegado a Inglaterra en 1793 para escapar de la guillotina. Aunque Pierre había nacido en Londres un año después y el inglés era su lengua materna, su padre había insistido en educarle en francés, de modo que se ganaba la vida enseñando esa lengua a las jóvenes. Mayor nueve años que Madeleine, su pasado era tan parecido al que ella se había inventado que no pudo por menos de preguntarse qué guiño del destino los habría unido.

Era guapo y lo sabía, y los intentos de Madeleine por poner acento francés a las palabras de Shakespeare le hacían reír.

—¿Es que su madre no le hablaba en francés?

—No. ¿Por qué?

—Tengo entendido que su padre era francés. ¿O era su abuelo?

—No conocí a ninguno de los dos —contestó. Al parecer, Duncan no había tenido a bien proclamar a los cuatro vientos su engaño, seguramente porque el hacerlo le habría hecho quedar como un idiota.

—No importa. Desde luego yo estoy convencido de que hay algo francés en usted. Es tan... tan... *je ne sais quoi...* elegante y serena. Todos sus ademanes revelan que la sangre de una princesa gala corre por sus venas.

Ella se echó a reír.

—Es el talento que tengo para la interpretación.

—Puede ser, pero como dice el refrán lo que va por dentro acaba reflejándose fuera.

—No es usted la primera persona que me lo dice —contestó, pensando en Duncan. Pero Duncan sabía la verdad, y tenía que quitárselo de la cabeza—. En fin... ¿empezamos?

Era una alumna aventajada, y aquella misma noche lució un fluido acento francés que encandiló a la audiencia.

El aplauso con el que la ovacionaron fue un tributo a su dedicación y a su esfuerzo que ella reconoció con una sentida reverencia. Había nacido para actuar y haría bien en no olvidarlo. El telón subió y bajó varias veces y aceptó los muchos ramos de flores que le lanzaron.

Pierre la aguardaba en el camerino, sentado con la elegancia que le caracterizaba, hablando con su asistente. Se levantó al verla entrar.

—Mis felicitaciones, *madmoiselle*. Ha estado magnífica.

Ella sonrió.

—Espero no haberle decepcionado.

—Desde luego que no, pero no me refería sólo al

acento sino a toda la interpretación. Ha sido maravillosa.

—Gracias. Es usted muy amable.

—Tenemos que celebrarlo. ¿Me hará el honor de cenar conmigo?

Por un breve instante pensó en Duncan. Duncan... había desaparecido y Pierre Valois no tenía conexión alguna con la alta sociedad. Estaría a salvo con él.

—Estaré encantada —dijo—. Deme un minuto para cambiarme.

Y desapareció tras el biombo con su asistente y tras unos minutos volvió a salir con el vestido azul de terciopelo que había llevado en el paseo por Vauxhall Gardens.

—¡Magnifique! —exclamó, tomando sus manos para mirarla de arriba abajo—. La estrella más brillante del firmamento. Voy a ser la envidia de toda la ciudad. No: de todo el país.

Riendo, Madeleine se colocó la capa y salieron.

La llevó a Stephen's, en Bond Street, un restaurante al que acudían oficiales del ejército. La comida era buena, pero no como en Clarendon's, ni en la calidad ni en el precio. No podía tener los mismos recursos que sir Percival Ponsonby, y la verdad, se alegraba de no frecuentar los mismos lugares que el marqués de Risley y los suyos.

Pierre, tras consultar con ella, pidió lenguado *bonne femme*, ensalada de cangrejo y verduras.

—Y champán —añadió—. Estamos de celebración.

—¿Y qué celebramos? —le preguntó Madeleine cuando el camarero se alejó.

—Pues el éxito de una unión ventajosa. Y lo satisfecho que estoy de haber tomado parte en ella. Prefiero enseñarla a usted que a media docena de señoritas de colegio, de esas que no dejan de reírse tontamente y que no saben cómo se comporta una verdadera dama.

—¿Y cómo se debe comportar una verdadera dama?

—Como usted, querida, con gracia y encanto.

Ella sonrió.

—*Merci, monsieur.*

Llegó la comida y el champán, que el camarero les sirvió.

—Por la mujer más hermosa de toda Inglaterra, que además resulta ser una incomparable actriz —Pierre alzó su copa—. Que siga deleitándonos durante mucho tiempo más.

Ella se echó a reír.

—Por el mejor profesor de francés que se puede tener, que además es un adulador irreductible.

—¿Y qué tiene eso de malo? Qué aburrida sería la vida si no flirteáramos un poco de vez en cuando, ¿no le parece?

—Estoy de acuerdo.

—Entonces, continuemos.

—¿Cenando, o flirteando?
—¡Pues las dos cosas, querida! ¡Las dos cosas!

Cuando ya se iban a marchar y él le ponía la capa sobre los hombros, Madeleine reparó en que el mayor Greenaway estaba sentado solo a una de las mesas del restaurante. Él al verla se levantó.

—Señorita Charron, a sus pies.

—Buenas noches, mayor Greenaway.

Con su acompañante salieron a la calle. donde los aguardaba el coche que Pierre había pedido. No es que la presencia del mayor le hubiera arruinado la velada, pero sí le recordó que no era tan dura como pretendía y que Duncan Stanmore había estado presente durante toda la cena. Era injusto para su acompañante, pero con un poco de suerte no se habría dado cuenta.

—He disfrutado de una velada maravillosa, desde el momento mismo en que la princesa francesa salió al escenario hasta este instante —se despidió él cuando llegaron a su casa, inclinándose con exagerada cortesía para besarle la mano—. Y ahora —suspiró, dramáticamente—, supongo que debe concluir.

—Eso me temo —contestó ella, satisfecha de no tener que rechazar algún intento por ir más allá de la puerta de su casa—. Le agradezco la invitación y la compañía.

—En ese caso, apiádese de mí y concédame otra cita.

—Quizás. Ya sabe dónde encontrarme.

—Mañana por la noche volveré a estar entre sus admiradores —y tras depositar un beso en sus manos, añadió con una sonrisa—: *À bientôt*.

—Stanmore, por fin le encuentro.

Duncan, que estaba preparándose para un encuentro de boxeo en Jackson's se volvió.

—Hola, mayor Greenaway. ¿Qué le trae por aquí?

—Los problemas, amigo mío. Puesto que no progreso con el encargo del vizconde he decidido volver mi atención al asunto de la señorita Charron. Decidí seguir la conexión con el ejército y concerté una cita con un amigo del ministerio de Defensa la semana pasada. Tiene acceso a las listas de decesos. Y curiosamente la encontré a ella allí.

—¿A quién?

—A la señorita Charron. Estaba con un tipo al que no había visto nunca. Le pregunté al dueño del restaurante si le conocía, y me dijo que era un tal Pierre Valois, el hijo de un francés emigrado que llegó aquí en los años noventa, así que parece ser que la dama anda investigando por su lado.

—¿Y por qué iba a hacer tal cosa? —preguntó Duncan.

—¿Y por qué no? Si usted no hubiera conocido

ni a su padre ni a su abuelo, ¿no sentiría curiosidad? Sobre todo si su identidad marca la diferencia en el modo en que puede ser recibido en sociedad.

Estuvo a punto de decirle a su amigo que Madeleine había mentido, pero decidió no hacerlo. Sería objeto de burlas y desdén, y no podía hacerle eso, hubiera pasado lo que hubiera pasado.

—Sí, supongo que sí, y puesto que parece que no le va mal, podemos abandonar nosotros nuestra búsqueda.

—¿Abandonarla?

—Eso es lo que he dicho. He decidido no seguir adelante. Por supuesto le pagaré los gastos en los que haya incurrido hasta ahora. Donald miró atentamente a su amigo intentando decidir qué habría provocado un cambio tal, pero decidió no hacer ningún comentario.

—Aparte de engrasar un par de manos para poder avanzar en Whitehall, no he hecho mucho. He estado demasiado ocupado con el problema del vizconde —hizo una pausa—. ¿Cuánto tiempo va a quedarse aquí?

—Una hora poco más o menos. ¿Por qué?

—Se me ha ocurrido que podríamos ir juntos a ver a lady Loscoe. Me prometió intentar encontrar aquel retrato de la hija del vizconde Armitage, ¿se acuerda?

—En ese caso, espéreme aquí. O anímese a pelear algún asalto.

—No, gracias. El boxeo no es lo mío.

El oponente de Duncan llegó y dejó a Donald que viera el combate mientras él manejaba los puños con la facilidad de la práctica. Donald, cuyos conocimientos de aquel noble arte eran limitados, se sintió admirado del juego de pies y la velocidad de Duncan. Al final del combate, Duncan se acercó secándose con una toalla.

—Ya veo por qué Willoughby no quería enfrentarse a usted en un ring. ¿Cuándo empezó a boxear?

—Hace años. Mi padre me inició en el deporte cuando yo no era más que un mocoso.

—Y él era uno de los mejores, doy fe. Haciéndole de *sparring* me di cuenta de que este deporte no era para mí.

Duncan sonrió.

—Yo también me he llevado unos cuantos golpes. Tardaré unos minutos en ducharme y vestirme y después podremos irnos.

Caminaron en silencio, pero Duncan no podía dejar de pensar en Madeleine y el francés cenando juntos. ¿Quién sería él? ¿Dónde le habría conocido? No podía estar haciendo averiguaciones acerca de su abuelo puesto que había admitido que era invención suya, de modo que ¿qué se traería entre manos? ¿Y por qué sentía deseos de buscar a ese hombre y zurrarle la badana? Sonrió. Lo mismo había hecho con Benedict y el resultado había sido desastroso. Y además ella no lo merecía.

—¿Averiguó usted algo de la señorita Charron en esas listas de decesos?

Donald se volvió a mirarle con una sonrisa.

—Yo creía que no le interesaba ya.

—Es curiosidad. Sólo eso.

—Nada. No hay ningún Charron en las listas, según me ha dicho mi amigo.

—Quizás no falleció. Quizás volvió a casa de una pieza.

—Tampoco aparece. Al menos no con ese nombre.

—Oh. ¿No podría estar en uno de los regimientos alemanes?

—Podría ser. Por eso pensé que quizás supiera algo que no le ha contado a nadie. Podría ser algo importante, como quizás un cambio de apellido, o algún recuerdo aparentemente sin importancia de un lugar, o algo que dijera su madre, y he pensado que a lo mejor usted sabía algo más.

—Me temo que no. Pero ya no tiene importancia, puesto que mi interés en la dama ha disminuido.

—Entonces habré de volver al problema del vizconde. Ojalá pudiera ayudarle. El pobre viejo cada día está más débil, y detesto tener que decirle que no tengo nada para él.

—No debería haber echado a su hija. Yo no podría hacer algo así. Los hijos son el más preciado regalo.

El mayor se echó a reír.

—¡Y lo dice alguien que no conoce las alegrías ni las responsabilidades de la paternidad!

Duncan sonrió. Si no daba un paso hacia el matrimonio, nunca lo sabría. La idea de pasarse el resto de su vida soltero y sin alguna criatura que, como sus sobrinos, alborotase a su alrededor, no era halagüeña. Le gustaban mucho los niños y Vinny tenía razón: debería tener hijos.

—Algún día —dijo—. Deme tiempo.

Llegaron a la mansión Stanmore y entraron al salón, lleno de amistades de la duquesa.

—Ay, Dios; se me había olvidado que hoy había una de esas reuniones de mi madre —dijo—. Ahora tendremos que aguantarnos hasta que todos se hayan ido.

Los dos fueron a saludar a la duquesa y tal y como se esperaba de ellos, fueron charlando con todos los invitados. No tardaron en darse cuenta de que lady Bulford estaba presente, junto con la señorita Bulford y la señorita Annabel.

—Cuánto nos alegramos de volver a verle tan pronto —dijo lady Bulford, abanicándose—. ¿Verdad, Annabel?

—Desde luego —contestó la joven, y enrojeció hasta la raíz del pelo.

—Permítanme que les presente a mi amigo, el

mayor Greenaway —dijo Duncan—. Mayor, le presento a lady Bulford y a sus cuñadas, la señorita Bulford y la señorita Annabel Bulford.

—A sus pies, señoras —dijo el caballero y las damas se inclinaron ante él.

—He oído que últimamente ha andado usted metido en un lío —dijo Hortense.

—¿Un lío?

—Vamos, Hortense, no incomodes al marqués con esas tonterías —intervino Annabel—. Al fin y al cabo, son sólo habladurías.

—¿Habladurías? ¿Sobre mí? —inquirió.

—No es nada en realidad —aclaró Annabel—. Se dice que el señor Willoughby le desafió en duelo.

—¿A pistola o a espada? —bromeó—. Ya sabe que soy experto en ambas —no quería ahondar en el asunto, así que lo zanjó diciendo—: No fue más que un malentendido entre amigos que no debe tomarse en serio.

—Pero la dama…

—¿Dama? ¿Qué dama?

—Pues claro que no se trata de una dama —intervino Hortense—. ¿Desde cuándo un hombre de alta cuna va a echar a perder su reputación enfrentándose por una criada? No seas boba, Annabel.

Duncan abrió la boca para ponerla en su sitio pero se lo pensó mejor y la cerró.

—Discúlpenme señoras —dijo, inclinándose levemente—. He de hablar con una persona.

Y se marchó

¿Cómo se atrevían? ¿Cómo una mujer tan... insoportable se atrevía a hablar con ese desprecio de la mujer que él amaba? Hortense Bulford no le llegaba a Madeleine ni a la suela de los zapatos. Sonrió. Hacía menos de una hora que había declarado no sentir interés alguno por la actriz y se había prometido olvidarse de ella y buscarse una esposa, lo cual demostraba lo inconsistente que podía ser. Pero si alguna vez se casaba con Annabel Bulford, se aseguraría de que su hermana nunca recibiera una invitación para quedarse en su casa.

Necesitaba una copa, así que cruzó la habitación hasta llegar al despacho donde su padre guardaba una botella de coñac y unas copas. Estaba sirviéndose una generosa cantidad cuando la puerta se abrió y entró el duque.

—La charla de las mujeres te ha echado, ¿no?

—Más o menos. No le importa, ¿verdad, padre? —le preguntó, alzando la copa.

—Por supuesto que no. Sírveme a mí una —contestó sentándose frente al fuego—. Tenemos que hablar.

—Uy, eso suena a reprimenda.

—En absoluto —contestó, y con la copa ya en la mano, señaló el sillón de enfrente, invitándole a sentarse—. Eres demasiado mayor ya para regañinas, pero tu reacción me hace pensar que tienes algún peso en la conciencia.

Duncan se sentó y tomó un sorbo.

—No, padre. Tengo la conciencia tranquila. Supongo que te refieres a lo de Willoughby —añadió tras un breve silencio.

Su padre asintió con una sonrisa.

—¿Qué fue lo que pasó?

—Pues que Willoughby me exigió satisfacción, y no quería enfrentarme a él por temor a herirle.

—¿No se te ocurrió pensar que quien podía haber salido herido eras tú?

—Por supuesto que sí. Nadie es infalible.

—Cierto. Esperemos que no vuelva a suceder. ¿Por qué el duelo?

—Preferiría no hablar del motivo, pero te aseguro que se merecía el golpe que le di.

—En ese caso no voy a insistir, aunque espero que no hayas hecho nada que pueda avergonzarte a ti o a la familia.

—No, padre.

—Bien —hizo una pausa e hizo girar el coñac en la copa como si necesitara meditar lo que iba a decir a continuación—. ¿Cuándo vamos a asistir a tu boda, Duncan?

—¿Usted también, padre? —protestó—. No basta con lo que tengo que soportar de Vinny, que se siente tan feliz casada que se empeña en que todos pasemos por la vicaría.

—Espero que este deseo tuyo de permanecer soltero no sea permanente. No quiero empujarte al matrimonio, hijo, pero ya es hora y tú lo sabes. Además, te lo recomiendo —hizo un pausa—. Siempre que te cases con la mujer adecuada, claro.

—Estoy pensándomelo.

—Lord Bulford me ha indicado que su hermana más joven está en edad de merecer.

—¿Ha hablado con usted, padre? Yo creía que los días en que los padres o los tutores concertaban el matrimonio de sus hijos habían pasado ya a la historia.

—Creo que estaba sondeándome, para ver si yo interpondría algún obstáculo a vuestra relación.

—¿Y usted qué le dijo?

—Que tú tienes ya una cierta edad, y que la decisión de cuándo y con quién casarte es sólo tuya.

—¿Y lo decía en serio?

—No tengo por costumbre decir cosas que no pienso, Duncan, aunque espero que seas razonable y...

—Y que no me case con una criada —concluyó Duncan—. No se preocupe, padre, que no es probable que ocurra —apuró la copa mientras su padre lo miraba sin comprender—. ¿Me disculpa un momento? He de ir a buscar al mayor Greenaway. Ha venido conmigo para ver a mamá. Ella le dijo que intentará encontrar el cuadro que había pintado de la hija del vizconde Armitage.

—Claro.

Cuando volvió al salón, se encontró con que Donald seguía charlando con los Bulford, lo cual le sorprendió, pero aun así se acercó a ellos.

—Siento haberme marchado tan precipitadamente —se disculpó.

—No tiene importancia milord. Además, ya está usted aquí —contestó Annabel—. El mayor Greenaway nos ha estado entreteniendo con relatos de sus aventuras.

—¿Ah, sí? Tendré que convencerle de que me las cuente también a mí.

—Qué amigos tan interesantes tiene, milord —intervino Hortense—. A lo mejor también usted mismo se dedica a desentrañar misterios.

Estaba claro que se refería a Madeleine, pero él se negó a morder el anzuelo.

—A veces, señorita Bulford, si el mayor necesita mi ayuda.

Annabel lo miró como si hubiera sentido cierto alivio.

—Ah, ésa debe ser la razón de que... Ay, perdón. El mayor Greenaway dice que gran parte de su trabajo es confidencial, así que no debo hacer preguntas. Baste decir que comprendo.

Sorprendido, Duncan miró a Donald, que sonreía alegremente. ¿Qué les habría contado aquel majadero? Le salvó la llegada de lady Bulford que ya quería irse a casa. se despidieron todos y Annabel le recordó que su baile de presentación era dentro de dos semanas.

—Bueno, ¿se puede saber qué les has dicho? —preguntó a Donald.

—Nada de importancia. Todo lo demás es secreto y sigue siéndolo.

—¿Entonces, qué les has contado?

—Que estoy a punto de resolver un misterio que tiene que ver con una conocida actriz, y que si ellas revelaban la historia de la criada de la cocina podría irles muy mal cuando se supiera toda la verdad.

—Pero no es cierto.

—Ya, pero ellas no lo saben. Y es más: también les he dicho que te he pedido ayuda para solventarlo.

—Ay Dios, Donald, me has metido en un buen lío. Madeleine me ha confesado que se inventó la historia. Que nunca ha existido el conde francés —vio cómo los ojos del mayor se abrían de par en par—. Pero es algo que jamás admitiré en público.

—¡Cuánto lo siento, Stanmore! Y yo que creía que te estaba ayudando. ¿Por qué no me lo contaste cuando hablamos de ella, en lugar de decirme sólo que habías cambiado de opinión?

—No quería que pudieran enterarse las lenguas de doble filo y que cundiera el rumor de que al marqués de Risley una simple criada le había dejado en entredicho.

—Ya.

—Vamos a hablar con mi madre. Apenas la he visto en toda la tarde y tú necesitas ese retrato.

La duquesa estaba en la puerta despidiendo a sus invitados y enseguida se acercó a ellos.

—Duncan, cuánto honor —bromeó—. Has asistido a dos de mis reuniones en estos últimos días. ¿Qué he hecho para merecerlo? ¿O es que tiene algo que ver con la presencia de la señorita Annabel Bulford?

—No sabía que iba a estar aquí, madre.

—¿Ah, no? Pues ella parecía esperar verte. En fin... mayor, supongo que ha venido usted por aquel retrato de Bella Armitage, ¿no? —preguntó para cambiar de tema.

—Si fuera usted tan amable, milady —contestó, inclinándose.

—Lo encontré ayer en el desván, lleno de telarañas. Afortunadamente estaba entero. Voy a buscarlo al estudio.

—No permite que la servidumbre se acerque a su estudio —dijo Duncan al ver la cara de sorpresa del mayor al darse cuenta de que la propia duquesa iba a buscarlo—. Es un lugar sacrosanto en esta casa. Ni siquiera yo puedo entrar si no he sido invitado.

Se acercó a la ventana desde la que se veía St James Square. La calle estaba saturada de tráfico.

—Aquí está —dijo de pronto la duquesa. Llevaba un pequeño cuadro de unos treinta centímetros—. No llegué a terminarlo. Creo que debió desaparecer por entonces, pero no recuerdo haberlo sabido entonces.

Duncan se unió a ellos para contemplar el cuadro.

—Era hermosa, ¿verdad, Stanmore?

—Dios mío... es Madeleine. La señorita Charron.

—Qué tontería —dijo la duquesa—. Pinté este cuadro hace más de veinticinco años.

—Pero el parecido es abrumador. ¿No se da cuenta? Los ojos, la barbilla...

—Hay un cierto parecido, sí, pero nada más. Si hubiera tenido tiempo de terminarlo, el resultado final sería totalmente distinto —dijo, y volviéndose al mayor, añadió—: temo que no va a servirle de mucho. Estoy convencida de que el color de la piel no era éste, y apenas había empezado a trabajar el pelo, que creo recordar era muy negro.

—Algo es algo. Al menos así podré enseñárselo a alguien que pueda recordarla.

—¿Dónde fue vista por última vez? —preguntó Duncan, que seguía contemplando el cuadro. Por supuesto no era Madeleine y el parecido era sólo superficial, pero por un instante le había parecido estar contemplándola a ella. ¿Tan grabada la llevaba en el alma que la veía por todas partes?

—Vivía sobre una panadería en St Albans con su marido. Hacía poco más de un año que se habían casado. Una persona con la que hablé me dijo que era una pareja un tanto rara: él era un hombre muy corpulento, muy dominante, y que ella parecía exageradamente tímida, que casi no se atrevía ni a hablar. Puede que incluso tuviera miedo de él. Salían muy poco y vivían con muchas economías. Poco después se mudaron, y nadie ha sabido decirme exactamente adónde.

—Pobrecilla. Debió volverse todo tan duro para ella, acostumbrada como estaba a vivir con servidumbre y en una casa cómoda en la que se encontraba siempre servida —comentó Frances—. No era una mujer fuerte además, sino bastante delicada. ¿Cree que podría haber muerto?

—Es posible. He revisado cientos de archivos de distintas iglesias en busca de su partida de defunción, pero al no saber exactamente lo que debía buscar, era muy difícil localizarla. Del mismo modo, tampoco he encontrado prueba alguna de que hubiera podido tener hijos, aunque eso no quiere decir que no los tuviera. Una mujer con la que hablé en St Albans me dijo que la señora Cartwright estaba encinta cuando se marchó.

—¿Cartwright? —preguntó Duncan.

—Sí. Así se llamaba el marido: John Cartwright.

—Preguntaré por ahí.

—Es poco probable que tuvieran relación con la alta sociedad. El marido pertenecía a un regimiento inferior, según el vizconde.

Duncan sonrió de medio lado.

—Los orígenes de mis conocidos no son siempre distinguidos, mayor.

—Ya. Le agradeceré lo que pueda hacer.

—Y yo podría preguntar en el orfanato —añadió Frances—. Si hubiera tenido un hijo...

Mencionar el orfanato le hizo preguntarse por qué no habría seguido con aquella línea de investigación antes. Pero ahora era ya demasiado tarde. Madeleine Charron había declarado su engaño y a él sólo le quedaba quitársela del pensamiento.

Nueve

A partir de aquel primer encuentro, Pierre estaba prácticamente a todas horas en el teatro: cada noche encabezaba los aplausos de la audiencia, le enviaba extravagantes ramos de flores, la esperaba en el camerino después de la representación para invitarla a cenar. A veces accedía y otras no, pero él se limitaba a sonreír y a comparecer religiosamente la noche siguiente.

—Es mucho más tu estilo que el marqués de Risley —le decía Marianne cuando se preparaban para la representación, una semana después—. Es de buena familia, sus antecedentes son conocidos y respetados y aunque no es exactamente el heredero de un título, podría ser para ti un marido perfecto.

—No hemos hablado de matrimonio.

—Ya lo haréis.

—¡Caramba! —exclamó, riendo—. ¡Pero si apenas lo conozco!

—Te apuesto lo que quieras a que antes de que pase el mes te habrá pedido que te cases con él.

—Ay, Marianne, ¿y qué hago?

—¿Que qué haces? Pues aceptarle.

—Pero ¿y si yo no quiero casarme? Tú no te has casado.

—Yo soy distinta. Disfruto de mi vida tal y como es. Tengo a mis amigos y mi trabajo, y eso me basta, pero para ti podría no ser igual. Tú estás hecha para el matrimonio y la familia. Necesitas una familia. Es el único modo en que podrás deshacerte de los fantasmas que te acosan.

—¿Fantasmas?

—Ya lo sabes. Esa obsesión tuya de ser una dama y de que te acepten en la alta sociedad no es saludable, ¿sabes? Si no te andas con cuidado, acabarás siendo una amargada y Dios sabe qué efecto tendrá eso sobre tu trabajo. ¿Es que no te das cuenta?

—Puede que tengas razón, pero no quiero a Pierre, y él tampoco sabe que lo del conde es invención.

Al principio le inquietaba que la historia de su abuelo francés quedara al descubierto. Cada día temía que las murmuraciones la dejaran en entredicho. Pero más bien al contrario: su invención parecía haber cobrado fuerza sin que ella hubiera hecho nada por alentarla. Lo que había soñado durante los años de ardua lucha por la supervivencia antes de conocer al marqués había sucedido: había sido aceptada.

No en los círculos más selectos, por supuesto, pero casi. La escuchaban, la respetaban e incluso a veces se dirigían a ella con el título de milady, un título al que por supuesto no tenía derecho, aunque su abuelo hubiera sido de verdad un conde. Comerciantes, modistas, zapateros, peluqueras, rivalizaban por atenderla y darle crédito. La invitaban a eventos de todo tipo sin esperar a que interpretase algo para pagarse la comida, aunque a veces interpretara *tableaux vivants* para entretener a los invitados de la anfitriona.

Pero el triunfo se le había agriado. Se le había agriado porque se apoyaba en una mentira y porque se había enamorado de un miembro de la tan odiada aristocracia cuando lo que pretendía era utilizarle.

Intentaba convencerse de que ya no sentía nada por el marqués de Risley, que había resultado ser lo que ella se esperaba de los de su clase: un ser altivo y vano de una parte de la sociedad que no sabía ni sabría nunca lo que era trabajar, que nunca había sentido hambre ni frío y que pensaba que el dinero podía comprarlo todo. Y cuando el sentido de la justicia le recordaba que hacía un gran trabajo con los internos de la prisión, se contestaba que su asociación con delincuentes le hacía sentirse virtuoso, y que no tenía ni idea de lo que de verdad pensaban o sentían.

Pero le tenía grabado tan a fuego en el corazón que parecía ser la razón para que siguiera latiendo. Pierre Valois no le afectaba de ese modo. Pierre era una compañía agradable que la hacía reír sin exigir nada a cambio, pero faltaba algo, algo que siempre estaba presente estando con Duncan: la pasión, el fuego, la necesidad irrefrenable de sentirse cerca de él aun cuando discutían.

—Cuéntale a *monsieur* Valois la verdad —le aconsejó Marianne con su habitual franqueza—. Creo que no le importará lo más mínimo. Seguro que hasta lo encuentra divertido.

Y Madeleine se lo contó todo dos días después, mientras cenaban en Fladong's, en Oxford Street. Marianne había acertado: se echó a reír.

—Qué lista eres, amor mío. ¿Por qué elegiste un francés?

—Era más difícil de localizar. La aristocracia inglesa se conoce entre sí; incluso la localización de cada gran casa es del dominio público. No habría podido hacer pasar por verdadero un abuelo inglés, pero en Francia los aristócratas proliferan como las setas. Tú mismo eres uno de ellos.

—No sé si me gusta que me compares con una seta —respondió sonriendo.

—Entonces, ¿no te parece reprobatorio?

—No. ¿Por qué iba a parecérmelo? ¿Estás segura de que no hay ni un ápice de verdad en la historia? Al fin y al cabo, Charron suena francés, y Madeleine es un nombre muy común allí.

—Mi madre se inventó el apellido Charron porque pensó que sonaba bien para su trabajo. Era modista, ¿sabes? —aclaró con una sonrisa—. Como los cocineros y los maestros de esgrima que nunca han cruzado el canal y todos tienen apellidos franceses.

—Aún sigo diciendo que debe haber algo de verdad en todo ello. Te corre por las venas —ella fue a protestar y él alzó la mano para detenerla—. Ya sé que eres la mejor actriz que ha puesto pie en un escenario, pero ni siquiera tú podrías fingir hasta ese punto. Creo que deberíamos investigar.

—¿También tú? —exclamó—. No pensé que algo así pudiera importarte.

—Y no me importa, pero los iguales se atraen, ¿no te parece? Creo que es por eso por lo que siento que estamos hechos el uno para el otro.

—¡Estás chiflado!

—Vamos, Madeleine, no me digas que tú no sientes la conexión que nos une.

—Conexión —repitió—. Está bien, lo admito, pero eso es algo que podría pasarle a dos personas cualquiera en cualquier momento. No tendrías por qué ser francés.

—Cierto —contestó, pensativo—. Maddy, ¿de

verdad no sabes que te adoro? Quiero casarme contigo.

—Ay, Pierre, ojalá no hubieras dicho eso.

—¿Por qué? No irás a darme cabalazas, ¿verdad?

—Lo siento. Tenemos mucho en común y yo siento mucho cariño por ti, pero...

—Pero sigues enamorada del marqués —respondió él con amargura.

—¿Quién te ha dicho eso?

—No es necesario que nadie me lo diga. Cada vez que se menciona su nombre, la mirada se te vuelve soñadora, y es como si te perdieras en un sueño que sólo tú conoces. Cuando él está presente, como el otro día en la velada musical de lady Graham, no puedes apartar la vista de su persona. Te brillan los ojos cuando le ves como si alguien hubiera encendido una lámpara.

—Eso no son más que disparates.

Ojalá no hubiera mencionado el concierto en casa de lady Graham. No esperaba que Duncan asistiera y verle allí, con su inmaculado traje de noche, de pie al fondo de la sala, le hizo perder la respiración. Él había inclinado la cabeza al verla pasar del brazo de Pierre, pero no sonreía.

Se había pasado el resto de la velada sin escuchar la música sino sólo consciente de él, sabiendo que desde donde estaba podía verla perfectamente. En una ocasión se aventuró a volverse y le encontró mirándola, pero no pudo discernir lo que pensaba y rápidamente se volvió con las mejillas al rojo vivo.

—Sé que intentaste fingir indiferencia —continuó Pierre—, y alguien que te conozca menos que yo podría habérselo tragado, pero yo no. Maddy, él no va a casarse contigo y tú lo sabes bien. Además, y esto que voy a decirte lo sé de buena tinta, está casi prometido a Annabel Bulford —fue a tomar su mano por encima de la mesa y a punto estuvo de derramar la copa de vino—. Olvídale. Mírame, Madeleine. ¿Acaso no estoy aquí? ¿No muero de amor por ti?

—¿Es eso cierto? Apenas hace dos semanas que me conoces. No es tiempo suficiente para estar seguro de nada —le dijo, pero al mismo tiempo cayó en la cuenta de que ella se había enamorado de Duncan Stanmore en menos tiempo aún. No podía dejar de compararlos a ambos. Los dos eran guapos y ambos tenían modales impecables, eran una compañía agradable y generosos, aunque Pierre no podía gastar con tanta liberalidad como Duncan, lo cual no habría contado para nada de haber estado enamorada de él. En cuanto a lo que sentía por ambos, no había comparación posible. Duncan le embotaba los sentidos, la hacía temblar de deseo, le aceleraba el latido del corazón. Pero aún había más: admiraba su cortesía, su compasión, la ternura que le inspiraban los demás, su intelecto. Todo en él, excepto su arrogancia. Y eso también se llevaba en la sangre.

—Es como si te conociera de toda la vida.

—Pierre, creo que no es a mí a quien quieres, sino a la actriz que soy.

Él suspiró dramáticamente y se limpió la nariz en un pañuelo de seda que hasta el momento llevaba en el bolsillo de la chaqueta.

—Me dejas desolado. Roto.

—¿Quién es el actor ahora? —bromeó.

Pierre se recuperó sorprendentemente rápido, terminaron la cena y fueron acompañados a la puerta por el dueño, que parecía andar calculando qué beneficio podría obtener de que una famosa actriz y su amigo hubieran acudido a su establecimiento.

Hicieron el corto recorrido que los separaba de casa de Madeleine en coche.

—Te lo he pedido muy en serio y tú lo sabes —le dijo Pierre cuando se separaban—. Olvídate de lo que no puedes conseguir y conténtate conmigo.

—Lo pensaré.

Duncan estaba haciendo todo lo posible por olvidarse de un par de ojos violeta que eran más expresivos que las palabras. Ojos que ardían de furia, que se llenaban de lágrimas como diamantes y que le encogían el corazón. Trucos de actriz, sin duda, lo mismo que aquella triste historia del conde francés había sido urdida para suscitar su compasión. Le había utilizado, y no le gustaba sentirse así.

Para conseguir quitársela de la cabeza, aceptaba cualquier invitación que le hiciesen. Era el premio gordo de la temporada y cualquier joven consideraba una bendición ser vista en su compañía, de modo que le llovían toda clase de invitaciones. Asistía a excursiones y bailes, conciertos y conferencias, picnics y paseos en coche por el parque.

Intentaba ser imparcial, pero cada vez le costaba más conseguirlo porque se había extendido el rumor de que andaba tras la señorita Annabel Bulford, de modo que se la encontraba en prácticamente la totalidad de las funciones a las que asistía y, según Lavinia, la cuñada de Annabel la presionaba para que ella a su vez intentase que la pidiera en matrimonio. Seguramente podría irle peor, pero ese sentimiento no era precisamente un halago hacia la joven y mucho menos una buena base para un matrimonio feliz.

Ver a Madeleine en casa de lady Graham con su nuevo acompañante le recordó con nitidez para qué habían servido sus esfuerzos por olvidarla. La historia de su abuelo el conde francés se había aceptado e incluso se había visto reforzada por el hecho de que su último admirador fuera hijo de un francés *émigré*. El joven era demasiado extravagante para su gusto, tanto en el vestir como en sus modales, pero no podía ser imparcial en su análisis, y se preguntaba si conocería la verdad sobre ella, una pregunta que también se hacía Donald Greenaway.

Estaban en Hyde Park, presenciando el despegue de un globo aerostático junto con otro buen montón de gente. Duncan se había ofrecido a llevarse a sus sobrinos para el evento, pero al final todos los niños de la familia habían querido ir con él. Aparte de los dos de su hermana, estaba Jack, un primo de catorce años que estaba pasando en casa las vacaciones de verano, su medio hermano Freddie, un muchachote de nueve años y el preferido de la duquesa, y Andrew y Beth, los hijos de la hermana de James Corringham, Augusta.

Rodeado de chiquillos, con los dos más pequeños subidos en brazos, parecía el Flautista de Hammelin, en opinión de Donald, que le había quitado a Jaimie de los brazos para subírselo a los hombros. Duncan había hecho lo mismo con Caroline.

—He estado pensando en la señorita Charron —dijo el mayor.

—Oh.

—He decidido ir a hablar con ella.

—¿Por qué? No estará pensando en dejar su mentira al descubierto, ¿verdad?

—No. Pero he estado contemplando detenidamente el retrato y he llegado a la conclusión de que tiene usted razón, de que se parece a ella. Sé que es muy poco probable que saque algo en claro, pero he pensado enseñárselo a ella. ¿Tiene alguna objeción?

—¿Yo? ¿Por qué?

—Pues porque podría darle alas a su historia.

—Mayor, usted tiene un trabajo que hacer y cómo lo lleve a cabo es sólo cosa suya. Además, no creo que la señorita Charron tenga conexión alguna con un aristócrata inglés, o ya la habría usado mucho antes. En ese caso, no habría necesitado al conde francés, ¿no le parece?

—Eso es cierto. ¿Cree que Valois sabrá la verdad?

—No tengo ni idea, ni me importa.

Tras aquella respuesta, Donald guardó silencio.

El globo estaba ya prácticamente hinchado y Caroline no dejaba de moverse de entusiasmo.

—Estate quieta, Carrie —le dijo—. Si te caes, te harás daño y no podrás ver subir el globo hasta el cielo.

Concentrado como estaba en conseguir que sus invitados pudieran ver bien el ascenso de los intrépidos tripulantes, no vio a Madeleine. Pero ella sí le vio. De pie al lado del mayor Greenaway, rodeado por una caterva de chiquillos que no paraban de moverse, parecía sentirse como en casa. No llevaba sombrero y la chiquilla que iba sobre sus hombros le había alborotado los rizos oscuros, tenía la corbata torcida y los zapatos llenos de polvo, pero no parecía darse ni cuenta. Y a ella el corazón le dolía tanto que sentía deseos de llorar. Sería un padre maravilloso. Pero no con ella.

—¿Quiénes son? —preguntó a Marianne cuando el globo empezaba ya a subir acompañado de los gritos de ánimo de los espectadores.

—¿Quiénes?

Utilizó el pomo de su parasol de seda para señalar.

—Todos esos niños que están con el marqués.

—Hijos todos de la familia. Los conocí cuando fui a su casa a interpretar la obra esa de la que te he hablado. Todos lo adoran.

—Eso parece.

Ahora entendía por qué la familia era tan importante para él y por qué jamás permitiría que nada lo separase de ella, ni siquiera el amor de una mujer. Nunca había tenido ni una sola oportunidad.

Parte de los espectadores echaron a correr tras el globo por ver cómo volvía a tierra, pero enseguida remontó el vuelo y se perdió de vista. Duncan se despidió del mayor y se dispuso a llevar a los niños a casa. Fue entonces cuando vio a Madeleine muy cerca. Vestida con un sencillo traje de muselina rosa con pequeños capullos de rosa bordados y un coqueto sombrerito de paja sujeto con una cinta rosa estaba tan hermosa y modesta a un tiempo que era difícil de creer que fuera capaz de semejante engaño.

Se miraron el uno al otro unos segundos mientras la gente bullía a su alrededor. No podía acercarse ni alejarse de él, ni él podía hacer inclinación alguna porque seguía llevando a Caroline sobre los hombros.

—Señorita Doubleday, señorita Charron, buenos días.

—Buenas tardes, milord —lo saludó Marianne con una sonrisa. ¿Es que ha abierto usted un jardín de infancia?

Devolvió la sonrisa consciente de que Madeleine, de pie a su lado, no se había movido.

—Tratar con niños resulta muy gratificante, ¿no le parece? Si se les da confianza, son siempre sinceros con uno. Ésta es mi familia —dijo, haciendo un gesto con el brazo pero mirando a Madeleine—, la roca sobre la que se sustenta mi vida.

—Es usted muy afortunado de contar con una familia así —respondió Madeleine—. Están inquietos. No debemos retenerle más.

Sabía que se merecía la respuesta. Era muy desconsiderado por su parte hacer semejante comentario porque Madeleine no tenía familia y quizá fuera ésa la razón de que hubiera necesitado inventarse una. Era capaz de compadecerse de ladrones y malhechores y dedicarles tiempo y esfuerzos, y sin embargo no podía perdonar su engaño. Pero ella no había pedido perdón; es más, parecía no arrepentirse lo más mínimo.

—Hasta otro día—dijo con una sonrisa que no le llegó a los ojos.

Y le vio alejarse despacio por el paso lento de los niños más pequeños.

—Adiós —murmuró, y Marianne y ella salieron por Stanhope Gate. Sintió un irrefrenable deseo de volverse a mirarle pero se obligó a no hacerlo mientras hacía girar la sombrilla despreocupadamente. Pero aquel adiós había caído como una losa.

—Lancelot ha decidido que ésta será la última semana que continuemos con esta representación —comentó Marianne mientras caminaban—. Todo el mundo que haya querido verla ya ha tenido oportunidad de hacerlo.

—Supongo que sí, a juzgar por los llenos que hemos tenido. ¿Y qué va a hacer ahora?

—Aún no lo ha decidido. Me ha pedido opinión.

—¿Y qué le has dicho?

Si la representación se iba a terminar, era el momento de marcharse, de aprovechar la oportunidad. Necesitaba tiempo para recuperar la calma, tiempo para olvidar, para construirse una nueva vida. Y no con Pierre Valois. Si se quedaba en Londres seguiría importunándola y quizás ella terminara por debilitarse, lo que acarrearía un indiscutible desastre para ambos. Ver a Duncan con su familia la había hecho decidirse. Si no podía casarse con él permanecería soltera, pero estar soltera en Londres, leer las noticias de su boda, puede que incluso llegar a verle después de casado y presenciar el crecimiento de su familia sería insoportable.

—Le dije que deberíamos apartarnos un tiempo de Shakespeare —continuó Marianne—. Hemos representado tres de sus obras seguidas y el público se merece un cambio. Le he sugerido una comedia. ¿Qué te parece?

—No estaré aquí para poder comprobarlo.

—¿Que no estarás aquí? ¿Adónde quieres ir?

—Aún no lo sé; a algún teatro de provincias.

—¿Se lo has dicho a Lancelot?

—Aún no, pero no le importará si piensa montar una comedia. No es mi estilo. Le diré que necesito un descanso.

—No le va a gustar.

—Estoy decidida.

—¿Y qué pasa con Pierre? Te ha pedido que te cases con él, ¿no?

—Sí, y le he rechazado. No funcionaría.

—Ay, Maddy —suspiró—. No seguirás enamorada del marqués de Risley, ¿verdad?

—No. Sería absurdo, ¿no crees? Pero necesito un cambio de escenario. Estoy demasiado encasillada.

—¡Tonterías! Estás mejor que nunca —contestó, e hizo una pausa—. Pero lo comprendo, y creo que seguramente tienes razón. Si puedo ayudarte, lo haré.

Y cuando el mayor Donald Greenaway se presentó en el teatro unos cuantos días después, le dijeron que se había marchado y que nadie sabía adónde.

—¿Que se ha marchado? —repitió Duncan cuando el mayor lo encontró en el club al día siguiente por la tarde, sentado a solas meditando sobre su vida y el futuro que se le presentaba vacío—. ¿Cómo que se ha marchado?

—Pues exactamente eso. La obra en la que intervenía se ha terminado y no figura en el reparto de la nueva. Ha dejado el teatro.

—¿Con Valois?

—No. He hablado con él, y parecía abrumado por su desaparición. Por cierto, que ya sabía la verdad de lo del conde, aunque no tenía más detalles de los que ya tenemos. No sé por qué no habré ido antes.

—Usted mismo dijo que era una carambola muy poco probable.

—Sí, pero ahora voy a tener que revisarme de nuevo todos los archivos. ¿Ha preguntado en la cárcel si hay alguien con el apellido Cartwright?

—No he tenido suerte.

Tras utilizar la amistad de uno de los jueces más jóvenes, había pasado horas repasando listas pero sin resultado alguno. La búsqueda le había servido para quitarse a Madeleine de la cabeza durante un rato, pero en cuanto volvió a poner el pie en la calle su recuerdo volvió a perseguirle, a atormentarle. Y ahora había desaparecido y sintió como si le hubieran dado un golpe en el estómago.

—En cierto modo es un alivio —dijo Donald—. No me habría hecho ninguna gracia tener que decirle al vizconde que su yerno era un delincuente.

—Newgate no es la única prisión del país. Ni siquiera es la única de Londres.

Donald suspiró.

—Lo se. ¿Y qué hay del orfanato?

—Para eso debe usted hablar con la duquesa. Ahora, si me disculpa, debo ir a casa a cambiarme. Esta noche es el baile en casa de los Bulford. ¿Asistirá usted?

Donald se echó a reír.

—No. No estoy en condiciones de ser visto en compañía tan exaltada.

—Ojalá yo tampoco lo estuviera. Tengo la sensación de que va a ser una noche muy incómoda.

Una hora más tarde, después de recibir las atenciones de Davison, su mayordomo, bajó la escalera de su habitación para unirse a los duques y tomar juntos el coche.

Habló poco durante el viaje, pensando como estaba en lo que le aguardaba. De algún modo tenía que dejarle claro a Annabel y a su avaricioso hermano y su esposa que él no iba, no podía pedir su mano en matrimonio, sin herir sus sentimientos. Ensayó mentalmente lo que iba a decirle mientras se preguntaba cómo había llegado a meterse en un brete semejante. Nunca había pasado de ser meramente educado con ella; jamás había tenido el matrimonio en mente. ¿Por qué entonces la sociedad sacaba conclusiones precipitadas?

Bulford y su mujer estaban decididos a quitarse

de encima a Annabel sin tener en cuenta sus sentimientos, pero él no estaba dispuesto a ignorarlos. Casarse con él sería un desastre para ella, del mismo modo que lo había sido para su madre casarse con su padre, y viceversa. Y no tenía nada que ver con cierta criada. ¡Nada de nada!

Llegaban un poco tarde, pero eso era lo que se esperaba de ellos. Se oía la música cuando empezaron a subir las escaleras hasta donde lady, lord Bulford y Annabel los aguardaban. Annabel parecía muy joven con un vestido de gasa blanca sobre una falda de tafetán de color café, un color que no favorecía a su palidez. Llevaba un lazo blanco a la cintura y otro sujetando sus bucles, y sus ojos azules tenían una sombra de preocupación.

—Señor duque, señora —los saludó—. Señor Marqués.

Duncan se inclinó ante ella.

—Señoras, a sus pies. Buenas noches, Bulford.

—Entren, se lo ruego —dijo lady Bulford—. Enseguida estaremos con ustedes.

Entraron al salón de baile.

—Dios mío, qué gentío —exclamó la duquesa al ver la abarrotada sala—. Ha invitado a demasiada gente. Duncan, adelántate a ver si puedes encontrarnos un hueco donde sentarnos.

Al atravesar aquella marea humana vio a su hermana y su cuñado.

—Venid a sentaros con nosotros —dijo, recogiendo su falda para hacerles sitio en el sofá—. Estábamos comentando los últimos acontecimientos.

—Me lo imagino —contestó con una sonrisa—. Voy a buscar a mamá.

—Está hablando con lord y lady Graham y no querrá venir hasta que no haya oído las últimas noticias. Y papá ha desaparecido. Anda, quédate, que luego no tendremos oportunidad de charlar.

—Vamos a bailar como sardinas en lata —dijo James—. Creo que me voy a ir a jugar a las cartas.

—Tú no harás tal cosa —contestó su mujer, dándole con el abanico cerrado en el brazo mientras Duncan se sentaba a su lado—. ¿Has oído lo último?

—No, pero seguro que tú vas a contármelo.

—La señorita Charron ha desaparecido. Actuó una noche como siempre y al día siguiente una actriz tan mala había ocupado su lugar que salió del escenario con abucheos y cáscaras de naranja.

Duncan sonrió al recordar lo mucho que se había enfadado Madeleine cuando le lanzaron a ella las cáscaras.

—Supongo que el señor Greatorex ha debido pensar que necesitaba un descanso.

—Puede ser, pero los periódicos hablan de su desaparición como si hubiera alguna causa desconocida. Dicen que no se habría marchado por su propia voluntad, teniendo en cuenta que nunca ha faltado a una representación. Era la niña mimada de la escena de Londres y ganaba cientos de libras al año. Parece ser que la policía la anda buscando, y un conocido investigador. Debe tratarse del mayor Greenaway, ¿no crees? Tú debes saber algo.

—Sabía que se había marchado, pero en cuanto al resto, son puras conjeturas.

—Es natural que diga eso, milord, teniendo en cuenta que está ayudando usted al mayor en su investigación.

Sobresaltado por aquella voz, se volvió. Era Annabel. Quién sabía cuánto tiempo llevaría allí.

Se levantó rápidamente y la saludó.

—Señorita Annabel.

—No es extraño —continuó—. Maddy apareció de buenas a primeras en nuestra cocina, luego desapareció durante años para reaparecer como una actriz de renombre. Y ahora ha vuelta a desaparecer. ¿Cuál será su siguiente metamorfosis?

—No tengo ni idea —contestó él, incómodo.

—Hace mucho tiempo de eso, claro. Era apenas una cría, flaca como un espárrago y pálida, y fíjense en ella ahora, tan serena y con esa dicción tan perfecta... nunca lo habría creído de no ser que Hortense la recordara.

—¿Su apellido era Charron entonces? —preguntó James, sin darse cuenta de la incomodidad de su cuñado.

—Sí. Nos la enviaron de un orfanato.

—¿De cuál? —preguntó Duncan sin poder contenerse.

—No lo recuerdo, milord. Yo era una niña entonces, pero cuando la otra noche hablamos del asunto, Hortense me dijo que la habían enviado del orfanato con el que colabora su madre, aunque dijo que entonces no estaba en Maiden Lane.

—Qué extraordinario —murmuró Lavinia mirando a su hermano.

Duncan ya no podía aguantar más y se volvió a Annabel ofreciéndole la mano.

—Señorita Bulford, está empezando el baile. ¿Le apetece bailar?

—Desde luego —contestó ella, poniendo su mano sobre la de él para tomar posiciones en la pista de baile donde los demás bailarines se disponían para una tonada rural. Cuando el baile terminó, la acompañó junto a su hermano y su cuñada.

Tenía las mejillas coloradas y le preguntó si tenía calor.

—Está esto muy lleno —añadió.

—Sí. Dorothy estaba empeñada en invitar a todo el mundo. Ojalá no lo hubiera hecho.

—¿Por qué no?

—Ay, milord… seguro que usted ya sabe por qué.

El corazón se le cayó a los pies.

—Esperan ustedes que… ¿que alguien la pida en matrimonio?

—Sí, eso es —contestó ella, enrojeciendo hasta el pelo.

Duncan ofreció de nuevo la mano para salir del salón a la galería que daba al amplio vestíbulo de paredes de mármol. Hacía más fresco allí y nadie podía oírlos, aunque sin duda habrían reparado en que salían juntos.

—Señorita Bulford, la verdad, no sé cómo proceder en este caso...

Ella se rió nerviosa.

—No irá a decirme que espera que sea yo quien le guíe, porque yo sé todavía menos que usted de estas cosas.

Él sonrió despacio.

—No es que yo no conozca el procedimiento, pero opino que una proposición de esta naturaleza debe provenir del corazón, y si un hombre no puede ponerse la mano en el corazón para decir te quiero, entonces debe guardar silencio.

—Oh.

—¿Entiende lo que quiero decir?

—Lo entiendo, pero dudo que Harry lo entienda también. Me dijo que todo estaba ya acordado, que había hablado con el duque y que habían llegado a un acuerdo...

No era eso lo que él tenía entendido que había ocurrido durante la conversación entre su padre y el hermano de Annabel, pero lo dejó pasar.

—Tanto si han llegado a un acuerdo como si no, carece de importancia, señorita Bulford. ¿De verdad cree usted que dos hombres sentados en torno a una botella de coñac deben decidir la felicidad de dos personas independientes?

—Usted será independiente, milord, pero yo no. Henry me prometió encontrarme un buen marido y yo he de plegarme a su autoridad. Él es mi guardián y así son las cosas.

—No parece usted muy complacida.

—Según él, la felicidad llega más adelante.

Estaba roja como la grana y Duncan comenzó a sentir lástima por ella.

—¿Y usted también lo cree así?

—Tengo que creerlo; de otro modo, no podría soportarlo.

—¡Soportarlo! Qué palabra tan peculiar referida al matrimonio. En un matrimonio no debe intervenir ese concepto sino el de la felicidad, la euforia incluso, el deleite de sentirse amado, el deseo de hacer feliz a la otra persona; jamás debe tratarse de una obediencia ciega, por mucho que uno estime a la otra persona. Señorita Bulford, si yo la pidiera en matrimonio, ¿sería algo que usted considere que debería soportar?

Ella bajó la mirada, pero él la obligó a mirarle alzando su cara por la barbilla.

—Vamos, dígame la verdad. Toda la verdad.

—Milord, yo… —tragó saliva—. Sí, supongo que es eso lo que siento. No puedo verme siendo la esposa de un marqués, y mucho menos la de un duque, que es lo que acabaría siendo. Henry dice que no tendría nada que hacer aparte de estar guapa, pero yo sé que hay mucho más y…

—¿Y?

—Pues... que no puedo llevarme la mano al corazón y decir que le quiero, lo mismo que usted no puede decírmelo a mí. Pero tengo miedo.

—¿De mí? —preguntó sorprendido.

—No, milord. De Henry. Se va a enfadar, y me echará la culpa por no haberlo intentado...

—Señorita Bulford... Annabel, no piense en su hermano sino en su propia felicidad. Yo me ocuparé de lord Bulford.

—¿Lo haría por mí?

Parecía tan aliviada que Duncan sonrió.

—Ahora volvamos a entrar. Creo que ya hemos estado fuera bastante tiempo.

Le ofreció el brazo para acompañarla de nuevo al salón. Un sinnúmero de miradas los seguían cuando caminaron hasta donde lord, lady Bulford y Hortense estaban sentados. Se inclinó ante ellos y Annabel ocupó su lugar.

—¿Y bien? —preguntó lady Bulford, cerrando el abanico de un golpe—. ¿Debemos felicitarlos?

—Me temo que no, milady —contestó.

Ella se volvió a Annabel sin poder ocultar su furia.

—No habrás sido tan boba como para rechazarle, ¿verdad?

—No culpe a la señorita Annabel —dijo Duncan—. Hemos llegado ambos a la conclusión de que no sería lo más adecuado.

—¿Quiere decir que no tenía intención de pedir

su mano? —le preguntó, alzando demasiado la voz—. ¡Henry, haz algo! Este hombre es un charlatán, un libertino que ha conducido a una joven inocente y bien educada a creer que iba a pedir su mano para luego rehusar en el último momento.

—¡Cállate, Dorothy! —le ordenó su marido, y añadió mirando a Duncan—: Risley, creo que me debe una explicación, pero ya estamos atrayendo demasiada atención. Sígame, se lo ruego.

Duncan sonrió intentando tranquilizar a Annabel y siguió a su anfitrión a la biblioteca, donde Henry lo miró furioso.

—Estoy esperando una explicación, marqués.

—¿Una explicación de qué, lord Bulford? Ya le he dicho que la señorita Annabel y yo hemos estado de acuerdo en no prometernos.

—Lo que querrá decir es que la ha convencido de que no es mujer para usted, pero yo pienso cambiar eso. Le diré al mundo que se ha echado atrás después de haberle hecho creer lo contrario.

—En ningún momento le he hablado de matrimonio, de modo que es imposible que me haya echado atrás. Ni en una sola ocasión he sugerido que ésa fuera mi intención; además, ella se ha sentido más aliviada que apenada, y sólo el temor a sus presiones la ha obligado a esperar una petición que no debía hacerse.

—¿Mis presiones? Soy su guardián, y es mi deber guiarla.

—Entonces, hágalo. Guíela, pero no la fuerce, o

me veré obligado a pensar que su felicidad es más importante para mí que para usted.

Lord Bulford parecía a punto de sufrir un ataque de apoplejía, y no encontraba las palabras para poner en su sitio a Duncan.

—El mundo se enterará de esto —espetó—. Su nombre se arrastrará por el fango.

—No lo creo —contestó Duncan con serenidad—. Su reputación quedaría más dañada que la mía.

La reacción de Bulford fue inesperada. Del bolsillo sacó un pañuelo con el que secarse la frente y se dejó caer pesadamente en un sillón. Se había quedado lívido como la cera y de pronto a Duncan se le ocurrió que lord Bulford tenía algo que ocultar, algo vergonzoso, algo que creía que Duncan sabía. Por un momento despertó su curiosidad y a punto estuvo de olvidar la razón de aquel encuentro.

—Esa descarada es una mentirosa, una desvergonzada —murmuró.

—No debería decir eso —contestó Duncan, sin tener ni idea de lo que hablaba.

—Es que lo es. Sea lo que sea lo que le haya dicho, le aseguro que se lo ha inventado. Está claro que pretende cortar de raíz las expectativas de Annabel para favorecer las propias. ¿Es que no se da cuenta?

—¿Darme cuenta de qué?

—No sea haga el obtuso, Risley. ¡Es una actriz, por amor de Dios! Para ella fingir es todo un arte.

Así que se refería a Madeleine... ¿Qué podía haber hecho para ponerle en aquel estado?

—Puede estar seguro, Bulford, de que lo que me ha dicho no tiene peso alguno en mi decisión de con quién quiero casarme.

Henry volvió a enjugarse la frente.

—No, por supuesto que no. Todos sabemos que es sólo una mentirosa. Después de esa historia del conde francés...

Aquella conversación estaba empezando a rozarle demasiado de cerca y quiso ponerle fin antes de ceder a la tentación de ahorcarle con su propia corbata.

—¿Qué tiene todo esto que ver con lo que nos ocupa, milord?

—Nada. Tiene usted razón —contestó, haciendo un esfuerzo por recomponerse—. Estábamos hablando de su compromiso con mi hermana.

—No, milord. Estábamos hablando de las razones por las que no puede existir ese compromiso.

—Ya. Ahora me doy cuenta de que he malinterpretado los deseos de Annabel.

—Bien. En ese caso, no hay más que decir. Y si me entero de que tiraniza a Annabel, le aseguro que sabré qué hacer.

Y se marchó, consciente de que acababa de amenazar a un hombre sin saber en realidad con qué. Madeleine lo sabía, pero estaba Dios sabe dónde y seguramente no se lo diría aunque la tuviera delante de las narices. ¡Y cómo desearía tenerla tan cerca!

Volvió junto a sus padres, que estaban sentados con Lavinia y James.

—Ya estás aquí, Duncan —dijo su madre—. Llevabas tanto tiempo desaparecido que los rumores empezaban a volar.

—Lo siento, madre. No querría avergonzarla por nada del mundo.

—¿Has pedido o no la mano de Annabel?

—No, madre. Ella lo deseaba tan poco como yo. Ha sido todo cosa de su hermano, pero lord Bulford y yo hemos llegado a un acuerdo.

—¿Amistoso?

—Tan amistoso como puede ser con alguien como él —hizo una pausa—. He venido a deciros que me marcho. Así todos podrán cotillear tranquilos.

—Sería lo mejor. Nosotros nos quedaremos un poco más por guardar las apariencias.

Duncan se acercó a donde estaban sus anfitriones para despedirse, en especial de Annabel.

—A sus pies, señorita. Le deseo toda la felicidad del mundo.

Ella se levantó intentando sonreír.

—Le acompañaré hasta la puerta, milord.

Y seguidos por todas las miradas, salieron hasta la puerta del salón.

—Siento haberla hecho pasar por todo esto —dijo él.

—No ha sido cosa suya, sino de mi hermano. Y me alegro enormemente de que haya tenido el valor de decirme la verdad.

—Al contrario: es usted quien es valiente.

—¿Qué le ha dicho?

—No mucho. Pero ha estado de acuerdo conmigo en que no debíamos seguir adelante.

—¿No le ha amenazado?

—No. Todo ha terminado —sonrió—. Pero no me importará que diga que me ha rechazado. Pretendo marcharme de Londres en breve. He de ocuparme de unos asuntos en las propiedades de mi familia en Derbyshire. Si la gente quiere pensar que me he tomado un tiempo para llorar por mi corazón destrozado, que así sea.

Se detuvieron en la puerta y tras besar levemente su mano, bajó casi corriendo las escaleras. Tenía que encontrar a Madeleine. No podía vivir sin ella. Tendría que soportar las habladurías, la desaprobación de sus padres, pero nadie ni nada se interpondría entre él y la mujer que amaba y con la que quería casarse.

Pero ¿dónde encontrarla? ¿Por dónde empezar a buscarla? La señorita Doubleday lo sabría. Era demasiado tarde para ir a verla, pero al día siguiente acudiría al teatro. Y la encontraría, estuviera donde estuviese.

Pero Marianne no sabía adónde se había ido su amiga. O fingía no saberlo.

—Sólo me dijo que quería un cambio de aires. Pero volverá.

—Eso no me sirve. Quiero encontrarla ahora.

—¿Por qué?

—¿Que por qué? —le preguntó, mirándola como si fuera idiota—. ¿Por qué va a ir un hombre tras la mujer que ama?

—¿La quiere de verdad?

—Sí, la quiero.

—Y yo le creo, aunque a diferencia de muchas otras actrices, ella no consentirá en ser su amante.

—Lo sé. Me lo ha dicho ya muchas veces. No puedo creer que haya desaparecido sin más. Alguien debe saber dónde está. Me han dicho que andan buscándola ya.

—Sí. El mayor Greenaway ha venido buscándola, pero yo creía que le había enviado usted.

—No. La busca por un asunto completamente distinto.

—Sí, eso me ha dicho. Traía un retrato.

—¿Lo ha visto?

—Sí, y aunque había cierto parecido en los ojos, no puede haber conexión alguna con Maddy.

—¿Cómo lo sabe?

—Porque conozco su historia.

—No será la del conde francés.

—No —sonrió—. Pero todo lo demás es cierto.

—¿Se refiere al orfanato y al trabajo en la mansión de los Bulford?

—Sí.

—¿Qué pasó allí?

—Eso es algo que tendrá que preguntarle a Madeleine, milord.

—Lo haré si consigo encontrarla. Pero hasta entonces, necesito saber qué pasó.

—Yo sólo sé que la despidieron. El resto no me lo ha confiado, pero me temo que debió tratarse de algo horrible que le ha provocado una aversión por toda la aristocracia y el deseo de vengarse. Ha decidido que quiere llegar a ser una verdadera dama y ser aceptada en sociedad.

—Y me ha utilizado a mí para eso —añadió él con amargura.

—El problema es que todo cambió al conocerle a usted, milord. Descubrió que no todos los aristócratas son tiranos o libertinos.

—Me alegro de saber eso —contestó. Algo tenía que haberle pasado a Madeleine, algo con Henry Bulford, y no le costaba trabajo imaginar el qué. Los hombres de posición solían pensar que las criadas eran presa fácil y no le sorprendería que Bulford fuese uno de ellos. ¿Habría sucumbido ella? ¿La habría forzado? No. No podía soportar ni imaginarlo.

—Se enamoró de usted, milord, y no ha podido soportar la culpa de haber traicionado su respeto. «Me ha salido el tiro por la culata», fue lo que me dijo un día. Por eso se ha marchado. Y si me lo permite le diré que creo que debería dejar que se recuperase —hizo una pausa y ante el silencio de él añadió—: ahora, si me disculpa, he de seguir con los ensayos.

Duncan se marchó, deshecho. ¿Tendría razón? ¿Debería rendirse y aceptar que había perdido a Maddy para siempre? ¿Y cómo deshacerse de aquel dolor que sentía en el corazón, aquel nudo que sólo ella podría deshacer? Salió del teatro y echó a andar sin saber hacia dónde. Y sin importarle.

Diez

Arabella Cartwright tomó York al asalto. La ciudad estaba acostumbrada a que las mejores actrices se marchasen a Londres en cuanto aprendían el oficio, de modo que los aficionados al teatro la recibieron como una brisa fresca. Desde su primera participación en la tragedia de un escritor desconocido, reconocieron su talento y la entrada al teatro conoció un esplendor sin precedentes.

Y es que era fácil interpretar el papel de heroína trágica cuando se tenía el corazón destrozado. Sólo tenía que pensar en Duncan, en cómo lo había ganado para acabar perdiéndolo, y unas lágrimas de dolor verdadero le rodaban por la mejillas, haciendo que su interpretación pasara de buena a superior.

Muchos se preguntaban de dónde había salido, pero ella no contestaba a esa clase de preguntas sino que desaparecía en cuanto acababa la representación, lo cual le proporcionó cierta aura de misterio.

Pero había aprendido la lección. No decía mentiras ni hablaba de sus antepasados. Se presentaba simplemente como una joven que había llegado a la interpretación como modo de ganarse la vida. Un modo en el que había resultado ser muy buena, y sólo pedía la oportunidad de demostrarlo. Había sido una suerte que una de las actrices del teatro se hubiera puesto enferma y como prueba le habían hecho interpretar *Romeo y Julieta*, uno de sus mejores papeles, de modo que le ofrecieron el puesto de la actriz enferma.

Y sólo por si su fama había llegado a Yorkshire, decidió volver a su verdadero apellido Cartwright y emplear el nombre de su madre. No es que esperase que alguien la siguiera. Duncan debía estar ya comprometido con Annabel Bulford, una joven considerada apropiada por sus amigos y su familia. Cada vez que pensaba en ello le entraba una risa histérica. Annabel Bulford no era más guapa, ni más educada, ni más culta que Madeleine; de hecho, puede que lo fuera menos. Pero tenía algo que sí importaba: pedigrí.

Una y otra vez se decía que si al marqués de Risley sólo le preocupaba eso, el pedigrí, estaba mejor sin él. Quizá no debería haber huido porque quizá él lo interpretara como síntoma de su dolor y eso alimentaría su... ¿cómo lo había definido él en una ocasión? Ah, sí: su prodigiosa vanidad. Pero pensar en volver a Londres le provocaba un pánico ciego. No podía volver. Aún no.

La estación de los eventos sociales de Londres tocaba a su fin y algunas familias ya se habían retirado a sus casas de campo. Pero para Duncan ese momento parecía no llegar nunca. Estaba deseando recuperar la paz y la tranquilidad de su casa de Derbyshire, sumergirse en la atención que requerían sus propiedades, de las que cada vez se ocupaba más él porque el duque estaba muy ocupado en asuntos de estado. Allí podría volver a montar por la campiña, salir a cazar o a pescar, ayudar a recoger la cosecha y divertir a sus primos antes de que volvieran al colegio en otoño. Allí quizá, podría recuperar algo de su tranquilidad de espíritu.

Hacia el final de julio, se anunció el compromiso de Annabel Bulford y Benedict Willoughby, algo que pilló a Duncan por sorpresa. Les deseó felicidad de todo corazón.

Nunca antes había envidiado a su amigo, pero en aquel momento se sentía tan desesperado que tuvo que excusarse para marcharse y poder estar solo. Decidió hacer lo que tenía por costumbre cada vez que se sentía asediado por los problemas: irse a Newgate, charlar con los internos y ayudarles en lo que pudiera; todo ello le recordaba lo afortunado que era. Tenía todo lo que un hombre podía desear, excepto a la mujer a la que amaba. No podía quitarse de la cabeza la idea de que podía haber sido violada por Henry Bulford, y en esos momentos su furia no conocía límites. Había empezado a comprender de qué modo un hombre podía llegar a cometer un crimen.

Madeleine debía haber tomado un coche para llegar adonde quiera que estuviera, de modo que preguntó en todas las estafetas de Londres, pero nadie la reconocía. Parecía haberse desvanecido en el aire y empezó a preguntarse si algunos de los rumores que rodeaban su desaparición serían ciertos. ¿Le habría ocurrido algo malo?

Después de haber hecho todo lo que estaba en sus manos por los prisioneros, salió en dirección a su casa. Pasó por Fleet Street y tomó Charing Cross, y una vez allí se encontró frente a Colgen Cross, una de las posadas de carretera más famosas de la capital. El trasiego de caballos y equipaje le hizo detenerse a observar.

Sus intentos por localizar a Madeleine habían sido infructuosos, pero quizás alguien hubiera recordado algo desde la última vez que estuvo allí. Se estaba preguntando si entrar o no cuando una figura familiar se materializó a su lado.

—Stanmore, ¿qué hace aquí?— era Donald Greenaway, vestido para viajar—. Creía que estaba ya en el campo.

—Aún no. Mi padre aún tiene algunos asuntos oficiales que atender. ¿Adónde va?

—Uno de mis ayudantes me ha informado de que hay en York una actriz con el nombre de Arabella Cartwright.

Duncan sonrió.

—Otro tiro al aire.

—Quizás, pero ése era su verdadero nombre. Arabella Cartwright, nacida Arabella Armitage, y tengo el presentimiento de que esta vez voy a encontrarla.

—Le deseo buena suerte.

—Desde la última vez que hablamos, he descubierto qué ocurrió cuando el señor y la señora Cartwright dejaron St Albans. Lo enviaron a la India, y murió allí de unas fiebres en 1803. Ella dijo que su padre había muerto en las guerras con Napoleón, ¿no es así?

Estuvo a punto de decir que si podía mentir sobre una cosa también podía hacerlo sobre otra, pero decidió morderse la lengua.

—Así es.

—Ello significa que la señora Cartwright se quedó viuda muy pronto y habría tenido que buscar el modo de ganarse la vida. Si la mujer de York es Arabella Armitage, es extraño que eligiera la misma profesión que la señorita Charron, ¿no te parece?

—Supongo que sí, aunque si fuera de alta cuna,

no habría podido considerar un trabajo de sirvienta, ¿no? En cambio el trabajo de actriz le habría permitido tener cierta dignidad. Creo que voy a ir con usted.

—¿Por qué?

—Por curiosidad, supongo —no iba a admitir que eran otros sus motivos—. Y porque no tengo nada que hacer. Londres está cada vez más vacío. Incluso aquéllos que viven en la ciudad todo el año han echado las persianas de su casa para hacer creer a los demás que tienen casas en el campo. Lady Willoughby lo hace todos los años a pesar de que ya no engaña a nadie, ni siquiera a los ladrones que siempre saben cuándo una casa está desocupada.

—En otras palabras: que está usted aburrido —se rió el mayor—. Su compañía sería bienvenida pero el coche sale en cinco minutos y no me atrevo a esperarle. Puede volver a desaparecer.

—En ese caso, no le entretengo. Además, había decidido ir a Loscoe Court antes del resto de la familia, pero hágame saber el resultado de sus pesquisas.

Donald le aseguró que lo haría y ambos se estrecharon la mano antes de partir.

El gentío que se reunía a las puertas del teatro después de la representación era tan denso que Madeleine tuvo que abrirse paso con dificultad. La habían invitado a cenar, pero había declinado la invitación. Interpretar su papel de heroína trágica era más exigente de lo que se había imaginado y estaba deseando tomar un bocado en soledad y meterse en la cama.

Echó a andar hacia su pensión, consciente de que alguien la seguía. Debía tratarse de un admirador más persistente que otros, pero también podía ser un delincuente, de modo que apretó el paso.

—Señora Cartwright, espere, por favor.

No parecía la voz de un delincuente, y además, un ladrón no sabría su nombre. Al volverse se encontró cara a casa con Donald Greenaway.

—Mayor, ¿qué hace usted aquí?

No había estado en el teatro y se llevó una buena sorpresa cuando la mujer que se volvió a mirarle resultó ser una joven y no una de mediana edad, que era lo que él esperaba.

—¡Dios del cielo, es usted!

—Pues claro. ¿A quién esperaba? ¿Por qué me ha llamado señora Cartwright?

—Es una historia muy larga que no puedo contarle en plena calle. ¿Querría acompañarme a mi hotel y se lo explico todo mientras cenamos?

—¿Le envía el marqués de Risley? —le preguntó recelosa.

—No. No sabe que Arabella Cartwright y Madeleine Charron son la misma persona, del mismo modo que yo tampoco lo sabía hasta hace un momento. Y de haberlo sabido, le aseguro que nada le habría impedido estar ahora mismo aquí, a mi lado.

Ella sonrió.

—Lo dudo. Debe andar muy ocupado con los preparativos de su boda.

—Yo no sé nada de una boda, pero en cualquier caso, lo que tengo que contarle nada tiene que ver con él, y a menos que usted desee lo contrario, no le hablaré de nuestro encuentro —hizo una pausa sin dejar de observarla. Sus ojos violeta se habían animado al oírle decir que no sabía nada de una boda, pero después se habían vuelto desconfiados, como si temiese que fuera a engañarla—. ¿Me acompañará?

La curiosidad ganó la partida.

—De acuerdo. Pero no será durante mucho tiempo. Estoy agotada.

Caminaron por varias calles escasamente iluminadas hasta llegar al magnífico Minster. Otro giro y unos cuantos metros más y llegaron al Star Inn. Entraron y le pidió al camarero un rincón discreto en el que poder charlar.

—Bueno —dijo el mayor cuando les llevaron a la mesa la cena ligera que habían pedido—, ¿y por qué se hace llamar Cartwright?

—Porque es mi verdadero apellido.

—¿Y Arabella es también su nombre?

—No. Así se llamaba mi madre. ¿Por qué me pregunta todo eso? ¿No iba usted a contarme algo?

—Quería que me confirmase que lo que yo creo

es cierto: que es usted hija de Arabella y John Cartwright.

—No conozco el nombre propio de mi padre. ¿Seguro que no le envía lord Risley?

—Seguro —de una pequeña maleta que había dejado en el suelo junto a su asiento sacó un pequeño retrato—. ¿Conoce a esta mujer?

El rostro le resultaba familiar, y de pronto se sintió transportada a su niñez, al pequeño apartamento sobre la tienda que ocupaba con su madre y donde se pasaba horas sentada a la máquina. Tenía una encantadora sonrisa, que era el rasgo que ella más recordaba: la sonrisa y su voz dulcemente modulada.

—Se parece a mi madre —dijo sorprendida—. ¿Dónde lo ha conseguido?

—Pertenece a la duquesa de Loscoe, que fue quien lo pintó hace veinticinco años. Cuando comenté que estaba buscando a Arabella Armitage, recordó el cuadro y me lo prestó.

La duquesa. Incluso ella estaba dispuesta a revolver en su pasado.

—¿Arabella Armitage?

—Sí. Ése era el apellido de soltera de su madre.

—No lo sabía. Nunca me habló de su pasado, aunque a veces me hablaba de cuando salía a montar al campo con una tal señorita Gunnery a quien al parecer quería mucho. Creo que debía ser una profesora del colegio porque mi madre me hablaba de las cosas que le enseñó.

El mayor sonrió.

—Acaba de confirmarme que estoy tras la pista correcta, señorita Charron. ¿O prefiere que la llame señorita Cartwright?

—Como desee, mayor, pero con Madeleine bastará.

—La señorita Gunnery no era una profesora de colegio. Su madre nunca asistió a una institución de esa clase, sino que se educó en casa. ¿Alguna vez le dijo dónde estaba su hogar?

—No. En el campo, eso sí. Podría ser Hertfordshire.

—Ahora ya estoy convencido de que es usted la persona que andaba buscando. O para ser más exacto: la hija de esa persona.

—¿Buscando?

—Señorita Cartwright: usted le dijo a lord Risley y a otras personas que su madre había fallecido. ¿Es eso cierto?

Ella se quedó mirándolo unos instantes. De modo que lo que pretendía era demostrar que era una mentirosa... pero en lo único que había mentido era en lo del abuelo francés, aparte de haber exagerado un poco el papel de su padre como soldado.

—No mentiría nunca sobre algo así, mayor. El mundo se me vino abajo cuando murió. Mi madre era todo lo que tenía.

—No todo —contestó él con suavidad—. Tenía usted... tiene un abuelo.

—Ah, ya —espetó, enfadada—. Ese abuelo es de mi invención. Si ha hablado usted con lord Risley, ya debe saberlo.

—No le estoy hablando del francés emigrado, sino de su abuelo verdadero. Lleva tiempo buscando a su hija sin saber que ha muerto, pero estoy seguro de que se volverá loco de alegría de conocer a su nieta.

—¿Quién es? —le preguntó, olvidada ya la cena en el plato.

—El vizconde de Armitage.

Madeleine se recostó en su asiento y se quedó mirándole, incapaz de asimilar lo que acababa de contarle.

—No entiendo.

—Ya me lo imagino.

Pidió al camarero una copa de coñac para ella, y cuando la tuvo delante comenzó a relatarle la historia del vizconde y de la búsqueda de su hija.

—Lord Risley fue quien opinó que la mujer retratada se parecía mucho a usted, y de ahí partió mi idea. Me dijo que usted había pasado por un orfanato, pero no sabía cuál, de modo que como yo sabía que la duquesa de Loscoe patrocina algunos, le pedí que hiciera unas pequeñas averiguaciones en mi nombre. Ella es siempre muy escrupulosa con los expedientes de todos los niños por si llegara el caso de que apareciera algún pariente. No había ninguna chica con el apellido Cartwright, aunque sí existían detalles sobre la llegada de Madeleine Charron, cuya madre se llamaba, según nos dijo la vecina que la llevó a la institución, Bella. Empecé a preguntarme si podía tratarse de la misma persona, pero antes de que pudiera hablar con usted, había desaparecido.

—Entonces, ¿cómo me encontró?

Él sonrió.

—Llevo mucho tiempo con esta investigación abierta y dispongo de todo un ejército de informantes a los que había pedido que se pusieran en contacto conmigo en cuanto apareciera alguien con el apellido Cartwright. Hace dos días me llegaron noticias de uno de ellos y he venido en un coche de postas esperando encontrar a su madre.

Madeleine tomó un trago de coñac, pero que no le sirvió de mucho porque siguió sintiéndose confusa y temblorosa.

—No puedo creerlo. ¿Me está usted diciendo que tengo una familia de verdad?

—Creo que hay tíos y primos aparte del abuelo, sí.

—¿Y es verdaderamente un vizconde?

—Sí. Está enfermo y mayor, y muy preocupado por lo que ha sido de su hija. La noticia de su muerte será un duro golpe para él, sin duda, pero que se verá suavizado cuando la conozca a usted.

—¿Sabe ya que me ha encontrado?

—No. Yo mismo no lo supe hasta hace una hora. Pero debemos darnos prisa en revelarle la buena nueva. Su casa, Pargeter House, está en las afueras de St Albans, de modo que podemos tomar el coche de Londres.

—Tendré que pedir permiso en el teatro.

Él sonrió.

—Su vida está a punto de cambiar para siempre y usted se preocupa por el trabajo. Ya no va a necesitar seguir ganándose la vida. El vizconde Armitage es bastante rico.

No podía ser... ¿por qué ocurría todo aquello en ese momento? Durante años había deseado tener una familia, la que fuese. Había querido ser amada y tener a alguien a quien amar, como lo había hecho con su madre; incluso había llegado a mentir para intentar conseguirlo. Y ahora, cuando ya había aceptado que todo lo que le pasaba era un castigo por sus engaños y que debía confiar sólo en sí misma, aquel hombre llegaba y volvía a lanzarla a la marea de la confusión. Tenía un abuelo noble y podía, si lo deseaba, ocupar el lugar que le correspondía en sociedad. Ahora era ya una verdadera dama.

Sus pensamientos volaron hasta Duncan. Ahora sí sería aceptable. La idea la hizo echarse a reír hasta que vio que el mayor la miraba asustado.

—Señorita... Madeleine, lo siento. Sé que esto ha sido muy duro para usted.

Ella dejó de reír tan de repente como había empezado y tomó otro sorbo de coñac.

—Sí, lo es, pero ahora ya estoy más tranquila.

Era una locura tan siquiera pensar en Duncan Stanmore. Aunque no se casara con Annabel Bulford, aunque se plantara ante ella y le rogara que se casasen, no podría decir que sí. No había querido casarse con ella cuando era Madeleine Charron por ser actriz y por quedar demasiado por debajo de él en la escala social. Si ahora se lo pedía, ahora que era la nieta de un vizconde, siempre sabría que su estatus social había sido más importante que su amor. Tenía que quitárselo del pensamiento y concentrarse en lo que le estaba ocurriendo.

¿Cómo sería su abuelo? Podía muy bien sentir aversión por ella puesto que no le había gustado su padre.

—No me ha hablado de mi padre. ¿Era soldado?

—Sí, pero no un oficial, sino un hombre que se había alistado en el ejército, un soldado de a pie sin rango, aunque supongo que debía tener cierto encanto para haber atraído a una mujer como su madre y empujarla incluso a desafiar a su padre.

—¿Qué le ocurrió?

—Lo enviaron a la India, pero su madre no fue con él. Debía ya estar muy avanzado su estado de gestación y supongo que le pareció arriesgado viajar. Él murió de unas fiebres un año después.

—¿Por qué no me lo contaría mi madre? ¿Es que se avergonzaba de él quizá? ¿Serían infelices juntos?

—Eso me temo que nunca podremos saberlo. Pero no piense en ello, sino en el futuro.

Pensar en el futuro era casi tan difícil como hacerlo en el pasado. ¿Cuál era su futuro? ¿Le permitiría su abuelo seguir actuando, o insistiría en que se quedara en casa con él? ¿Y si no se gustaban desde un primer momento? ¿Y si él esperaba ver a su hija y al encontrarse con una nieta, ni siquiera con un heredero, no quería saber nada de ella?

—¿Qué le hace dudar? —preguntó el mayor.

—Mayor, yo soy quien soy. Lo que me ha revelado no cambia nada. Me gusta ser actriz, y soy buena en lo que hago.

—Y yo no lo niego, pero su abuelo es ya muy mayor y no vivirá mucho. ¿No podría hacer felices sus últimos días? Después, lo que haga dependerá sólo de usted.

En eso tenía razón, y a la mañana siguiente, después de pasarse la noche prácticamente sin dormir, habló con el director del teatro para pedirle permiso para ausentarse mientras el mayor sacaba dos pasajes para el coche del mediodía.

—Duncan, ¿se puede saber qué te pasa? —le preguntó la duquesa—. Nunca te había visto con semejante cara. No estarás dándole vueltas a lo de la señorita Bulford, ¿no?

—Pues claro que no, madre. Le deseo toda la felicidad del mundo. Y también a Ben.

Estaban sentados en el salón después de haber comido temprano. El duque había salido para Westminster y su madre esperaba a las damas del comité del orfanato para una reunión. Duncan sabía que antes de que llegasen le esperaba una buena reprimenda; conocía bien las miradas de su madre.

—Entonces, querido, ¿qué te pasa?

—Nada. Que estoy deseando volver a Risley y poder ponerme a trabajar, eso es todo.

—No, eso no es todo —replicó, mirándole a los ojos—. Es por la señorita Charron, ¿no es cierto?

—Sí. Ojalá supiera dónde está, madre. Podría tener dificultades, o haber sufrido un accidente. Incluso podría haber muerto...

—Creo que si eso hubiera sido lo ocurrido nos habríamos enterado. No sé qué habrá descubierto Donald Greenaway en York.

Él la miró sorprendido.

—¿Y qué va a descubrir? Pues a Arabella Cartwright.

—Lo sé, pero ¿no se te ha ocurrido pensar que el apellido Charron es la traducción al francés de Cartwright?

Duncan se dio un golpe en la frente.

—¿Pero cómo puedo ser tan bruto? Debería haber pensado en ello al descubrir el parecido del retrato. ¿Pero por qué Arabella?

—Ya sabes que el mayor me pidió que revisara los archivos del orfanato.

—Sí. ¿Es que encontraste algo?

—Algo y nada. La señorita Charron fue una de nuestras niñas y el nombre de su madre, según la información que nos facilitó la persona que la entregó, era Bella.

—¡Mamá! ¿Por qué no me lo habías dicho?

—Lo siento, pero creía que te la habías quitado de la cabeza. Eso fue lo que me dijiste.

—No, mamá. No puedo. Tengo que encontrarla y decirle que me importa un comino quién sea o lo que sea; que quiero casarme con ella. Si vosotros no lo aprobáis…

—Duncan, tú no necesitas mi aprobación. Ya eres lo bastante hombre para decidir por ti mismo, como estoy segura que ya te habrá dicho tu padre.

—Sí, pero él me dejó bien claro que no aprobaríais que me casara con una criada.

—No estás siendo justo con él, Duncan. A tu padre sólo le preocupa tu felicidad, igual que a mí, y las dificultades a las que vas a tener que enfrentarse, que no serán pocas. Pero si de verdad es la nieta de un vizconde…

Duncan se levantó de pronto.

—Tengo que salir para York inmediatamente.

Salió, pidió a un sirviente que le dijera a Dobson que le preparara el coche y subió las escaleras de tres en tres pidiéndole a Davison que le preparara el equipaje.

No le importaba si Maddy era la nieta de un vizconde o si dejaba de serlo: la quería, y pretendía hacerla su esposa, aunque tuviera que convencerla de ello a la fuerza.

Aunque sus caballos eran los mejores que se podían comprar, los muelles del carruaje estaban bien engrasados y los asientos estupendamente acolchados, el viaje le pareció insoportablemente lento. Cada cambio de caballos le parecía tomar horas y no minutos y tenía que morderse la lengua para no gritar a los encargados de hacerlo que se dejaran de monsergas y acabaran de una vez. ¡Cómo deseaba poder volar!

Llegaron a Grantham a la hora del desayuno, aunque sólo se detuvieron el tiempo justo para comprar una jarra de cerveza y unos bollos mientras se cambiaba de caballos. Luego pasaron por Newark, Doncaster y Ferrybridge hasta que las altas torres de Minster aparecieron en la distancia. Al poco tuvieron que aminorar la marcha porque entraban ya en la ciudad, y al final llegaron ante la Star Inn, menos de veinticuatro horas después de haber salido de Londres. Bajó del carruaje de un salto, demasiado impaciente para esperar a que Dobson le abriera la puerta y sacase el escalón. Ni siquiera esperó a tomar un refresco, sino que se encaminó directamente al teatro. No tenía ni idea de por dónde andaría Donald, pero conociendo a Madeleine, seguro que no estaría lejos del teatro. ¿Y no había dicho Donald que Arabella Cartwright era actriz?

Pero no tardó en descubrir que había llegado tarde: el portero del teatro le dijo que la mujer se había marchado aquella mañana.

—Ya me lo imaginaba yo —dijo—. Llegó sin que nadie la esperase, y estaba seguro de que se marcharía del mismo modo. Ésa tenía algo que ocultar.

—¿Adónde se ha ido?

—No lo sé. Se marchó con un caballero militar.

El mayor Donald Greenaway. ¿Habría concluido su búsqueda? Si Arabella Cartwright había resultado ser la nieta del vizconde de Armitage, ¿adónde la llevaría? La respuesta era obvia, y ni se molestó en pasar por la posada, pero como estaba agotado tras haber pasado la noche sin dormir, decidió tomar una habitación y descansar unas horas antes de volver al sur.

Tumbado en la cama, incapaz de cerrar los ojos a pesar del agotamiento, empezó a preguntarse si seguirla de aquel modo era lo más inteligente. Deseaba ver a Madeleine, abrazarla, decirle otra vez que la quería, pedirle que se casara con él, ¿pero cómo interpretaría ella su súbita llegada a casa de su abuelo? Casi podía oír sus palabras: ahora que has descubierto que mi sangre no es plebeya, ahora sí quieres casarte conmigo, ¿no?

¿Cómo convencerla de que no era cierto? ¿Por qué, Dios bendito, por qué no la habría pedido en matrimonio antes de que se revelara todo aquello? Si hubiera averiguado lo de su abuelo después de haber sellado el compromiso, no hubiera importado.

Intentó imaginársela en Pargeter House, conociendo a su abuelo, habituándose a sus nuevas circunstancias, confusa quizás pero feliz porque todo lo que había deseado en la vida era tener una familia que la quisiera. Entrar a tiro limpio no serviría. Por impaciente que se sintiera, tenía que darle tiempo. No iba a volver a Londres. Risley estaba más cerca. Mejor dirigirse a Loscoe Court y escribirle desde allí, ponerlo todo en papel y preguntarle si podía ir a verla. Una vez tomó la decisión, consiguió dormir unas cuantas horas y a la mañana siguiente enfiló para Derbyshire y Risley. Una vez allí, Dobson podría devolver los caballos de alquiler a la posada donde había dejado los propios y volver. Qué ganas tenía de estar en casa.

Madeleine no debería haberse preocupado por su recepción, ya que su acogida en Pargeter House no podría haber sido más calurosa. El abuelo presentaba un aspecto muy frágil, pero aún alerta. Debía haber sido un hombre muy guapo, aunque ahora tuviera el pelo blanco y las manos que apretaban las suyas con fuerza estaban muy delgadas y sobresalían las venas en ellas.

—Mi niña —decía una y otra vez—. Mi niña, por fin en casa.

Quizás la confundía con su madre, pero él la sacó del error al decir:

—Te pareces mucho a tu madre, aunque tú no tienes el pelo tan oscuro. El de ella era negro como la noche. Tienes que hablarme mucho de ti, pero ahora no. Estoy cansado con tanta excitación y necesito descansar. La señora Danby se ocupará de ti.

Madeleine le besó la mejilla fina como el papel y le dejó retirarse a descansar. El mayor Greenaway, una vez realizada su tarea, se estaba preparando para macharse y se despidió de él con cierta zozobra. Era una persona familiar para ella, alguien que pertenecía a su antiguo mundo, y se había sentido cómoda con él, mientras que ahora no sabía qué podía esperar.

Los días sucesivos fueron para ella como un sueño, un estado de febril actividad: conoció a todos los sirvientes, algunos de los cuales llevaban trabajando para el vizconde lo bastante como para haber conocido a su madre, le enseñaron hasta el último rincón de aquella enorme y magníficamente amueblada casa, y la señora Gunnery, que vivía en un apartamento en el segundo piso a pesar de que hacía tiempo ya que había cesado en su actividad, le habló mucho de su madre.

Era una mujer muy menuda y con los ojos más azules que Maddy había visto nunca, iba vestida de negro con una pequeña toca de encaje blanco sobre el moño de pelo blanco que llevaba en lo alto de la cabeza. Se entristeció mucho cuando supo que su pupila había muerto de un modo tan trágico, pero no prolongó su dolor por no entristecer a Maddy.

—Es como volver a tener a nuestra querida Bella en casa otra vez —dijo—. Estoy convencida de que el vizconde se recuperará ahora que tú estás aquí. Ha pasado tanto tiempo esperando noticias de tu madre sin recibirlas.

—¿No fue él quien la echó?

—Sí, pero estoy segura de que lo lamentó casi inmediatamente, aunque tardó varios años en admitirlo y para entonces tu madre ya había desaparecido. Los dos eran muy orgullosos, ¿sabes? Cuando se dio cuenta de que no iba a volver, se gastó cientos de libras en tratar de encontrarla. Y ahora ya estás aquí. No puedo creerlo.

Madeleine tampoco. Todo lo que sabía o creía sobre sí misma había quedado patas arriba y se sentía muy confusa.

—El vizconde está muy frágil —dijo—. No sé si mi repentina llegada puede haberle alterado y no sé bien qué contarle sobre mí misma. No he vivido como una dama, y tampoco he sido siempre sincera sobre mis orígenes, y temo empeorar su estado.

—El mayor Greenaway me ha hablado un poco

de ti —contestó la señorita Gunnery, poniendo una mano en su brazo—, y yo creo que nada podría alterarle más que ver a su hija huir de su casa con aquel... pero era tu padre, y todo eso forma parte del pasado. Creo que deberías hablarle con sinceridad. Es más fuerte de lo que piensas.

Y así lo hizo. Todo, empezando por su vida con su madre y su repentina muerte, el orfanato y sus años como sirvienta. A juzgar por sus respuestas el abuelo creía que había sido doncella de una dama, lo cual a sus ojos ya era bastante malo, así que decidió no sacarle de su error, y mucho menos contarle lo del ataque de lord Bulford. Aquello había disparado todo lo ocurrido después, pero al contemplarlo desde el presente, por terrible que hubiera sido aquella pesadilla, sus años de odio indiscriminado hacia la aristocracia habían sido un error. Le contó que se ganaba la vida como actriz e incluso le refirió la historia del *comte*, que le hizo sonreír.

—En ese sentido también te pareces a tu madre —le dijo—. Le encantaba inventarse historias. ¿Por qué si no buscarse un apellido extranjero como Charron? Pero ahora ya estás en casa y ya no necesitas seguir inventando. Tendrás todo lo que desees, siempre que esté en mi mano conseguírtelo.

Pero no podía darle lo que ella más deseaba: el inequívoco amor de Duncan Stanmore, marqués de Risley. El mayor le había contado mientras viajaban que no había pedido la mano de Annabel Bulford, y que ella había aceptado al señor Willoughby, lo cual no dejó de sorprenderla.

—No necesito nada, abuelo.

—Déjame que sea yo quien juzgue eso. ¿Has sido presentada en sociedad? No, claro que no. Tenemos que planearlo todo para el año que viene y que...

—No, abuelo, le ruego que no lo haga. Tengo veinticuatro años ahora, y soy demasiado mayor para algo así. Además, todo el mundo me conoce como actriz. Dirían que pretendo darme aires y yo no podría soportarlo.

—Pero tenemos que buscarte marido.

—Eso es lo mismo que le dijo usted a Bella, milord —intervino la señorita Gunnery, quien al parecer no tenía reparos a la hora de expresar sus opiniones—. Y fíjese lo que pasó: que salió huyendo con el primer tarambana que le llenó de pájaros la cabeza. No querrá usted cometer el mismo error.

—Mm... No pensarás casarte con un soldado, ¿verdad?

—No, abuelo. No tengo esa intención.

—Está bien. Entonces disfrutaré de ti un poco más.

Habían dado por sentado que se quedaría en Pargeter House, y Madeleine lo aceptó por el momento. Recibir mimos y cariño, y explorar su nuevo entorno era una cura tan buena como cualquier otra para sus males. Ya llegaría el momento de preocuparse por el futuro cuando su abuelo no la necesitara. Y lo mejor de todo: cuando supo que no sabía montar, organizó lecciones de equitación para ella con una yegua muy tranquila.

—Tu madre era una magnífica amazona —le dijo.

Su madre había dejado allí el traje de montar, consciente de que no iba a poder utilizarlo en su nueva vida, y a Madeleine le quedaba perfecto. Aunque en Londres se habría considerado pasado de moda, era un diseño precioso de grueso tafetán azul, con hombros amplios y cintura ceñida. Se llevaba con una corbata blanca de encaje y un sombrero de copa a la usanza masculina que se adornaba con un fino velo.

Aprendió rápido, lo cual demostraba hasta qué punto era hija de su madre, según decía su abuelo. Era como si al anciano le hubieran insuflado de nuevo el aliento de la vida: los ojos le brillaban, tenía más templada la voz, pero seguía estando muy débil. Apenas soportaba estar una hora al día vestido, que era cuando se sentaban a charlar sobre su madre, o cuando ella le leía los periódicos que se recibían desde Londres a diario.

Cuando el abuelo dormía, ella repasaba las columnas de sociedad en busca de noticias de Duncan, pero todo lo que encontraba eran referencias a ella y su repentina ascensión y especulaciones sobre si iría a Londres para ocupar el puesto que le correspondía en la alta sociedad. Al parecer ya le estaban preparando algunos solteros de oro, lo cual le hacía sonreír. Luego repasaba las noticias referidas al teatro, preguntándose si alguna vez volvería a pisar un escenario. Había escrito a Marianne contándoselo todo y pidiéndole noticias de sus amigos, pero por el momento no había recibido respuesta.

Pero cuando el cartero llegó no fue para llevarle una carta de Marianne, sino de Duncan. Con ella en la mano se sentó junto a la ventana de su habitación.

Mi muy querida Madeleine:
El mayor Greenaway me ha escrito para contarme que has encontrado a tu familia y te escribo para felicitarte. Sé que no nos separamos en buenos términos pero eso no altera la fuerza de lo que siento por ti y siempre he sentido. Lo que más lamento es no haber sido capaz de convencerte de ello antes del reciente cambio de circunstancias de tu vida. Yo amaba a Madeleine Charron, la actriz. Lo idolatraba todo en ella: su belleza, su talento, el modo en que me hacía reír, su compasión y su independencia, incluso cuando se interponía entre nosotros. Estoy igualmente seguro de que amaré a la nueva señorita Cartwright porque son la misma persona: la que tiene mi corazón en sus manos. Te ruego que me escribas y que me concedas una entrevista para que pueda convencerte de lo que te escribo.
Tu devoto esclavo,
Duncan Stanmore.

Durante un buen rato permaneció contemplando los jardines que rodeaban la casa con la carta en el regazo. Cuando ambos estaban en Londres, le había dicho que la amaba, pero también le había dejado bien claro que el matrimonio no era posible mientras ella siguiera siendo actriz, y luego, al descubrir que había servido en la cocina de los Bulford y que el *comte* era una ficción, su amor había encontrado de pronto más barreras de las que se sentía capacitado para saltar.

¿Qué había cambiado en todo ello? Sólo su posición, su lugar en la jerarquía de la alta sociedad, ¿y eso qué era? Relumbrón, diamantes falsos como los que llevaba en el escenario. Nada. Desde luego no significaba que de pronto se hubiera vuelto mejor persona. Es más, su vida tenía más sentido como actriz. Además, seguía siéndolo, lo sería para siempre.

Pero ese debate se ceñía a su cabeza. El corazón tenía un argumento distinto. Le quería y le querría siempre, estuviera donde estuviese, hiciera lo que hiciese, y sentía unos enormes deseos de volver a verle. ¿Debería invitarle a ir hasta allí y dejar que intentase convencerla? ¿Qué mal podía haber en ello? Y si después seguía teniendo dudas…Ay, esas dudas, ese orgullo recalcitrante que no le permitiría deshacerse de sus viejos prejuicios así como así. ¿Por qué resistirse? ¿Por qué no aceptar que lo que le decía era cierto? ¿Cómo dejar a su abuelo ahora que dependía tanto de ella?

Llamaron a la puerta y ésta se abrió sin que hubiera tenido tiempo de contestar.

—Maddy, ven, rápido —era la señorita Gunnery. Parecía muy preocupada—. Tu abuelo ha empeorado y quiere verte.

La carta quedó olvidada al salir corriendo al lado de su abuelo, y pasaron varios días antes de que volviera a pensar en ello. Para entonces ya sabía que mientras su abuelo la necesitara no podría dejarlo.

Montar a caballo siempre había sido uno de los mayores placeres de Duncan, pero ahora era la única cosa con la que disfrutaba. Recorría grandes distancias por los páramos con la única compañía de los pájaros y su caballo hasta que oscurecía o hasta que la lluvia lo obligaba a volver a casa, donde se encerraba a leer el correo buscando siempre una carta de Madeleine.

—Martin, ¿estás seguro de que no hay más correo? —solía preguntarle a gritos desde la planta de arriba mientras se quitaba la ropa de montar.

Martin salía de la cocina o del salón, o de dondequiera que estuviera trabajando.

—Sí, milord. Se lo he preguntado al cartero expresamente.

¿Por qué no contestaba a su carta? Podía haberle escrito algunas letras, lo que fuera, incluso contestando que no. Cualquier cosa sería mejor que aquel silencio. Pero si en opinión de Madeleine ni siquiera se merecía una simple carta, entonces estaba mejor sin ella. Si se mantenía ocupado, podría olvidarla. Y lo haría.

Sus padres, Lavinia y los niños volvieron a Risley, donde su hermana y sus hijos pasaron unos días antes de volver a Twelve-trees y a sus lecciones de otoño. Pero él no era ya el hermano extravertido y alegre que ella conocía, sino un hombre alicaído y taciturno que no tenía nada que decir. Tras pasar dos días de ese modo, Lavinia no podía permanecer callada por más tiempo.

—Duncan, si no haces algo para salir de ese estado, tendré que darte yo un buen tirón de orejas.

Duncan intentó sonreír.

—¿Y qué quieres que haga?

—Ir a buscarla. Habla con ella. No sé por qué no lo has hecho ya.

—¿Con quién? No sé de qué me hablas —mintió.

—Por supuesto que lo sabes: de Madeleine. De tu orgullo. Y del de ella.

—Ésa no es la cuestión. Simplemente estaba dándole tiempo de acostumbrarse a su nueva familia. Ten en cuenta que debe sentirse muy rara, y no querrás que entrase yo como un elefante en una cacharrería, ¿no?

—No, pero ¿te has enterado de que el vizconde de Armitage ha fallecido?

—No —se sorprendió—. ¿Estás segura?

—Sí. Lo leí en el periódico justo antes de marcharnos de Londres.

—Pobre Maddy... tengo que ir a su lado.

Y subió a todo correr las escaleras llamando a voces a Davison. Una hora después estaba en el coche conducido por el paciente Dobson de camino a la carretera de Londres.

La muerte del vizconde había supuesto un duro golpe para Madeleine. Sabía que estaba enfermo y que había envejecido, pero había creído las palabras de la señorita Gunnery cuando le decía que podría recuperarse, simplemente porque deseaba que fuera cierto. Apenas había tenido tiempo de conocerlo, y ya había desaparecido.

—Debes alegrarte de que sus últimos días hayan sido tan felices —decía la señorita Gunnery mientras esperaban a que los hombres volvieran del funeral—. Está en paz contigo y con tu querida madre.

Le habría gustado ir al entierro, acompañarle hasta la tumba y decirle adiós, pero le habían dicho que, simplemente, eso no se hacía; que era demasiado doloroso para las mujeres, así que habían esperado tanto la señorita Gunnery como ella y las demás mujeres de la familia, que la miraban con desconfianza. Habían llegado en coches de cerca y lejos, primas segundas vestidas de luto riguroso, cada una lamentando la pérdida a su modo. Madeleine había sido presentada a todas ellas, pero estaba tan afectada que no podía recordar quién era quién.

Algo que tenían todas en común era la curiosidad por saber cómo había dispuesto el abuelo su testamento. No tenía hijos varones, ni herederos directos, y aquella nueva nieta era una mujer. Las veía maquinar, examinarlo todo con mirada ávida, calculando el valor de cuadros y adornos.

—Supongo que sí, pero ahora me siento perdida.
—Todos nos sentimos así. A pesar de su orgullo, era un buen hombre y le echaremos de menos.
—¿Qué va a hacer usted?
—Tengo una pensión que me entregaron hace años y que no he necesitado gastar, así que no voy a tener problemas. Mi única preocupación eres tú.

Madeleine intentó sonreír.

—Yo puedo ganarme la vida perfectamente, señorita Gunnery. Llevo haciéndolo desde que tenía doce años, así que no se preocupe por mí.

Aquellas palabras provocaron en ella un amargo llanto y Madeleine intentaba consolarla cuando los hombres volvieron. Madeleine actuó como anfitriona ofreciéndoles refrescos que ellos aceptaron, ignorándola casi como si fuera una sirvienta, y no podía culparlos por ello. Era una intrusa para ellos. Se marchó antes de que se leyera el testamento, convencida de que no habría nada en él para ella pero deseando que quienquiera que heredase la casa pudiera permitirle guardar algún recuerdo de su estancia en ella.

Subió a su habitación donde la esperaba el equipaje que había dejado ya hecho aquella mañana. Contenía sólo lo que había llevado, con la única excepción del traje de montar de su madre, que se lo habían regalado. Se sentó al escritorio que había sido de su madre para escribir una carta de explicación para la señorita Gunnery en la que le prometía volver a escribir cuando estuviese instalada, y otra a la señora Danby en la que le agradecía la grata acogida dispensada por el servicio. Luego se puso una capa, un sombrero de paja negro y con la maleta en la mano bajó la escalera. Nadie la vio marchar.

La casa estaba a corta distancia del pueblo, desde donde salían coches a diario para Londres. Volvía a ser Madeleine Charron, actriz, con una única diferencia: ya no era una mentirosa, ni sentía resentimiento alguno. Caminaba ligera al encuentro de su futuro.

Al llegar a la posada vio un coche llegar y a los empleados acercarse rápidamente a ocuparse de los caballos. Un momento después descendió su ocupante y le vio mirar a su alrededor.

El marqués de Risley era la última persona que esperaba ver allí y se quedó clavada en el sitio, mirándole. Dejó de oír el ruido que había a su alrededor y lo único que veía era su rostro, sus labios que pronunciaban su nombre.

—¡Madeleine!

Se acercaba sonriendo y ella no sabía si correr a sus brazos o si darse media vuelta y echar a correr.

La duda fue su perdición. No oyó el piafar del caballo que se acercaba, ni el grito del cochero que lo conducía; sólo sintió el empujón de Duncan con el que la quitaba del camino, sólo vio los cascos del animal alzarse por encima de la cabeza de Duncan al encabritarse.

—¡Duncan! —gritó, el cielo se volvió negro y las rodillas dejaron de sujetarla.

Recuperó el sentido y se encontró tumbada en uno de los sofás de la posada con Duncan a su lado, sosteniendo su mano. Intentó incorporarse, pero él se lo impidió suavemente.

—No te muevas, amor mío, que te has llevado un susto de muerte.

Ella se rió.

—Sí, verte bajar del coche es susto más que suficiente para que cualquiera se desmaye.

—No me refería a eso, sino a que has estado a punto de ser pisoteada por un caballo. ¿Es que no le has oído que venía hacia ti?

—No. Te estaba mirando —hizo una pausa—. Me has salvado. He pensado que iba a atropellarte.

—No, he podido esquivarlo. ¿Te encuentras bien? ¿Estás herida?

—No. Sólo un poco asustada, eso es todo. ¿Qué haces aquí?

—He venido a buscarte.

—¿A buscarme?

—Sí. Me he cansado de esperar a que enviaras a

alguien a buscarme a mí, así que... —sonrió—. Si la montaña no viene a Mahoma, Mahoma ha de ir a la montaña.

—Siento no haber contestado tu carta. No pretendía hacerte esperar, pero es que mi abuelo...

—Lo sé, y lo siento muchísimo. ¿Pero adónde ibas? ¿No te necesitan en la casa?

—No. Hoy han enterrado a mi abuelo y la familia se ha reunido en la casa como los buitres. No podía soportarlo. Ha sido maravilloso conocerle, aunque hayan sido sólo unas semanas, pero nada ha cambiado. Yo sigo siendo Madeleine Charron, actriz, y antes de que digas que soy la nieta de un vizconde déjame que te diga que no supone diferencia alguna.

—No, cariño. No supone nada en absoluto —sonrió, acariciando su mano. La sensación que provocó esa caricia fue tan desmesurada, el deseo tan intenso que apenas sabía cómo controlarlo—. Tú eres quien eres. Te ha forjado la vida dura que has llevado y eres una mujer fuerte gracias precisamente a eso. Y yo te quiero tal como eres ahora, no por ser hija de quien eres. ¿Es que aún no te has convencido de eso?

Madeleine sentía el corazón en la garganta y le costaba trabajo hablar.

—¿Estás seguro?

—¡Pues claro que lo estoy! ¿Acaso crees que te escribí esa carta para divertirme? Me costó horas redactarla. Mis intenciones son absolutamente serias. Quiero que te cases conmigo, y lo único que necesito es que me digas que tú también me quieres.

Ella guardó silencio.

—Madeleine, te lo ruego, sácame de este tormento.

—¿Me creerías si te dijera que no? Después de todo, ¿cómo puedes creer una sola palabra de lo que te diga? Soy actriz, y una mentirosa además.

—No me tomes el pelo.

—No lo hago. Necesito saber que me perdonas por ello. No debería haber intentado engañarte.

—No, pero si no lo hubieras hecho, dudo que estuvieras ahora aquí, hablándome así, de modo que no hay nada que perdonar. Lo comprendo.

—¿De veras?

—Sí. Todo el mundo necesita tener una familia. Tú no la tenías, así que la inventaste.

—Ésa no era la única razón. Tengo que decirte toda la verdad.

Esperó, preparándole para oír que Henry Bulford la había violado, pero cuando ella le contó toda la historia, suspiró aliviado.

—Ay, amor mío, le arrancaría la piel a tiras por…

—No debes pensar en ello. Ahora ya no importa porque todo ha salido bien al final. Encontré a mi abuelo… al verdadero —añadió con una sonrisa—, y no me habría importado que fuese el más pobre de los labriegos.

—A mí tampoco. Entonces, ¿qué es lo que te impide decirme que sí?

—Ay, Duncan, es que vamos a encontrarnos con tantos obstáculos. ¿Cómo va a casarse un marqués, heredero de un ducado, con una actriz? No podría soportar ser la causa de una ruptura entre tu familia y tú. Cuando te vi en el parque rodeado de todos esos niños, supe que nunca podría separarte de ellos. Fue entonces cuando decidí marcharme de Londres...

—Menudas vueltas me has hecho dar por eso, pero ahora te he encontrado y no hay obstáculos que no puedan superarse, aunque te prometo que ninguno de ellos provendrá de mi familia. Se van a alegrar por nosotros. Y en cuanto al resto del mundo, ¿a quién le importa lo que piensen si yo tengo lo que desea mi corazón?

Las lágrimas le brotaban de los ojos y le era imposible pararlas, y él se las secó con la mano.

—Amor mío, ¿por qué lloras?

—Porque por primera vez en mi vida soy verdaderamente feliz.

—Maddy... —se acercó para besarla en los labios con delicadeza, temiendo asustarla, pero ella se colgó de su cuello y le abrazó con fuerza—. No quiero que vuelvas a estar triste, y no lo estarás si yo puedo evitarlo —dijo, arrodillándose ante ella—. Mira, estoy de rodillas ante ti, y no pienso levantarme hasta que accedas a casarte conmigo.

Madeleine se echó a reír.

—¡Vamos, Duncan, levántate, que el suelo está muy sucio!

—¿Y bien?

—¡Pues claro que me casaré contigo! ¿Lo dudabas?

—¡Amor mío, vamos a ser tan felices!

Se levantó para sentarse junto a ella y volver a besarla, y ella a él, y hasta que no oyeron que alguien llamaba a la puerta, no recuperaron el sentido.

Era el dueño de la pensión, que había abierto la puerta para hacer pasar a un camarero que les llevaba vino y comida. Esperaron a que se dispusiera un mantel sobre la mesa de al lado de la ventana, los platos y los vasos. Duncan los despidió diciendo que se servirían ellos mismos y luego le ofreció la mano para acompañarla a la mesa.

—Ahora, comamos. Luego haremos planes.

Ella no sentía deseos ni de comer ni de hacer planes, pero Duncan la animó a probar un poco de aquella deliciosa comida. —Todo va a salir bien, te lo prometo.

—Eso espero. Quizá…

—Nada de dudas ahora —dijo, intentando parecer severo—. ¿Dónde ibas cuando nos encontramos? ¿De vuelta a Londres?

—Sí. Había pensado en empezar donde lo dejé. Iba a pedirle al señor Greatorex que me aceptase.

—Y sería un idiota si no lo hiciera, pero… —no

quería introducir una nota discordante, pero necesitaba saber cuál era el estado de cosas en Pargeter House—. ¿No te ha dejado nada el vizconde de Armitage?

—No creo. No tengo dote.

—No me refería a eso y tú lo sabes —espetó con dureza, hasta que vio un brillo en sus ojos violeta y se dio cuenta de que estaba bromeando.

—Lo sé. Estaba pensando en los sobrinos de mi abuelo, mirándome como si fuera una intrusa y no tuviera derecho a estar entre ellos. Y supongo que tenían razón. En cualquier caso, no importa. El abuelo estaba enfermo cuando yo llegué y no tuvo oportunidad de cambiar su testamento antes de morir, así que decidí marcharme. Ha sido un episodio tan breve en mi vida que en realidad no he tenido tiempo de acostumbrarme a él.

—Cuánto lo siento, Madeleine.

—No lo sientas. Como tú has dicho antes, las experiencias que vivimos forjan nuestro carácter y creo que he podido aprender a lo largo del camino —hizo una pausa—. A montar, por ejemplo.

—¿Ah, sí?

—Bueno, he empezado a aprender con uno de los mozos de las cuadras, y he descubierto que me gusta.

Él sonrió.

—Cuánto vamos a disfrutar montando por Loscoe Court —hizo una pausa—. Si te parece, podemos ir allí primero. Mi familia está allí y deben ser los primeros en saberlo.

—Por supuesto.

Estaban ya en el coche en dirección norte cuando ella empezó a temblar incontrolablemente. Él debió comprender lo que le pasaba porque le pasó un brazo por los hombros.

—No puede ser que Madeleine Charron, la gran actriz que ha actuado ante miles de personas sin alterarse lo más mínimo, tiemble ante la idea de conocer a un puñado de gente que ya está bien dispuestos hacia ella, ¿verdad? Ellos no te tirarán cáscaras de naranja, te lo aseguro.

Ella se echó a reír y acomodando la cabeza sobre su hombro se quedó dormida. La despertó cuando cruzaban las puertas de Loscoe Court.

—Estamos en casa, mi amor.

En casa. Qué maravilla. Un enorme edificio se materializó ante sus ojos al final de la larga avenida y comenzó a temblar de nuevo. Aquélla era la casa de campo del duque de Loscoe, y ella estaba a punto de ser presentada al duque como su futura nuera.

La familia debió oír llegar el coche porque antes de que tuvieran tiempo de pisar la gravilla, la puerta se abrió y la duquesa apareció dispuesta a saludarla. La hizo pasar a la casa y recibió una bienvenida tan calurosa del resto de la familia que se quedó anonadada. Pero en el fondo, como un mosquito que no dejase de picar, latía una pregunta: ¿estarían tan felices si no hubiera resultado ser la nieta de un vizconde?

Fue Lavinia quien puso fin a su inquietud. Estaban sentadas en el pequeño salón de mañana con el sol entrando a raudales por las ventanas y esperando a Duncan, con quien iba a salir a montar. Llevaba el traje de montar de su madre y Lavinia le había comentado lo bonito que era y lo bien que le quedaba, y como ella no respondiera, añadió:

—¿En qué estás pensando?

—En lo que diría el mundo sobre todo esto. Si pensarán que soy una engreída y que la sociedad me acepta sólo por ser nieta de un vizconde. ¿Crees que Duncan...

—¡No, por Dios! A él no le importa lo más mínimo tu origen; sólo le preocupaba que accedieras a ser su esposa. Y a nosotros, también. Su felicidad es lo primero para todos nosotros y está claro que esa felicidad sólo la va a encontrar contigo. Y no importa lo que piense el resto del mundo —hizo una pausa y sonrió—. Pero no hay nada de malo en que utilices tu nuevo estatus para allanar el camino, ¿no crees?

—¿A qué te refieres?

—A que cuando se anuncie vuestro compromiso,

algo que Duncan quiere que suceda muy pronto, podrías permitir que te llamasen nieta del vizconde de Armitage, ¿no crees? Sólo por el bien de Duncan.

—¿Qué andáis tramando vosotras dos?

Duncan entró vestido con pantalones de montar metidos por dentro de unas brillantes botas, chaqueta marrón con bocamangas y solapa de terciopelo y una corbata blanca como la nieve sujeta con un brillante. El corazón le dio un vuelco, como le ocurría siempre, y él se acercó y la besó en la mejilla.

—¿Y bien?

—Estábamos hablando de cómo debería anunciarse nuestro compromiso.

—Una mera formalidad, cariño. Yo me ocuparé.

—Y tú estás decidido a decirle al mundo que vas a casarte con Madeleine Charron, la actriz, ¿verdad?

—Naturalmente. Es que estoy orgulloso de ella, y quiero que todo el mundo lo sepa.

La conocía bien como para despertar su ira sugiriendo otra cosa. Y además, quería probar que hablaba en serio: le había dicho que la quería, fuera quien fuese.

—Pero Madeleine Charron no existe como persona, Duncan— le dijo, observándole con atención—. La dama con la que vas a casarte es la señorita Madeleine Cartwright, nieta del vizconde de Armitage —hizo una pausa y se rió—. Y puesto que acabo de enterarme de que al final he recibido un pequeño legado, soy una verdadera dama.

Él la tomó por los hombros y la miró detenidamente. El amor le brillaba en los ojos y sabía que lo hacía para complacerle, del mismo modo que él intentaba complacerla a ella, y sonrió.

—Lo que tú digas se hará. Te llames como te llames, para mí siempre serás una verdadera dama.

No se dio cuenta de que Lavinia se levantaba y salía de la habitación cerrando la puerta con suavidad. Estaba demasiado ocupado besándola.

TÍTULOS DE LA COLECCIÓN

Amor interesado – Nicola Cornick
El jeque – Anne Herries
El caballero normando – Juliet Landon
La paloma y el halcón – Paula Marshall
Siete días sin besos – Michelle Styles
Mentiras del pasado – Denise Lynn
Una nueva vida – Mary Nichols
El amor del pirata – Ruth Langan
Enamorada del enemigo – Elizabeth Mayne
Obligados a casarse – Carolyn Davidson
La mujer más valiente – Lynna Banning
La pareja ideal – Jacqueline Navin

www.ingramcontent.com/pod-product-compliance
Lightning Source LLC
LaVergne TN
LVHW091624070526
838199LV00044B/934